DARONNE
ET COMPAGNIE

DU MÊME AUTEUR

Retour à la ligne, La Table ronde, 2009 ;
Pocket, 2013.
ZAD, avec Christophe Léon, JDH, 2021.
Parfois, une seule solution s'offre à vous,
Robert Laffont, 2023.

Jeunesse

L'école me déteste, avec Baptiste Miremont,
Le Muscadier, 2019.
Une amitié en couleur, Belize, 2011.
Libre tout l'été, Belize, 2011.
Ma mère est un totem, Syros jeunesse, 1991.

Julie Jézéquel

DARONNE ET COMPAGNIE

roman

Robert Laffont

ISBN : 978-2-221-27934-2
Dépôt légal : mars 2025
Éditions Robert Laffont – 92, avenue de France, 75013 Paris
serviceclients@lisez.com

À Théodora, à ses parents et à ses oncles,
avec tout mon amour et tous mes remerciements

Melun – Octobre – 11 heures

À la fin de notre conversation téléphonique, nous sommes convenus qu'il serait plus constructif qu'on se rencontre. Je l'ai prévenu que ça allait être long. Il m'a promis qu'il se rendrait disponible. C'est lui qui m'a ouvert la porte. Je ne le pensais pas si jeune. Je frissonne. La fatigue sans doute – j'ai pris la route à trois heures du matin – ou peut-être le climat. Il fait beaucoup plus humide ici que chez moi où c'est l'été indien. Je me sens sale après ce long voyage en voiture. Plus de sept heures. Le thé que j'ai bu dans une station-service sur l'autoroute me donne mal au cœur. Mais ça y est, j'y suis. Il me tend une main un peu molle, à l'image de son physique dégingandé. Ses jambes tricotent quand il part s'asseoir derrière son bureau après m'avoir indiqué la chaise où m'installer. J'aurais préféré qu'on parle en marchant mais dehors il commence à pleuvoir. On s'observe un moment en silence puis, en guise de présentation, je lâche :

— Ma vie a toujours été chaotique et compartimentée. Comme un vieux train dont les passagers ne peuvent passer de wagon en wagon.

Il me regarde, plus interloqué qu'intéressé, et se met à lisser du bout des doigts sa barbe bien entretenue. Alors, je tente de lui expliquer.

— Moi, j'ai toujours eu envie que les passagers puissent se retrouver au wagon bar, par exemple. Mais c'était impossible. Comme si des forces contraires m'avaient obligée à leur rendre visite séparément avec le souci qu'ils ne se rencontrent pas.

— Forces contraires ? m'interrompt-il. Qu'entendez-vous par là ?

Je ne sais rien de ses compétences. Son bureau, exagérément neutre, est une page blanche. Il décroise les jambes et les recroise dans l'autre sens. Peut-être a-t-il déjà des problèmes de circulation sanguine.

— C'est une façon de parler… de dire que j'étais forcée de cloisonner. C'était compliqué. Ça s'interrogeait autour de moi. Les passagers de tête voulaient savoir ce que faisaient ceux de queue. Les premières classes s'intéressaient aux secondes. Alors, je biaisais, ou je mentais. Et, je vous jure, ce n'est pas ma spécialité !

Il baisse les yeux vers le carnet posé sur sa table et griffonne quelques mots d'une écriture en pattes de mouche. Puis, le stylo à bille suspendu au bout de ses doigts, il relit les notes qu'il vient de prendre.

— Les écrivains, c'est un peu comme les acteurs, j'imagine. Ils savent manier le mensonge et le faux-semblant, non ?

Je regrette de lui avoir avoué ma profession. Il écouterait différemment une couturière ou une ingénieure. Les gens ne font pas la distinction entre mentir sciemment et inventer des histoires. Je me redresse sur ma chaise et le regarde dans les yeux.

— Dans la vraie vie, je ne mens pas. Là, si je l'ai fait, c'était surtout par omission. Ce que j'aurais voulu, c'était vivre en harmonie et dans la transparence. Vous savez, j'ai été plusieurs fois à deux doigts de rassembler tout le monde dans la même pièce et advienne que pourra.

— Et vous ne l'avez pas fait ?

Eh non, pauvre taré, je ne l'ai pas fait sinon, je ne serais pas là devant toi. Il n'entend pas ma voix intérieure. Je hoche la tête négativement.

— Je ne pouvais pas tout dire et tout montrer. Je ne savais pas à qui me fier. J'étais en mode survie, vous comprenez ?

Ses lèvres se tordent en une grimace qui le fait ressembler à une gargouille et, après un instant de réflexion, il m'avoue qu'il n'est pas certain de comprendre. Je ferme les yeux dans un soupir. Par où commencer ? Par le début, peut-être…

Sainte-Caprine – Mars

Il ne restait que trois jours à Léonard pour s'inscrire sur Parcoursup. Apparemment inconscient de cette date butoir, il passait son dimanche à planter des graines dans des petits pots. Le sol du salon était parsemé de terreau. On en avait plein les semelles et j'en avais même retrouvé sur le carrelage de la salle de bains.

— Dès que Léa rentre, on s'y met, promis !

Je levai les yeux au ciel et retournai dans ma chambre. *Léa, Léa, Léa.* Je n'en pouvais plus. Pour une fois qu'elle allait quelques heures chez sa mère, nous aurions pu, mon fils et moi, réfléchir tranquillement à son avenir. Mais depuis la rentrée, Léonard, mon fils unique, que j'avais élevé seule, s'était transformé en une entité : LéonardLéa tout attaché comme une adresse numérique. Il ne disait plus *JE* mais *ON*. Un *ON* dont j'étais totalement exclue. Et ce *ON* m'avait insidieusement imposé de vivre avec lui. Au début, cela m'avait été présenté comme un dépannage provisoire. En plein divorce, la mère de Léa prenait des antidépresseurs qui l'empêchaient de conduire sa fille à l'arrêt du bus scolaire pour le lycée de Bergerac.

— Tu te rends compte, môman, elle galère tous les matins. Mardi, elle a été obligée de faire deux kilomètres à pied. Sinon, une fois de plus, elle ratait le car !

Celui de Léonard passait à quelques mètres de chez nous. Alors, « môman » – moi – avait accepté que Léa dorme chez nous. Je me disais que sa mère allait bien finir par s'habituer à son traitement et entendre son réveil. J'avais donc téléphoné à Nathalie et lui avais annoncé que je pouvais héberger sa fille pour la semaine. Elle m'avait remerciée d'une voix claire qui aurait dû m'alerter. Nos enfants sortaient ensemble depuis la troisième mais je la connaissais peu. Après les antidépresseurs, *ON* m'expliqua que Nathalie partait se reposer à Andernos. Puis *ON* m'informa que ça serait chiant pour Léa de déménager toutes ses affaires pour retourner chez sa mère. Puis *ON* me rappela la douleur du confinement, la pire épreuve qu'il ait surmontée. *ON* avait de la mémoire et des besoins vitaux non négociables. Jamais il ne s'était demandé comment j'avais pu écrire, enfermée avec mon fils qui faisait la gueule dès qu'il ne communiquait pas avec sa copine en visio. Jamais *ON* ne s'était inquiété de mon moral, de l'arrêt brutal de ma vie sociale naissante dans cette région où nous nous étions installés pour extraire Léonard de ses mauvaises fréquentations parisiennes et de ses démêlés avec la justice. *ON* ne pensait qu'à lui. Peu à peu, il ne me demanda plus rien, preuve qu'il avait obtenu ce qu'il voulait : la brosse à dents de Léa, son lisseur à cheveux, sa crème anticapitons, son lait contre l'acné, ses multiples flacons de vernis à ongles, tous ces produits que je n'utilisais pas, avaient envahi la salle de bains. La corbeille à linge sale débordait de petites culottes, de chaussettes à paillettes, de tops de la taille d'un string, de bodies scintillants. Quant au frigo, il regorgeait d'aliments protéinés pour assouvir l'appétit insatiable d'un adolescent testostéroné et de desserts au lait de chèvre pour une jeune fille allergique au lactose. *ON* était insouciant, amoureux et sexué. Et cela faisait sept mois que ça durait. La seule qui ne faisait pas l'amour dans cette maison, c'était moi. Il est vrai que depuis que j'avais été larguée, enceinte, par mon compagnon canadien parti rejoindre femme et enfants au Québec, j'avais la vie sexuelle d'une nonne. Et ce n'est pas au fin fond de la Dordogne où nous vivions depuis quatre ans que j'avais une chance de trouver l'amour.

Pour l'heure, et bien que nous soyons dimanche, je devais terminer l'écriture de *Premier Baiser*, un des romans romantico-cucul que Rose Black, une éditrice anglaise, vendait sur abonnement. Après avoir été scénariste pour la télévision, brièvement auteure jeunesse et comète avec un premier roman de littérature blanche passé inaperçu, je me contentais maintenant des deux manuscrits mensuels qui me rapportaient suffisamment pour subvenir à nos besoins. J'avais la chance de loger gratuitement dans une petite maison de village prêtée par ma vieille amie Agathe qui, Parisienne des pieds à la tête, en avait hérité et s'en désintéressait totalement. Mais la future vie étudiante de Léonard et tous les frais qu'elle allait occasionner me causaient beaucoup de soucis. Soucis que *ON* ne partageait pas :

— T'inquiète, maman, on va se démerder. On trouvera bien un moyen de gagner un peu de fric…

Il pensait certainement à un job de serveur ou de baby-sitter. Je faisais les comptes dans ma tête : s'il touchait une bourse et les allocations logement, il faudrait encore financer ses repas, ses transports, l'inscription à la fac, les livres de cours, l'assurance, l'électricité… Un véritable gouffre. Je chassai ces pensées récurrentes et me concentrai sur le dernier chapitre de mon manuscrit, celui où Stessy, infirmière dans une clinique, est convoquée par Harry, le chirurgien en chef. Elle pense qu'il va la licencier car, une fois de plus, elle est arrivée en retard. Mais la pauvre – dans mes romans à l'eau de rose qui, contractuellement, doivent se dérouler dans un univers médical, les infirmières sont belles et pauvres, les chirurgiens sont beaux et riches – s'occupe seule de son fils de trois ans. Harry est fou d'elle et veut lui déclarer sa flamme. Mais cela, Stessy l'ignore. Dans le chapitre précédent, le chirurgien a rejeté les avances de l'horrible Greta, DRH de la clinique, qui, jalouse des sentiments que Harry porte à Stessy, lui ordonne de la virer. Harry va-t-il obéir à sa DRH ou écouter son cœur ? Tel est l'enjeu du chapitre final. Si j'avais la scène en tête, je n'étais pas satisfaite du décor du *happy end*. Mais j'avais beau m'essorer la cervelle, je ne trouvais pas l'endroit où mes deux héros pouvaient tomber dans les bras l'un de l'autre. Depuis le temps que j'écrivais ces histoires, j'avais fait le tour des lieux romanesques : des bureaux aux canapés capitonnés, des voitures luxueuses, des bords de mer au clair de lune, le pont d'un bateau de croisière, un bloc opératoire en travaux – difficile à rendre glamour mais j'y étais parvenue –, un banc planté devant une cascade... J'entendis la porte de la maison s'ouvrir et la voix aiguë de Léa claironner dans le salon :

— Tu les as toutes plantées ? T'es trop fort !

— J'ai commandé une petite serre chauffée, sinon, elles vont jamais germer.

Il aurait pu me le dire..., murmurai-je avant de me replonger, excitée, dans mon histoire. Une serre ! Voilà une idée lumineuse ! La mort dans l'âme, Stessy rejoint Harry dans son bureau. Lisbeth, la secrétaire de ce dernier, l'informe qu'il l'attend dans la serre où il soigne sa collection d'orchidées. Je notai sur un

Post-it de faire une recherche sur la culture de ces fleurs, enregistrai mon texte et quittai la chambre.

— Coucou, Léa… Ta maman va bien ?

Je m'étonnais toujours que Nathalie ne vienne pas me dire bonjour quand elle ramenait sa fille, préférant la déposer devant la porte.

— Ouais, super, elle t'embrasse.

— Elle aurait pu entrer, on aurait pris un thé ou quelque chose…

— Mais c'est Aurélie qui m'a raccompagnée.

Aurélie était la meilleure amie de Nathalie, très présente pendant sa dépression, m'avait dit *ON*.

— C'est gentil de sa part.

— Ouais, trop ! s'exclama l'adolescente.

Si j'avais eu mon mot à dire, je n'aurais pas choisi Léa comme colocataire – je n'aurais d'ailleurs choisi personne – mais j'appréciais sa spontanéité. Elle m'avait tout de suite tutoyée quand les autres copains de classe de Léonard me donnaient du « madame ». Elle était aussi « cul de plomb » que mon fils, comme aurait dit ma défunte mère, mais elle apportait à la maison une bonne humeur qui nous avait manqué jusqu'ici. Satisfaite d'avoir trouvé la fin de mon manuscrit, j'étais prête à affronter cette usine à gaz qu'était Parcoursup.

— Bon, les jeunes, Parcoursup, on s'y colle ?

ON s'interrogea du regard puis acquiesça.

Je me couchai, satisfaite que cette première étape ait été accomplie. Cela nous avait pris tout l'après-midi et même une partie de la soirée. Je n'avais pas pu m'empêcher de pester contre ces technocrates qui avaient inventé ce système hautement anxiogène. Pour parvenir à lister ses vœux, il fallait :

1) Comprendre le langage informatique ;
2) Être un élève capable de se projeter dans l'avenir ;
3) Avoir un but ou même des envies ;
4) Avoir un dimanche à foutre en l'air.

Nous cochions les cases 1 et 4. Quant aux deux autres, seules la patience et l'abnégation m'empêchèrent de tordre le cou de Léonard et Léa. Ils étaient prêts à demander n'importe quelle fac du moment qu'elle se situait à proximité du centre-ville où ils espéraient loger.

— Non mais attendez : si vous vous en fichez des matières que vous allez étudier, vous pouvez tout aussi bien vous inscrire dans une agence d'intérim et remplir les rayons des supermarchés !

Ma remarque les avait fait sortir de leur léthargie et, de concert, ils avaient opté pour une licence de lettres modernes puis, par défaut, pour une de sociologie et enfin de psychologie. Ils ne souhaitaient pas devenir enseignants, chercheurs ou thérapeutes, mais tentaient de retarder l'entrée dans la vie active. Je ne pouvais les en blâmer, trouvant que la dégradation de la planète offrait peu d'espoir et de perspective à cette génération. Au fond de moi, j'espérais néanmoins qu'une de ces matières leur plaise assez pour qu'ils s'y consacrent avec joie et intérêt. Évidemment, ils s'inscrivaient dans les mêmes établissements. L'entité *LéonardLéa* fonctionnait à plein tube.

Le lendemain matin, *ON* partit prendre le car scolaire, main dans la main, laissant derrière lui son bordel habituel : table couverte de miettes, casserole dans l'évier, serviettes de toilette en boule. Le terreau n'ayant pas été balayé à temps, il s'était transformé en une pellicule humide et noirâtre là où trois paires de pieds l'avaient transporté. Je m'interdis de saisir l'aspirateur et retournai dans ma chambre qui me servait de bureau pour relire *Premier Baiser,* terminé à l'aube, avant de l'envoyer à Rose. Je devais m'assurer que chaque fin de chapitre créait une attente suffisamment forte pour que le lecteur tourne la page et que les archétypes patriarcaux et démodés étaient respectés. En une demi-heure, j'arrivai au *happy end.* Au cours de mes recherches, j'avais découvert que le nom « orchidée » venait du grec *orchis* qui signifie « testicules ». Malheureusement, ce genre d'informations n'avaient pas le droit de cité dans mon roman. Je corrigeai quelques fautes de frappe et je cliquai sur la touche Envoi de la boîte mail avec le sentiment du devoir accompli. Carla Lantel – mon pseudonyme inventé par l'éditrice à partir de mon véritable nom,

Clara Tallane – avait fait son boulot. Il était temps de faire le ménage. Mon portable sonna avant que je ne quitte ma chambre. *Rose* s'afficha sur l'écran. Je m'installai sur mon lit, Rose avait des logorrhées matinales comme d'autres ont des reflux gastriques. Contrairement à son habitude, elle ne me vrilla pas les tympans de sa voix stridente. Son ton était sinistre.

— Tu as déjà lu mon texte ? m'inquiétai-je.

— Parce que tu crois vraiment que je n'ai que cet souci dans ma tête ! me rembarra-t-elle.

Après trente ans passés en France, Rose continuait de massacrer la langue de façon aléatoire.

— OK... C'est quoi le problème ?

Je ne pouvais me soustraire à ce qui ne manquerait pas d'être une longue litanie de sa rancœur contre l'administration française ou les artisans. Les problèmes de mon unique employeuse devenaient les miens à un moment ou un autre. Lorsqu'elle avait été obligée de refaire le toit de sa maison de Seine-et-Marne, éventré par une tempête, elle avait décalé mes paiements de deux mois. Mais ce qu'elle m'exposait ce jour-là était pire qu'une toiture démolie : la collection « Amour et frissons » ne se vendait plus, elle était en déficit et sa comptable lui conseillait de mettre la clé sous la porte. C.Q.F.D. : j'étais en train de perdre mon boulot !

— Et si on reprenait les romans érotiques ? proposai-je.

À cet instant, je préférai oublier combien j'avais été réticente à me lancer dans ce genre de littérature quand Rose me l'avait demandé. J'avais vécu cela comme une gifle à ma sexualité inexistante. Mais peu à peu, en parlant avec Faustine, la libraire, qui se confiait facilement sur les aléas de son couple ou en écoutant les récits débridés de ma vieille amie Agathe qui accumule les amants âgés malgré sa soixantaine bien entamée, j'avais compris que mon point de vue de femme pouvait apporter un éclairage nouveau sur l'érotisme. Ce roman coquin m'avait permis d'explorer un terrain inconnu. Malheureusement, Rose, à l'époque, n'avait pas été capable de mener de front la promotion de deux collections. Et ce projet avait avorté. Cette fois, je proposai de l'aider. Léonard avait besoin de mon appui financier.

— Trop de la concurrence sur le marché !

— Si tu le dis… Mais alors, tu comptes faire quoi ?

Je n'osai pas lui demander si elle allait me payer *Premier Baiser.* J'attendis sa réponse, la boule au ventre.

— On doit trouver la solution. Sinon, je laisse tomber ! m'annonça-t-elle, un sanglot dans la voix.

C'est la première fois que je l'entendais pleurer. Rose était une femme exubérante, pleine d'énergie et haute en couleur. Je n'avais jamais imaginé qu'elle soit dotée d'un cœur.

— Ne craque pas. On va trouver, promis-je avant de raccrocher.

Melun – Octobre – 11 h 40

Il écrit encore deux ou trois mots sur son carnet. En tendant le cou, je reconnais les noms de Léonard et de Rose. J'ai l'impression qu'il se fait son propre film et qu'il a choisi ses personnages principaux.

— À ce moment-là, je n'avais aucune idée de la façon d'honorer cette promesse, dis-je en soupirant.

Il acquiesce et cale son dos contre le dossier de son fauteuil puis, tel un culbuto, rebascule vers l'avant pour se servir un verre d'eau. D'un geste, il propose de remplir mon verre. Puisque nous en sommes au mime, je réponds d'un hochement négatif de la tête. Pourtant, j'ai soif mais je me connais : dans cinq minutes, j'aurai envie d'aller faire pipi et je n'ai pas de temps à perdre. J'attends qu'il ait fini de boire avant de reprendre mon récit. Dès qu'il repose son verre vide sur son bureau, arrive ce que je craignais : deux gouttes perlent sur sa barbe. Il ne semble pas s'en rendre compte. Je trouve cela dégoûtant et me remets à parler en fixant un point entre son nez et ses yeux. Ce n'est pas très confortable mais tout plutôt que de voir cette zone luisante sur ses poils drus. Personne ne leur dit, aux barbus, qu'ils se baladent avec du jaune d'œuf, des miettes de pain ou de la vinaigrette collés à leur toison faciale ?

— Alors, cette promesse ? Vous l'avez tenue ? me relance-t-il, à nouveau lové dans son siège.

Je rassemble mes idées. J'ai à cœur de ne rien lui cacher, de respecter la chronologie et de n'omettre aucun détail. C'est une succession de petits évènements qui m'a menée où j'en suis. En oublier un fausserait l'histoire.

— En général, j'essaie toujours de faire ce que je promets.

J'emploie le verbe « essayer » à dessein afin qu'il ne me reproche pas de lui mentir. Essayer n'oblige pas à réussir. Il va finir par le comprendre…

Sainte-Caprine – Mars

La vaisselle et un coup d'aspirateur m'aidèrent à calmer mon inquiétude mais ne me donnèrent aucune idée pour sauver mon emploi. J'avais toujours gagné ma vie en écrivant. Ce qui m'apparaissait d'habitude comme un luxe était aujourd'hui un handicap. À l'approche de la cinquantaine, quelle autre perspective avais-je ? Je n'avais pas le talent d'Agathe qui s'était toujours fait entretenir par ses riches amants. Mon compte bancaire ne me permettait pas d'investir dans une affaire. Mes revenus ne m'ouvraient le droit à aucun crédit. Je ne pouvais pas compter sur Léonard pour subvenir rapidement à mes besoins. Et j'avais peu de chances de dégoter un éditeur pour remplacer Rose. En un mot, j'étais dans la merde. Je saisis mon manteau et mon sac, claquai la porte derrière moi et me retrouvai dans la rue. Les rayons du soleil perçaient le ciel couleur ardoise jusqu'aux piliers en pierre taillée qui soutenaient la halle. Les patrons du bar Le Cyrano avaient pris une semaine de vacances pour se préparer à l'arrivée des premiers touristes des ponts de mai. La terrasse était vide, je traversai donc la place sans avoir à slalomer entre les tables. J'aimais cette commune de trois mille habitants presque malgré moi. Rien ne m'avait préparée à vivre si loin de ma ville natale. En quittant Paris, je ne cherchais pas la quiétude de la province, ni la proximité de la campagne. Il fallait éloigner Léonard de la bande de gosses paumés avec laquelle il terrorisait le quartier. Sainte-Caprine fut une solution et non un choix. Nous mîmes des mois à y prendre nos repères et nous y étions arrivés. Léonard, grâce au collège et à Léa. Moi, grâce à Faustine, la libraire, et à Marge, qui, comme moi, avait connu une autre vie. Je longeais la vitrine de la boucherie pour rejoindre la rue piétonne quand Paulette, ma voisine, apparut. Elle et son mari, Jeannot, tous deux retraités, avaient été le cauchemar de mes débuts en Dordogne : toujours sur mon passage, envahissants et inquisiteurs. Au fil du temps, j'avais compris qu'ils étaient plus maladroits que méchants. Mais ils n'en demeuraient pas moins des fouines dont j'avais toujours hâte de me débarrasser.

— Coucou Paulette, vous revenez de chez le coiffeur ! Vous êtes toute belle comme ça ! me forçai-je à sourire.

Paulette croisa les bras, elle avait toute la journée devant elle.

— Elle ferait bien d'y aller aussi ! Comment elle va faire pour trouver un mari ?

Paulette et Jeannot se désolaient ouvertement que leur voisine soit célibataire. « Le couple, y a que ça de vrai ! » me clamaient-ils périodiquement.

— Vous avez raison, je devrais faire quelque chose, je ressemble à rien, répondis-je.

— C'est pas comme votre belle-fille. Elle est toujours tirée à quatre épingles. J'aime ça, chez les jeunes. Et le petit, il va bien ?

Elle, c'était moi, *le petit,* Léonard. *La belle-fille,* Léa. Pour mes voisins, nous n'avions pas de prénoms.

— Oui, il va très bien. Il a passé les premières épreuves du bac. Il dit qu'il a assuré. On verra bien. Je vous laisse, j'ai des courses à faire. Bonjour à Jeannot.

Sa petite tête permanentée au bleu dodelina en signe d'acquiescement et je m'éloignai à grands pas avant qu'elle ne relance la conversation. Paulette avait le don de vous coller au trottoir pour égrener tous les sujets d'actualité vus sur BFM TV.

Faustine m'avait prévenue la semaine dernière qu'elle profiterait de son jour de fermeture pour faire l'inventaire. À travers la porte vitrée, je distinguai la lumière des plafonniers. Je toquai et attendis quelques secondes avant de recommencer. Enfin, Faustine, en doudoune, leva la tête de son ordinateur, m'aperçut et vint m'ouvrir.

— Je sais... tu as envie de changer de métier..., la coupai-je avant qu'elle ne se plaigne.

— Tout juste, me sourit-elle.

Elle s'effaça pour me laisser entrer et verrouilla la porte derrière elle.

— Je suis là depuis cinq heures du matin et j'ai déjà une liste de huit livres qui ont disparu !

— Suzie a encore fait des siennes ?

Sa deuxième fille avait quatre ans et lui menait une vie d'enfer. Visiblement, c'était de pire en pire. Non seulement Suzie se réveillait plusieurs fois par nuit pour rejoindre ses parents, mais maintenant, elle faisait pipi dans leur lit.

— Je fais tourner trois lessives par jour ! Mais ce matin, j'en ai eu ras le bol. Mon mec, plutôt que de m'aider à changer les draps, est allé finir sa nuit sur le canapé du salon. Quand j'ai vu ça, j'ai recouché Suzie, je me suis habillée et je suis venue ici. Qu'ils se débrouillent !

Il faisait un froid polaire dans le magasin.

— En plus, j'attends toujours le chauffagiste ! Si ça continue, le plafond va être recouvert de stalactites !

Et contre toute attente, elle éclata de rire en rejetant la tête en arrière. J'adorais son caractère. Elle était capable de pester mais son fond était toujours joyeux et combatif. Elle réajusta ses lunettes qui, avec ses longs cheveux blonds, lui donnaient un air de secrétaire des années cinquante et retourna devant son ordinateur.

— Donne-moi la liste des livres que tu n'as pas trouvés et je vais essayer de les débusquer dans tout ce bordel, proposai-je.

Avec un air de défi, elle me tendit une feuille et me laissa l'étudier. La librairie était exiguë mais très bien agencée. Le parfum légèrement musqué de Faustine flottait dans l'air. Le rangement n'étant pas son fort, traînaient çà et là une écharpe, un jouet d'enfant ou une tasse de café. *L'École des beaux jours* de Christian Signol figurait en tête de liste. Je m'approchai du premier rayon dédié aux romans régionaux.

— Tu ne le trouveras pas, j'ai vérifié trois fois… On me l'a volé… prophétisa Faustine, les yeux toujours baissés sur l'écran de son ordinateur.

Sans me décourager, je glissai vers le présentoir des pièces de théâtre. Faustine ignorait que j'étais à la librairie le jour où elle s'était absentée pour conduire sa fille aînée, Lilou, chez le médecin. J'étais tombée sur une jeune stagiaire de troisième, à l'évidence pas très motivée, en plein rangement. Je m'arrêtai à la lettre M et tombai sur les œuvres de Molière : *Don Juan, Les Femmes savantes, L'Avare, Le Tartuffe ou l'Imposteur, Le Malade imaginaire, L'École des femmes, L'École des beaux jours.* Trois fois plus épais que les autres titres et déjà dans ma main. Je le brandis tel un trophée.

— C'est qui la plus forte ? m'écriai-je d'un ton goguenard.

Malheureusement, la chance cessa de me sourire et les autres livres demeurèrent introuvables. Vers midi, Faustine me proposa de partager son sandwich. Assises sur les chaises d'enfant du rayon jeunesse, nous commençâmes à manger quand elle me demanda si j'avais terminé mon manuscrit.

— Oui, mais c'est plutôt mon boulot qui est terminé... Rose Black risque de mettre la clé sous la porte. La guimauve, ça ne se vend plus..., grimaçai-je.

— Oh mince... Et moi qui te saoule avec mes histoires de pipi et de draps sales ! Et les livres érotiques ? Elle n'en veut plus ? Tu te débrouillais pas si mal pour une abstinente !

Derrière ses verres de lunettes, je distinguai son clin d'œil.

— Très drôle... Non, elle dit que la compétition est trop rude. Le lectorat d'« Amour et frissons » ne se renouvelle pas. Les lectrices vieillissent ou ont envie de choses plus modernes... Ce matin, j'ai cru que je pourrais me recycler dans la recherche de livres perdus mais l'essai n'a pas été concluant. On s'y remet ? proposai-je en me levant.

Faustine acquiesça. Nous nous concentrâmes sur les commandes reçues et attendues par les clients.

À chaque fois que je trouvais dans un carton l'un des ouvrages qui figuraient sur la liste « Commandes », j'en informais Faustine. Elle envoyait alors un mail au client pour le prévenir, puis rangeait le livre sur une étagère derrière la caisse. Le dernier de la liste avait un titre provocateur : *On n'est pas des chiennes !* J'enjambai un carton pour m'approcher d'un autre, tout petit, que je n'avais pas encore fouillé. En haut de la pile, un ouvrage à la couverture bariolée. Le titre était écrit en lettres calligraphiées formant deux bouches pulpeuses prêtes à s'embrasser.

— C'est quoi, cette horreur ? demandai-je à Faustine.

Elle hocha la tête d'un air désapprobateur comme pour me faire sentir qu'un fossé de génération nous séparait.

— Ben dis-moi ! insistai-je.

— Littérature LGBT. J'en vends de plus en plus. Celui-là, c'est l'histoire de deux femmes mariées, genre moi, banales et tout et tout et elles tombent amoureuses l'une de l'autre alors qu'avant, elles n'avaient été attirées que par des hommes. C'est tout le chemin qu'elles vont devoir parcourir pour accepter et se faire accepter. Chouette histoire…

— Qui te l'a commandé ? demandai-je.

— Secret professionnel, répondit-elle avec malice.

J'eus beau insister, Faustine ne me dévoila pas l'identité de son client. Elle me répéta seulement que ce genre de littérature avait ses lecteurs même ici à Sainte-Caprine. Et cette information infusa dans mon cerveau tel un poison.

Rose ne m'appela pas de la semaine, ni pour me parler de *Premier Baiser*, ni pour me dire quand elle voulait recevoir le manuscrit suivant. Chaque jour, je vérifiais sur mon compte bancaire en ligne si elle m'avait payée. Le virement arriva le jeudi matin. Cette bulle d'oxygène me permit de me détendre un peu. Mais ce confort financier étant provisoire, je continuai à chercher comment ne pas sombrer. Je visitais les sites des éditeurs, lisais des blogs d'auteurs et consultais même les annonces de France Travail. Pourquoi ne pas faire un bilan de compétences ? pensais-je parfois. Mais je repoussais cette éventualité à plus tard. En fin de journée, quand rentrait mon couple d'ados, le dîner était préparé, la maison rangée. Je ne confiais rien de mes préoccupations.

Léonard m'annonça, le vendredi matin, que *ON* passerait le week-end chez Nathalie dont c'était l'anniversaire et que *ON* ne rentrerait que le dimanche soir. J'accueillis cette information sans montrer mon aigreur de n'être point conviée. Sa fille était blanchie, nourrie et hébergée à la maison depuis des mois sans jamais un mot gentil pour moi, ni même un paquet de pâtes. Comme disait Paulette pour parler d'une personne égoïste, avec Nathalie, c'était « ni merci, ni mange, ni merde ». Léonard me fit jurer d'arroser ses semis le samedi et le dimanche matin. Quelques petites pousses commençaient à percer le terreau. Chaque jour, avant de partir en cours, il ouvrait la miniserre chauffée qu'il avait collée à la fenêtre de sa chambre et admirait son œuvre.

— Pourquoi des framboisiers ? m'étais-je étonnée.

Même en confiture, on n'en mangeait jamais. Léonard m'avait expliqué qu'il avait profité d'une promotion sur Internet.

La porte d'entrée se referma sur *ON* et le silence envahit la maison. Je luttai contre l'envie de téléphoner à Rose pour prendre des nouvelles mais je craignais de l'entendre me dire qu'elles étaient épouvantables. Je m'apprêtais à m'installer à mon bureau quand Marge m'appela. Elle en vint tout de suite au motif de son appel :

— Je suis passée à la librairie et Faustine m'a dit que tu étais dans la panade question boulot alors je voulais savoir où en était ton moral…

Marge Mirella était une grande amie de Faustine. C'est elle d'ailleurs qui me l'avait présentée l'année de mon installation à Sainte-Caprine. Après avoir été mannequin, ce qu'on ne pouvait ignorer tant elle était sublime, elle poursuivait une carrière de photographe avec succès. L'an passé, elle avait exposé à

Paris, Bordeaux et Milan. Nous parlions souvent de la difficulté de travailler seule, de l'angoisse de ne rien produire et aussi du sentiment de liberté que nous ressentions. Mais contrairement à moi, et elle ne s'en cachait pas, Marge n'avait pas besoin de gagner sa vie. Elle avait commencé à travailler à l'âge de quinze ans puis avait hérité de son mari et de leur splendide maison. Le seul être qu'elle avait à charge était un petit bâtard à poils longs qu'elle s'était résolue à nommer « Sans-Nom » faute de lui en trouver un.

— Oh, c'est gentil... Mais ne t'inquiète pas, je vais rebondir... Dans quel sens, on verra bien... Tu fais quoi ce week-end ? Les gosses m'ont abandonnée, je suis libre comme l'air.

Marge me demanda de l'accompagner le lendemain visiter un château. Son propriétaire venait d'en terminer la restauration et lui avait commandé un reportage photos pour une plaquette promotionnelle.

— Il va louer une partie pour des mariages ou des séminaires. Et ouvrir des chambres d'hôte. La toiture lui a coûté une blinde, il doit rentabiliser son investissement, m'expliqua-t-elle.

Je l'écoutais, étonnée. D'habitude, elle travaillait sur ses propres projets.

— Tu en as marre des visages de femmes, tu te mets aux vieilles pierres ? plaisantai-je.

— Je n'ai pas encore dit oui. Je verrai après la visite. Je viens te chercher à quatorze heures, c'est bon pour toi ?

Je lui assurai que ça serait parfait. Avant de raccrocher pour répondre à un double appel, elle ajouta en vitesse :

— Trouve-toi un maillot de bain ! Bisou.

Et elle coupa la communication. Un maillot de bain pour visiter un château ? Tout étant plus excitant que de penser à mon sort, je me dirigeai vers ma commode.

À trois heures du matin, à force de me tourner et me retourner dans mon lit, je décidai de me lever. Dans la pénombre, je distinguais le maillot de bain posé sur mon bureau, à côté de l'ordinateur en veille. J'avais fini par le trouver dans le tiroir à chaussettes après avoir mis sens dessus dessous ma lingerie. Du coup, j'en avais profité pour trier mes culottes et jeter celles devenues flasques. Cela ne m'avait pris qu'une demi-heure et trop peu d'énergie. Alors, je m'étais mise à nettoyer fébrilement les étagères de la cuisine puis celles de la salle de bains. Et mon esprit, sans que je l'aie décidé, avait échafaudé le canevas d'une nouvelle histoire pour la collection « Amour et frissons » :

Moïra, jeune interne, vient d'être engagée à la clinique des Acacias en même temps que Thomas, kinésithérapeute… Dès le premier jour, Moïra est harcelée sexuellement par le docteur Georgias, un vieux chirurgien libidineux qui a fait fuir plus d'une interne. Mais Moïra, qui vit encore chez sa mère, ne peut quitter son emploi. Va-t-elle céder au docteur Georgias ou va-t-elle se confier à Thomas et puiser en elle le courage de dénoncer son prédateur ?

J'avais trouvé une façon d'évoquer le problème du harcèlement sexuel et du consentement dans une intrigue cousue de fil blanc. Je m'installai à mon bureau.

Huit heures sonnaient à l'église de Plaisir-en-Brie au moment même où, d'un pas pressé, la jeune Moïra traversait la place.

Alors que les mots prenaient forme sous mes doigts, j'étais inconsciente du danger qui planait autour de moi. Il n'était pourtant qu'à quelques mètres. Mais le besoin d'écrire étant le plus fort, je m'isolai dans une bulle aux parois particulièrement opaques.

Melun – Octobre – 12 h 10

Je m'interromps soudainement, en me rendant compte que je n'ai rien fait de ce manuscrit. L'ai-je même terminé ? Il doit être rangé quelque part dans les entrailles de mon ordinateur. Je me promets de vérifier dès que je rentrerai chez moi si j'y reviens un jour. Il me fixe, étonné par ce silence.

— Vous voulez faire une pause ? me demande-t-il.

— Non, non… Pardon… Je pensais à un truc…

— Lequel ?

— C'est sans importance… Je continue ?

Il acquiesce et reprend son carnet, son stylo toujours en main comme s'il allait écrire sous ma dictée. La situation est étrange. Je suis assise face à un inconnu et lui déballe une partie de ma vie. Curieusement, je ne ressens aucune honte. À peine une légère inquiétude qui fait gargouiller mon estomac. Il me sourit, comme pour m'encourager à poursuivre. Sa barbe a séché, il est à nouveau regardable. Je réponds à son sourire.

— Ça ne vous dérange pas si je me lève un peu ?

— Je vous en prie…

Je me mets debout et fais quelques pas jusqu'à la fenêtre. La pluie n'a pas cessé de tomber…

Sainte-Caprine – Mars

Marge était arrivée à quatorze heures pile. Elle avait décliné le café que je lui avais proposé et quelques minutes plus tard, nous étions en route dans son 4×4 boueux. Le brouillard matinal avait laissé place à un ciel de cristal. Un petit vent froid rappelait que le printemps ne s'était pas encore installé. Pas plus que Faustine, Marge ne chercha à me remonter le moral avec de faux espoirs. Elle savait ce qu'était la précarité de nos métiers. Elle revint plutôt sur l'époque où elle avait cessé d'être mannequin.

— J'en avais assez de voyager tout le temps et d'être traitée comme un joli bout de viande. Le problème, c'est que j'avais arrêté mes études en troisième. J'avais l'impression d'être nulle… nulle et incompétente…

— La photographie, tu connaissais quand même…

— Oh mais je n'ai pas commencé par ça. Tu vas rire mais j'ai d'abord suivi une formation d'assistante sociale. Peut-être pour me racheter d'avoir gagné pas mal d'argent en me contentant de sourire, les seins en avant.

— Et tu as travaillé comme assistante sociale ?

— Oui. À la Cimade, une asso qui vient en aide aux réfugiés. C'était passionnant et éreintant émotionnellement.

— Vu les difficultés que j'ai eues avec mon fils, je ne crois pas que je serais légitime pour aider qui que ce soit, dis-je au bout d'un moment.

Marge lâcha du regard la route pour m'observer.

— Je te parle de mon parcours, je ne m'élève pas en exemple, tu sais. En plus, je n'ai tenu que trois ans. Dès qu'Arnaud a hérité de la maison de ses parents, j'ai tout lâché pour vivre avec lui à Sainte-Caprine. Tu l'aurais apprécié, mon mec.

Cela faisait sept ans qu'il était mort soudainement et à chaque fois que Marge l'évoquait, je sentais à quel point il lui manquait. Le château de Roveyrac apparut soudain à la sortie d'un long virage. Planté sur les hauteurs, il surplombait la Vézère qui serpentait entre les champs. Nous quittâmes la départementale pour une petite route sinueuse qui, après avoir traversé le village de Roveyrac construit sur les falaises, nous mena jusqu'à l'imposant portail du château qui s'ouvrit lentement, sans un bruit.

— Nous sommes attendues, s'amusa Marge.

La voiture emprunta l'allée plantée de tilleuls et nous nous garâmes devant une immense terrasse. En son centre, une fontaine en pierre crachait une eau bouillonnante vers le ciel.

— Waouh, c'est, c'est…

— C'est kitsch, m'interrompit Marge en coupant le contact.

— Oui, si tu veux. J'allais dire féerique mais kitsch, ça me va aussi.

En ouvrant la portière, Marge me prévint qu'elle allait me présenter comme sa collaboratrice. Elle précisa que cela ne voulait rien dire et que cette étiquette ne m'obligeait pas à lui porter son sac ou à lui tenir les portes. Je souris et descendis du 4×4. Cette journée me permit de découvrir une autre Marge. Dès que le propriétaire du château, Guy-Bernard Plat, la cinquantaine corsetée dans un blazer bleu marine, une écharpe en cashmere turquoise virevoltant à chacun de ses mouvements, nous accueillit au bas des marches de la terrasse, elle redevint la Marge Mirella qui avait arpenté les podiums du monde entier. Le visage sans expression, la nuque haute et les yeux mi-clos, elle toisait le châtelain avec assurance, sa petite Cendrillon – moi – un pas derrière elle. Plus elle le jaugeait du haut de son mètre quatre-vingts, plus Guy-Bernard Plat sautillait autour d'elle tel un chiot excité, à deux doigts de lui manger des croquettes dans la main. Il lui proposa – j'étais invisible à ses yeux – de lui faire visiter le domaine, puis, avec un gloussement de plaisir, lui rappela sa « petite proposition ».

— Une bouteille de champagne vous attend dans le spa…

Je compris enfin pourquoi j'avais fourré mon maillot de bain au fond de mon sac. Marge ne releva pas et, sans un sourire, annonça qu'elle était prête à le suivre. Nous partîmes vers le parc à la pelouse rase, longeâmes des parterres de topiaires aux formes arrondies jusqu'à un bassin de nage en pierre dissimulé derrière un paravent de bambous. Tel un dindon, notre hôte se rengorgeait à chaque installation. Il avait engagé les meilleurs artisans, venus de Paris ou d'Italie, pour recréer la beauté du passé grâce aux plans d'origine qu'il avait retrouvés aux Archives nationales.

— Même la serre a été rebâtie à l'identique, dit-il en pointant son index potelé vers une bâtisse de verre et de fer forgé.

Je prenais garde de ne pas m'extasier puisque Marge se contentait de hocher la tête de l'air blasé de celle que ce luxe n'impressionne pas. Nous pénétrâmes dans la serre. Un homme en tablier gris était penché sur une longue table sur laquelle reposaient des centaines de pots de semis. Plat nous le présenta comme le jardinier en chef, sous-entendant qu'il existait, cachée dans les bosquets taillés, une armée de petites mains. Plat entraîna Marge vers de hautes poteries dans lesquelles étaient plantés citronniers et orangers. L'air embaumait du parfum subtil des agrumes. Je restai un instant en arrière à lire les étiquettes plantées dans les semis. Des noms en latin que j'avais peine à déchiffrer.

— Mon fils adorerait cet endroit ! Il a fait plein de semis de framboisiers ! m'exclamai-je.

Le jardinier fronça les sourcils.

— C'est rare de semer des framboisiers… en général, on les bouture ou on les divise, dit-il d'un ton didactique.

— Ah… Je lui dirai. Il débute, vous savez…

Après un petit salut de la tête, je le quittai pour rattraper Marge et Plat qui avaient traversé le parc et grimpaient les marches du perron. La visite du château me déconcerta. Si les murs en pierre donnaient de la noblesse à chaque pièce, la décoration tape-à-l'œil choisie par Plat – et sa décoratrice italienne dont il nous rebattit les oreilles – transformait l'ensemble en une succursale de musée d'art contemporain. Là un chevalier en acier rutilant, ici une immense mappemonde accrochée au plafond d'une bibliothèque, sans parler des lustres à pampilles de l'imposante et surchargée salle à manger. Seule la cuisine, de la taille de ma maison, trouva grâce à mes yeux. Les lignes des meubles étaient épurées et la vue sur le parc y était reposante. Plat, sans cesser de jacasser, nous conduisit à l'étage par un double escalier en bois sculpté. Cela faisait une heure que nous marchions et mes mollets commençaient à tirer. Je fus soulagée d'apprendre que nous ne visiterions que le premier étage. Plat gardait les combles et le grenier pour de futurs projets, nous confia-t-il avec un air de conspirateur. Peut-être envisageait-il d'y installer une salle de jeux clandestine ou un bordel ? pensai-je pour tromper le subit ennui qui s'abattit sur moi. Les douze suites parentales avaient permis à l'Italienne de décliner toutes les possibilités d'installer une baignoire dans cinquante mètres carrés : ronde au milieu de la chambre, ovale face à la fenêtre, dans une encoignure derrière des vitraux, à remous sur un podium, au ras du sol, au pied du lit. Marge prit enfin la parole pour annoncer qu'elle en avait vu suffisamment pour réfléchir à la façon de présenter le domaine à de potentiels clients.

— Il ne s'agit pas de faire un catalogue comme le ferait une agence immobilière. Il faut trouver l'angle artistique et attractif, conclut-elle.

Ces deux adjectifs juxtaposés produisirent chez le châtelain un râle extatique qui lui fit plisser les yeux et monter sur la pointe de ses mocassins. S'ancrant à nouveau au dallage, il se frotta les mains avec un air gourmand.

— Alors, maintenant, le spa !

Le lendemain matin, je me réveillai comme à mon habitude vers cinq heures et, n'ayant aucun manuscrit à livrer, je paressai au lit, souriant encore des évènements de la veille. Le châtelain avait eu du mal à nous laisser seules au spa. Il avait tenu à nous servir le champagne, avait fait l'éloge du sauna et plongé ses doigts dans l'eau salée du bassin intérieur pour vérifier que sa température était telle qu'il l'avait commandée. Quand enfin, il avait disparu, Marge s'était mise à inspecter les plafonds voûtés, les encoignures des murs végétaux, avait passé la main sur les piliers en chêne qui soutenaient la toiture pour s'assurer que nous n'étions ni filmées, ni enregistrées.

— Avec un taré pareil, il faut se méfier..., avait-elle murmuré.

Rassurée, elle avait ôté ses vêtements, enfilé son maillot de bain et s'était glissée dans l'eau avec un soupir de soulagement.

— J'ai les pieds en feu... Tu viens ? m'avait-elle demandé en attachant ses longs cheveux roux en chignon.

Durant une heure, nous avions alterné entre le sauna et la piscine et terminé la bouteille. Moi qui buvais rarement, j'avais la tête qui tournait et la diction hasardeuse. M'y reprenant à deux fois – les mots restaient collés à mon palais –, j'avais félicité Marge pour son attitude distante et son silence, persuadée que c'était une posture commerciale pour se faire désirer. Elle avait éclaté de rire.

— Mais pas du tout ! J'ai fermé les écoutilles ! Je n'avais pas le choix. Il avait une haleine à vomir !

— Merde ! Je te jure, j'ai cru que c'était calculé. Tu as vu comme il te parlait ? Il était au bord de l'orgasme !

Imaginer Plat en plein coït nous avait fait exploser d'un fou rire nerveux. Sur le chemin du retour, le chauffage à fond dans l'habitacle pour sécher nos cheveux, nous avions échangé nos impressions sur la décoration et tenté de calculer l'argent dépensé. À la nuit tombée, Marge m'avait proposé de dîner chez elle, elle me raccompagnerait ensuite. La soirée s'était prolongée dans son salon, assises sur des poufs devant un feu de cheminée, Sans-Nom allongé entre nous.

— Tu vas l'accepter, cette commande, ou non ? avais-je demandé en terminant un sorbet au citron.

Marge s'était étirée, le chiot l'avait imitée. Elle m'avait répondu en souriant :

— Ça dépend de toi…

Marge était pour moi l'une des plus belles rencontres de ces dernières années. Non pas parce qu'elle était dotée d'une plastique de rêve, d'une maison chaleureuse et d'un regard de photographe qui me touchait, mais parce qu'il y avait chez elle une empathie naturelle, une générosité subtile et désintéressée. Et la veille au soir, c'est moi qui en avais été l'objet. Voyant que je ne comprenais pas où elle voulait en venir, elle m'avait expliqué que cette commande ne l'intéressait que si nous travaillions ensemble, elle pour les photos, moi pour le texte.

— Et comme Plat s'attend à ce que cela lui coûte une blinde, il l'espère même puisqu'il n'y a que le prix qui lui assure qu'il engage les meilleurs – elle dessina des guillemets avec les doigts –, on va lui facturer un max et on partagera... Si tu es d'accord, bien sûr.

Émue, j'avais accepté.

Pour une fois seule dans la maison, je préparai mon petit déjeuner en tee-shirt et culotte. Pendant que l'eau bouillait, je remplis l'arrosoir que Léonard avait posé sur le plan de travail comme une alarme et allai dans sa chambre arroser les semis. *ON* était parti en week-end en laissant dans la pièce un désordre épouvantable. J'enjambai la couette jetée à terre, marchai sur un paquet de gâteaux entamé et contournai deux haltères pour atteindre la petite serre. Les framboisiers mesuraient maintenant dix ou douze centimètres de hauteur. À en croire Léonard, il faudrait bientôt les repiquer dans de grands pots avant de pouvoir les planter dans le jardin où de larges trous gavés de terreau et de fumier les attendaient déjà. Il avait la main verte, pensai-je. Et je notai dans un coin de mon esprit de prendre ses cultures en photo pour les montrer au jardinier du château de Roveyrac. *Eh oui, mon gars, on peut semer des framboisiers, mon fils l'a fait*... Dans la chaleur ouatée de la petite serre, l'arrosoir se déversa lentement autour des pousses.

Contre toute attente, *ON* déboula à quatorze heures alors que je finissais de nettoyer les vitres. Léa fila s'enfermer dans la chambre, sans un regard, ni un mot pour moi. Léonard me rejoignit, le visage grave.

— C'est la merde, grimaça-t-il

Dans un éclair, je compris : Léa était enceinte ! Comment était-ce possible ? Dès que leur histoire avait été sérieuse, j'avais acheté une boîte de préservatifs que j'avais rangée dans le tiroir de la table de nuit de mon fils. Quelques mois plus tard, il m'avait annoncé avec fierté que sa copine prenait la pilule. J'avais été soulagée même si j'étais encore obligée de chasser de mon esprit les images qui me rappelaient que Léonard n'était plus un enfant. Cette fois, j'étais bien décidée à ne pas gérer seule ce problème. Léa avait une mère et même un père, contrairement à Léonard. Il était hors de question que je m'occupe seule de l'IVG d'une mineure. Le sang battait à mes tempes quand il m'expliqua qu'Aurélie vivait chez Nathalie.

— Et là, Léa, elle découvre que la fille d'Aurélie, elle est installée dans sa chambre, au milieu de ses affaires, genre, elle est chez elle. La gamine, elle a six ans et elle touche à tout ! On a dû dormir sur le clic-clac du salon !

— Et ? l'encourageai-je.

— Ben… Ça lui a fait trop mal de voir ça, enchaîna Léonard.

— Elle est pas enceinte ? murmurai-je.

Léonard leva les yeux au ciel comme à chaque fois qu'il me trouvait à côté de la plaque.

— Merde, maman, c'est pas le moment de vanner ! Je te parle de choses graves. T'as pas l'air de comprendre comment c'est dur pour elle. C'est comme si sa mère l'avait foutue à la porte ! Elle a plus aucune intimité dans sa propre maison !

Je hochai la tête pour mimer l'empathie mais je m'en fichais complètement de l'intimité de « ma belle-fille ». Tout ce que je voyais, c'est que je n'allais pas être obligée de trouver une gynécologue en urgence, ce qui, en Dordogne était une mission quasi impossible. Cette libération me procura une envie de hurler de joie mais je m'abstins et continuai à dodeliner du chef.

— La pauvre…, lâchai-je enfin. Mais la pilule, ça va ? Je veux dire, elle la prend tous les jours ?

Léonard soupira et m'abandonna pour rejoindre sa chérie et son désespoir.

ON ne réapparut qu'à l'heure du dîner avec une tête d'enterrement. J'avalai en silence mon assiette de spaghettis carbonara par respect pour les problèmes de Léa. Après la dernière bouchée, je craquai.

— Je ne voudrais pas me mêler de ce qui ne me regarde pas mais j'aimerais savoir, Léa, ce qui te fait souffrir, au fond ? Parce que, chez toi, tu n'y vas presque jamais, alors quel est le problème ?

J'avais pris soin d'adopter un ton bienveillant mais, piètre comédienne, j'avais conscience qu'il dissimulait mal ce que je pensais de la situation : *Elles étaient délicieuses, mes carbonara ! Ça vous tuerait de le dire ? Juste ça !* Léa poussa un long soupir. Léonard posa sa main sur la sienne. J'hallucinais, j'avais devant moi deux rescapés du *Titanic* venus fêter leurs cinquante ans de mariage. Là encore, je me retins de crier : *OK, y a une gamine qui fouille dans tes affaires mais lesquelles d'affaires puisqu'il y en a déjà une tonne chez moi ? Et puis, c'est pas la fin du monde ! Vous avez entendu parler du réchauffement climatique ? Ça, c'est un sujet qui doit vous mettre le moral dans les chaussettes !* Pourtant, je me contentai d'ajouter avec un sourire triste :

— Tu n'es pas obligée de répondre, bien sûr...

— Non mais en vrai, ce qui me rend malade, c'est que ma mère, elle m'a même pas prévenue...

— Qu'Aurélie vivait en coloc avec elle ?

— Pourquoi tu dis en coloc ? s'étonna Léonard.

— Ben... je sais pas... c'est ce que tu m'as dit... D'ailleurs, je trouve que c'est un très bon plan... Maintenant qu'elle est divorcée, c'est plus confortable de partager cette grande maison avec une copine... Et puis, ça fait moins de frais... Enfin, j'imagine...

— Non mais c'est pas ça. Aurélie, c'est la meuf à ma mère, précisa Léa.

— DE ma mère, enchaînai-je par automatisme.

Ce genre de fautes de grammaire me donnait des acouphènes.

— La meuf de ta mère ?

Je venais de comprendre l'information lâchée avec désinvolture.

— Ça fait deux ans qu'elles sont ensemble. C'est pour ça que ma mère a quitté mon père.

— Ah… je ne savais pas… Mais c'est chouette… Je veux dire, c'est bien que chacun aime qui il veut… Il ne faut pas que ça t'angoisse…

— Maman, t'es relou ! Léa, elle s'en bat les ovaires de savoir avec qui sa mère elle couche !

— Complet ! surenchérit la moitié de *ON*.

Ce dont elle ne se fichait pas était que sa mère ne lui avait pas demandé l'autorisation d'installer Mélodie dans sa chambre. J'eus beau lui certifier que sa maman l'aimait, n'avait pas voulu la froisser, avait sûrement eu d'autres priorités à gérer, Léa n'en démordit pas : elle lui avait manqué de respect ! Léonard abondait en son sens. Crime de lèse-majesté. Je demeurai silencieuse face à l'intransigeance de l'adolescence.

Plus tard, je croisai mon fils dans la salle de bains. Je profitai de ce rare moment en tête à tête et fermai la porte derrière nous. La chambre de Léa et l'arrivée de Mélodie m'intéressaient assez peu. En revanche, que Nathalie vive avec une femme me faisait bouillonner le cerveau. Il y avait eu ma découverte du roman *On n'est pas des chiennes !* et maintenant celle de l'homosexualité de cette femme mariée pendant vingt ans. Comme si ce vent de liberté me poussait vers une nouvelle voie, celle qui, peut-être, allait me sortir de l'ornière.

— Tu le savais, toi, que Nathalie était lesbienne ? demandai-je à voix basse.

Léonard, qui venait de fourrer sa brosse à dents dans sa bouche, acquiesça d'un mouvement de tête.

— Et autour d'elle, les gens sont au courant ? poursuivis-je.

Il acquiesça de nouveau.

— Et ça ne pose pas de problème ? Ici ? À Sainte-Caprine ?

Léonard cracha le surplus de dentifrice dans le lavabo et me répondit, les lèvres encore recouvertes de mousse :

— Ben non, pourquoi ? Dans notre classe, y en a deux. Et la mère de Stuart, elle aussi, elle vit avec une meuf… T'y as jamais pensé pour toi ?

Déjà, je ne l'écoutais plus. Dans ma tête, l'argumentaire que j'allais exposer à Rose se construisait.

— T'y as jamais pensé pour toi ? insista-t-il.

— Pour moi ? Oh si, bien sûr ! C'est une super idée !

Ragaillardie, je lui envoyai un baiser du bout des doigts et regagnai ma chambre. Une fois encore, l'impérieuse nécessité d'écrire exacerbée par ma perte de revenus me rendit aveugle. J'aurais pourtant juré que les mères avaient un sixième sens...

Le lendemain matin, à en juger par la quantité phénoménale de céréales qu'elle versa dans son bol, Léa semblait avoir retrouvé le moral. Le chocolat chaud de Léonard refroidissait sur le plan de travail, il arrosait ses semis. Je trempais mes tartines grillées dans mon thé, debout, près de l'évier. Je ne savais pas m'asseoir pour petit-déjeuner. Installée à la petite table, son classeur de philo ouvert devant elle, Léa révisait une dernière fois le bac blanc qu'ils devaient passer dans l'après-midi.

— Ça va ? Tu te sens prête ? lui demandai-je.

— Ouais, la philo, c'est un peu la roulette russe... Je revois juste les notions sur le conscient et l'inconscient... J'ai pas tout compris mais ça va le faire...

Je l'encourageai d'un sourire. Enfin, Léonard nous rejoignit.

— Ah au fait, je t'ai pas dit... samedi, j'ai rencontré le jardinier en chef d'un grand château et je lui ai parlé de tes semis...

— Pourquoi t'as fait ça ? m'interrompit-il d'un ton brusque.

— C'est une pointure. Il pourrait nous donner des conseils. D'ailleurs, selon lui, les framboisiers, on ne les sème pas. Normalement, on les bouture ou on les divise.

— Laisse tomber… Je sais ce que je fais ! trancha-t-il.

N'ayant aucune envie de batailler avec un adolescent mal embouché, je posai ma tasse de thé dans l'évier et quittai la cuisine. Dans mon dos, je l'entendis murmurer à sa moitié :

— Elle est chiante, elle parle trop…

— Fais attention, monsieur Je-sais-tout, je t'ai entendu ! lançai-je en disparaissant dans ma chambre.

Il ne me restait que quelques mois à supporter cette cohabitation. En septembre, je serais seule. J'ignorais si j'en serais soulagée ou accablée de chagrin. À la minute même, je penchais plutôt pour soulagée. Il était difficile de supporter les sautes d'humeur de ce couple d'adolescents, de ne rien partager avec eux et de ressentir à chaque réflexion que j'étais hors jeu. Léonard avait pris très jeune l'habitude de m'apprendre la vie, certainement parce que nous avions vécu l'un sur l'autre et qu'il se sentait aussi responsable de moi que je l'étais de lui. Il avait prouvé, à différentes reprises, que ses conseils étaient judicieux, son intuition également. Malgré cela, je me considérais comme une mère fiable et prévoyante. Et comme je ne voulais pas que mon fils se mêle de la façon dont je gérais ma piètre carrière, j'attendis que la maison soit déserte pour téléphoner à Rose. Si je n'avais pas eu d'enfants à charge, je n'aurais jamais fait la proposition que je lui fis quand enfin la porte d'entrée se referma sur *ON*.

— J'ai trouvé comment on peut s'en sortir ! lui annonçai-je de but en blanc.

— Alors, tu es plus forte que ma comptable, répondit-elle avec un vague soupir désabusé.

Je ne me laissai pas contaminer par son défaitisme et vendis avec enthousiasme la nouvelle collection que j'avais baptisée : « Aujourd'hui, l'amour ». Je lui parlai de Nathalie et d'Aurélie, de la mère de Stuart et de *On n'est pas des chiennes !*

— Bien sûr qu'il y a des écrits et même des romans sur les lesbiennes. Et depuis très longtemps. Mais pour la plupart, il s'agit d'écrits féministes, militants. Nous, on va proposer des romans d'amour qui mettront en scène des femmes qui s'aiment, tout simplement. Et ça intéressera autant les adolescentes que les quinquas ! Tu en penses quoi ?

Rose m'imposa un long silence. Je l'imaginai passer ses ongles manucurés dans son abondante chevelure. Je tapotai du bout des doigts sur mon bureau. Pourquoi ne sautait-elle pas de joie ? Toute la nuit, j'avais pensé à cette littérature de niche. Il y avait un public à séduire. J'en étais convaincue. Enfin, Rose se manifesta :

— Je préfère « L'amour aujourd'hui ». C'est plus percutant. Mais il y aura du sexe ou seulement de la guimauve ?

— Ni l'un ni l'autre. Il y aura des sentiments, de l'émotion et surtout de vrais personnages et une histoire qui se tient.

— Oh, par pitié, Clara, n'essaie pas de me fourrer la prochaine Goncourt...

— Fourguer, pas fourrer. Fourrer, c'est quand on met quelque chose dans quelque chose. Un gâteau fourré au chocolat, par exemple, la repris-je.

— Pas maintenant, le cours de français, s'il te plaît. J'ai vraiment le tête pleine de problèmes. Tu as une histoire ?

— Bien sûr ! m'exclamai-je.

Heureusement, je pus terminer la conversation sans que Rose me demande les grandes lignes du futur manuscrit. Je n'avais encore aucune idée de ce que j'allais pouvoir écrire. Mais je savais à qui m'adresser pour trouver l'inspiration. Dès que j'eus raccroché avec Rose, je téléphonai à Faustine. Elle profitait généralement du lundi pour abattre les corvées d'une jeune mère de famille dont l'époux ne s'acquitte pas : le ménage et les courses. Elle répondit à la première sonnerie. Elle n'était pas au supermarché, ni collée à sa planche à repasser mais chez l'esthéticienne pour sa séance mensuelle d'épilation.

— J'ai quasi fini. Tu veux qu'on déjeune ensemble ? me proposa-t-elle.

J'acceptai avec empressement. Nous convînmes de nous retrouver à Bergerac dans un restaurant japonais.

Faustine avait toutes les qualités d'une amie parfaite, à une exception près : elle était incapable d'être à l'heure. Cela faisait donc vingt minutes que je lisais et relisais la carte des sushis quand, essoufflée, elle arriva, les verres de ses lunettes couverts de buée.

— Désolée… j'ai dû faire un crochet par la maison. Le doudou de Suzie était dans mon sac, Vincent n'arrivait plus à gérer la crise…

Et elle s'assit face à moi en poussant un long soupir de soulagement. Je la rassurai, j'avais pris le temps de comparer tous les menus et de choisir le mien. Elle décréta qu'elle prendrait la même chose que moi. Déjà, une jeune serveuse avec des couettes s'approchait de notre table, son carnet à la main.

— Alors, ça sera deux menus n° 23, s'il vous plaît et une carafe d'eau.

La serveuse prit note et nous laissa seules.

— Faustine, j'ai trouvé un nouveau filon pour mon éditrice mais il va falloir que tu m'aides !

Mon amie ôta ses lunettes et les essuya sur son pull en m'assurant qu'elle ferait tout ce qu'elle pourrait. Je lui demandai alors de m'arranger un rendez-vous avec la cliente – j'étais sûre qu'il s'agissait d'une femme – qui lui avait commandé *On n'est pas des chiennes !* Les lunettes à nouveau sur son nez, elle éclata de rire en renversant la tête en arrière, comme elle le faisait toujours.

— Tu n'as vraiment pas besoin de moi. Et d'abord, pourquoi tu veux la rencontrer ?

J'énumérai alors les éléments qui m'avaient décidée à écrire pour les lesbiennes. Mais je ne voulais pas foncer sans parler à des femmes qui l'étaient devenues après une vie banale d'hétéro.

— Et à part la mère de Léa, je n'en connais pas. Je ne vais pas aller la voir, ça pourrait l'embarrasser ou embêter *ON*.

Faustine savait qu'il s'agissait de LéonardLéa, c'était même dans sa librairie que m'était venue cette expression.

— Alors, je suis désolée, je ne peux rien pour toi, me répondit-elle en tordant la bouche comiquement.

— Pourquoi ? Je ne comprends pas…, balbutiai-je, décontenancée.

Et soudain, tout s'éclaira.

— Tu veux dire que ta cliente, c'est… Nathalie ?

Faustine leva les paumes vers le plafond signifiant ainsi : *Ce n'est pas moi qui te l'ai dit mais je ne démens pas.*

— Oh merde…

Personne, à moins d'être doté d'un ego surdimensionné, n'a envie de voir sa vie privée étalée dans un livre. J'aurais beau prononcer « auto-fiction », « documentation », « conseil », la mère de ma belle-fille resterait persuadée que je lui avais volé un morceau d'elle-même. J'aurais préféré m'adresser à une étrangère.

— Si ça peut te rassurer, la cliente qui m'a commandé ce bouquin n'a aucun problème avec sa… reconversion. Elle assume complètement et ne se cache pas. Je pense qu'elle serait très contente d'en parler avec toi, me rassura Faustine.

Melun – Octobre – 12 h 55

Il se racle la gorge puis se gratte la tête avant de lisser sa barbe. Avoir une barbe c'est comme avoir un animal de compagnie à disposition pour un petit gratouillis réconfortant. La barbe, c'est le doudou des adultes. Mais comment font les imberbes ? Comment font les femmes ? Je secoue les épaules pour chasser ces questionnements parasites. D'un doigt, il allume l'écran de son portable et y jette un rapide coup d'œil, juste le temps de vérifier l'heure. Je lui demande si tout va bien. Il acquiesce en ouvrant les paumes de main vers l'extérieur, de l'air de dire qu'il m'offre sa vie. Je n'en demande pas tant, quoique…

— Si j'ai bien compris, vous aviez deux amies très proches…, dit-il en cherchant leurs prénoms dans ses notes.

Je le devance. Pas besoin de décrypter ses hiéroglyphes pour comprendre de qui il parle.

— Oui, Marge et Faustine, mais elles n'ont rien pu faire !

Je ne lui laisse aucun espace pour les incriminer et répète d'une voix ferme qu'elles n'ont rien pu faire.

— Je ne leur ai pas tout raconté. Je voulais les protéger. Chacun dans son wagon, vous vous souvenez ?

Il dodeline de la tête comme s'il soupesait mes paroles. Soudain, je m'interroge sur la pertinence de cet entretien. Comme un rugbyman qui refait le match dans sa tête la nuit qui suit la défaite de son équipe, qui décortique chaque passe, les phases de jeu et les mauvaises décisions, je pointe mes erreurs passées et imagine les issues qui se sont ouvertes à moi et que je n'ai pas empruntées. Certainement qu'en m'écoutant, il fait le même travail et ses notes doivent être parsemées de points d'interrogation. Pourquoi n'a-t-elle pas fait ci ou ça ? Là, elle aurait pu ou dû ? Pour le moment, il se garde de tout commentaire. Un bruit de gargouillis rompt le silence. Je meurs de faim.

Sainte-Caprine – Avril

Nathalie, que j'avais appelée en m'arrêtant faire quelques courses au supermarché – *ON* n'avait qu'une tête mais deux estomacs insatiables – me proposa de venir boire un thé. Elle ne s'inquiéta pas que je veuille lui parler. À sa place, j'aurais été aux quatre cents coups, stressée à l'idée que ma progéniture ait causé un problème. Je la trouvai dans sa cuisine en train de poser des tasses sur un plateau. J'imaginais qu'elle ferait allusion à sa relation conflictuelle avec Léa depuis l'installation de Mélodie. Mais elle n'aborda pas le sujet et après m'avoir servi une tasse de thé dans la véranda, elle prit des nouvelles de mon travail.

— Eh bien, j'ai commencé une histoire sur une femme qui tombe amoureuse d'une de ses meilleures amies et…

— C'est pas vrai ! s'exclama-t-elle.

— Si, si. Ça faisait longtemps que j'avais envie d'aborder ce sujet et…

— Mais tu sais que c'est exactement ce que je vis avec Aurélie ! C'est incroyable ! m'interrompit-elle à nouveau.

Sans que j'aie à la questionner, ni à mentir davantage, elle me raconta comment, au fil des années, ce qui la liait à Aurélie était devenu plus qu'une amitié. Elle avait mis du temps à admettre qu'elle était amoureuse d'elle et la désirait. Jusqu'au jour où, faisant l'amour sans envie avec son mari, elle avait fermé les yeux et imaginé les mains d'Aurélie sur son corps. Elle avait joui avec un mélange de bonheur et de honte. À l'époque, Aurélie vivait encore avec le père de Mélodie.

— Ça arrivait qu'elle me raconte qu'ils n'avaient plus de relations sexuelles mais pas plus. En tout cas, rien qui me laissait penser qu'elle était dans le même état que moi…

Les deux amies se voyaient tous les jours au travail. L'une aide-soignante dans un Ehpad – Nathalie –, l'autre gestionnaire – Aurélie. Un soir, à l'heure de la « débauche », Nathalie lui avait annoncé qu'il fallait qu'elle lui parle. Mais elles devaient se voir dans un endroit discret.

— Cela faisait des jours que j'avais préparé ce moment… ce que j'allais lui dire, ce que j'allais faire si elle disait « oui » ou si elle m'envoyait chier. Je jouais mon avenir !

Elles s'étaient retrouvées au bord de la Dordogne.

— Tu sais, Clara, j'avais le cœur, un vrai tambour, je m'entendais même pas marcher sur les graviers !

Nathalie prit le temps de se rouler une cigarette avant de poursuivre. Elle fit coulisser la porte de la véranda et fuma, debout, rejetant la fumée vers l'extérieur. Une odeur suave me chatouilla le nez. Enfin, elle m'expliqua qu'elle avait tout avoué à son amie : son désir, son amour et sa décision de divorcer pour elle. Aurélie l'avait laissée vider son sac sans l'interrompre.

— *J'ai cru que ce jour n'arriverait jamais,* a murmuré Aurélie. Et elle m'a embrassée sur la bouche ! Comme dans les films ! En plus, elle pleurait. Je te jure, je sentais plus mes jambes, j'avais des fourmis partout, jusque dans la nuque…

Elle jeta d'une pichenette son mégot dans le jardin.

— Elle t'aimait en secret, alors ? demandai-je.

Nathalie hocha la tête, un beau sourire fit remonter ses joues rebondies. Aussitôt, me vint l'idée d'une scène entre mes deux prochaines héroïnes. Elles ont fait l'amour pour la première fois. Dans la chaleur moite des draps, enlacées, elles s'avouent ce qu'elles pensaient l'une de l'autre, ce qui les faisait souffrir en silence ou les rendait jalouses – l'évocation du mari de l'une, le cadeau reçu pour la Saint-Valentin de l'autre. Ce temps perdu émaillé de frustrations et de malentendus se transformait aujourd'hui en des souvenirs délicieux.

— Et ton mari ? Comment il a pris la nouvelle ?

Nathalie gloussa. Il avait eu une réaction de... Elle chercha ses mots :

— ... de mec ! lâcha-t-elle enfin.

Puis elle ajouta : *de macho de base.* Apprenant qu'elle voulait divorcer parce qu'elle avait une relation avec Aurélie, il s'était écrié qu'il s'en doutait que *l'autre pouffiasse était une gouinasse* ! En mon for intérieur, je notai que le fameux Jean-Paul avait la vulgarité rimée.

Des années auparavant, il avait tenté de *pécho* Aurélie lors d'une soirée, et comme elle l'avait envoyé paître, il en avait conclu qu'elle était lesbienne. À en croire Nathalie, qu'elle le quitte pour une femme avait tout simplifié, il ne perdait pas la face. Si elle était partie pour un homme, il lui aurait mené une vie d'enfer. Cerise sur le gâteau, elle me confia que la seule chose qui intéressait Jean-Paul, ce n'était pas qui allait garder la maison ou Léa mais si elles accepteraient un plan à trois avec lui. Je n'étais pas près d'oublier cette anecdote. Je remerciai Nathalie pour le thé et sa franchise. Puis, comme si l'idée venait à l'instant me traverser l'esprit, je lui demandai :

— Ton histoire m'inspire beaucoup. Tu serais d'accord si je m'en servais pour nourrir mon manuscrit ? Je ne voudrais pas que tu te sentes lésée...

La formulation était suffisamment vague pour qu'elle ne devine pas que de manuscrit, il n'y en avait pas encore. Elle s'écria que je pouvais faire ce que je voulais, cela ne la dérangeait pas. L'évocation de ses souvenirs l'avait rendue plus volubile et affectueuse. Elle me serra dans ses bras en regrettant qu'on ne se voie pas plus souvent. Je la quittai sans que le prénom de sa fille soit prononcé. Cela aurait dû m'agacer mais mon esprit se concentrait déjà vers ce nouveau roman qui, je l'espérais, allait me sauver.

L'écriture de *La Première Femme de ma vie* – titre choisi par Rose – me prit une dizaine de jours de plus que celle d'un épisode d'« Amour et frissons ». Je m'étais éloignée de l'idylle entre Nathalie et Aurélie en ancrant mon histoire dans un camping au bord de la mer. Sido, en vacances avec son mari et ses deux enfants, tombe sous le charme de Leïla, prof de yoga. Ce qu'elle pense n'être qu'une complicité se transforme peu à peu en attachement avant d'évoluer en une véritable passion. Cette montée en puissance des sentiments m'avait permis de mettre en lumière l'introspection de cette femme qui comprend que son mariage ne la contente plus depuis longtemps. À mesure de l'avancée de mon travail, je prenais des notes pour les histoires suivantes. À la fin du mois, j'annonçai à Rose que si celui-ci lui plaisait, je lui fournirais d'ici à l'été trois manuscrits pour la nouvelle collection « L'amour aujourd'hui ». Comme promis, il y avait des sentiments, du sexe et des larmes. Il lui plut. Elle me paya, élabora un argumentaire promotionnel et partit à la pêche aux nouvelles abonnées potentielles. La pression financière qui pesait sur mes épaules s'allégea. Léa avait eu 12 à son bac blanc de philo, Léo 11,5. Malgré ces résultats que je jugeais moyens, ils validèrent leurs premiers choix sur Parcoursup, choix que je ne comprenais toujours pas. Je leur parlai à nouveau d'une école d'aménagement paysager, de cours de botanique ou d'agriculture. Léonard me rit au nez.

— Où t'as vu qu'on voulait devenir paysans ?

Où ? Dans mon salon, encombré d'une quinzaine de pots de dix litres dans lesquels les semis avaient été repiqués. Le jour où, après avoir scruté chaque plan, mon fils en avait jeté une partie jugée « faible », nous avions regagné deux mètres carrés d'espace vital. Depuis ma visite à sa mère, mes rapports avec Léa étaient devenus plus chaleureux. J'avais expliqué à *ON* que j'avais eu besoin de la rencontrer pour mon travail.

— Tu as de la chance d'avoir une telle mère comme modèle de femme : libre, courageuse, anticonformiste.

— T'es pas mal non plus dans ton genre, m'avait répondu la jeune fille.

Puis elle avait énuméré tout ce que je faisais pour elle. Persuadée jusque-là qu'elle n'en avait pas conscience, j'en fus bouleversée. La glace entre nous se brisa enfin.

Sainte-Caprine – Mai

Au début du mois de mai, Marge m'avertit que Plat avait accepté son devis sans discuter. La séance photos aurait lieu deux jours plus tard, la météo s'annonçait parfaite. Ce fut ce week-end que *ON* partit à Bordeaux chez Jean-Paul, le père de Léa, qui s'y était installé depuis son divorce. Il s'occupait très peu de sa fille, croyais-je. Pourtant, il œuvrait de son côté pour trouver au jeune couple un logement pour leur rentrée universitaire. En les déposant à la gare de Bergerac, alors que Léa achetait son billet au distributeur, je rappelai à mon fils qu'il ne devait pas s'emballer sur le premier studio venu. L'unique critère de sélection restait le prix du loyer. Tant que j'ignorais le montant de la bourse auquel il aurait droit, je le poussais à brider ses exigences. Léonard me rassura : *Le daron de Léa a des plans...* Puis il me répéta les consignes données quelques heures plus tôt : *Arrose les framboisiers !*

Je passai mon samedi sur les sites des châteaux de la région afin de m'imprégner du style des textes de présentation. Souvent étaient mis en avant le passé historique de l'édifice, objet de convoitise durant les croisades, ou sa situation géographique. Le château de Roveyrac surplombant la Vézère, je fis des recherches sur cette rivière, consultai Google Maps, notai quelques détails et terminai par la page Wikipédia de Guy-Bernard Plat. *Adorateur du beau, il était tombé amoureux du château de Roveyrac et avait mis son expérience de sauveteur d'entreprises au service des pierres centenaires.* Je compris alors qu'il me faudrait user d'un style pompeux pour que mon texte soit accepté. Je terminai la journée en mettant de l'ordre dans la maison sans toucher à la chambre de *ON* qui s'était engagé à s'en charger le dimanche soir.

Le lendemain matin, j'arrosai les framboisiers. Ils faisaient maintenant une vingtaine de centimètres de hauteur et les branches s'évasaient, prenant de plus en plus de place. J'avais hâte que Léonard les plante dans le jardin. Mais il attendait la fin des saints de glace. Je les photographiai pour les montrer au jardinier en chef au cas où il travaillerait un dimanche. Depuis qu'ils étaient sortis de terre, j'étais à la fois agacée d'être envahie par ces cultures qui mettaient du terreau partout et heureuse de découvrir que Léonard pouvait se montrer soigneux et persévérant pour mener un projet à bien. À l'heure dite, j'attendis mon amie sur le trottoir.

— Vous avez des taupes dans votre jardin ?

Je me retournai et découvris Jeannot, mon voisin, qui sortait de la maison mitoyenne pour aller faire son tiercé.

— Des taupes ?

— Y a plein de trous le long de votre mur…

— Ah, ça… C'est Léonard qui prépare ses plantations de framboisiers, répondis-je en souriant.

J'avais fini par me faire à l'idée que Jeannot, malgré sa bonhomie, trouvait normal de regarder depuis ses toilettes ce qui se passait dans notre jardin même si pour cela, il devait faire de l'escalade. Vu son âge, je me consolais : un jour viendrait où il ne pourrait plus jouer les cascadeurs.

— Je les aurais pas mis là, ils vont avoir trop de soleil. C'est la place idéale pour des tomates, dit-il sentencieux.

Je mentis, prétendis qu'il avait raison et que je ne manquerais pas de le dire à Léonard. Satisfait de l'utilité de son intervention, il me quitta après m'avoir demandé où j'allais comme ça, toute seule. *Me promener avec une copine* suffit à calmer sa curiosité. Il aurait quelque chose à raconter à Paulette. La voiture de Marge se gara devant moi et je m'engouffrai à l'intérieur si rapidement que je faillis m'asseoir sur Sans-Nom. D'un geste de la main, Marge l'envoya s'installer à l'arrière. Sa magnifique chevelure rousse irradiait autour de sa tête.

— Mister Plat doit piaffer d'impatience de te revoir ! lui dis-je alors qu'elle redémarrait.

— Il est à Paris jusqu'à demain. C'est bien pour ça que j'ai choisi d'y aller aujourd'hui. Son jardinier nous accueillera.

L'effet qu'elle faisait sur les hommes l'encombrait depuis son enfance. Elle ne cherchait ni à les séduire, ni à s'en faire aimer. Son physique exceptionnel et sa prestance, en consumant certains, lui interdisaient des copinages avec des personnes du sexe opposé. Il y avait toujours un moment où elle était obligée de mettre les points sur les i, m'avait-elle déjà confié.

— Ah super ! On ne l'aura pas dans les jambes…

Durant le trajet, Marge me donna la liste des pièces qu'elle avait choisi de photographier. Son client avait accepté qu'elle travaille en noir et blanc pour les intérieurs et en couleurs pour les extérieurs. Afin que le texte ne ressemble pas à une documentation pour le rayon sanitaire de Leroy-Merlin, je lui proposai d'écrire une sorte d'éloge à la quiétude et à la relaxation. C'est d'ailleurs ainsi que je me sentais : tranquille et détendue. Inconsciente que cet état n'était que provisoire et allait changer dans les heures à venir…

Si j'étais souvent venue sur les tournages des téléfilms que j'avais écrits, je n'avais jamais assisté à une séance photo. Marge avait installé deux projecteurs ainsi que des réflecteurs dans les chambres et photographia certains éléments des salles de bains en gros plan. Là, l'eau coulant d'un robinet, ici, l'arrondi d'une vasque. Le premier plan était net et les contours flous. Le jardinier lui avait apporté les premières pivoines qui flottaient maintenant dans une baignoire ronde. Le résultat que j'avais pu voir sur les polaroïds qui lui servaient à vérifier sa lumière ressemblait aux portraits qu'elle avait exposés avec succès : brut et sensuel à la fois. Tout en l'aidant à déplacer un meuble ou à tirer des rideaux, j'imaginais une phrase pour retranscrire cette atmosphère. Au bout de deux heures, le jardinier – il s'appelait Jean – nous avait aidées à transporter le matériel sur la terrasse. Contre toute attente, Marge s'était positionnée de façon à faire disparaître la fontaine. N'ayant rien à faire, je m'approchai de Jean qui se tenait à distance et lui montrai sur mon portable les plantations de Léonard.

— Il n'a pas fait ça dans les règles de l'art mais pour une première fois, il s'est bien débrouillé, non ? Même si je ne sais pas ce qu'on va faire de tous ces framboisiers, gloussai-je, fière.

Jean s'empara de mon téléphone et d'une pression de deux doigts agrandit la photo.

— Des framboisiers… vraiment ? Je ne m'y connais pas tellement dans ce genre de plantes mais je dirais qu'ils viennent de Californie ou du Mexique peut-être...

— Ben... je ne sais pas... il a acheté les graines sur Internet... C'est important ?

Il me rendit mon téléphone et m'observa un instant, songeur.

— À votre place, j'effacerais ces photos et j'aurais une petite conversation avec mon fils. Il a quel âge ?

— Bientôt dix-huit. Pourquoi ?

Ses propos sibyllins m'alertèrent. Je regardai à mon tour l'écran de mon téléphone.

— C'est pas des framboisiers ?

Jean hocha la tête négativement. Il sentait mon étonnement et ma déception alors qu'au fond de moi, un mélange de honte et de colère montait. Comment avais-je pu me faire berner ainsi par mon propre fils ? Comment avais-je pu être aveugle à ce point ?

— Vous voulez dire que j'ai douze pieds de cannabis dans mon salon ?

Il me sourit avec compassion. Je n'avais qu'une envie : rentrer chez moi et tout brûler dans la cheminée mais Marge m'avertit qu'on passait au décor suivant.

— Vous n'allez pas me balancer ? murmurai-je à Jean.

Il me répondit d'un clin d'œil avant d'ajouter qu'il avait eu dix-huit ans. La séance photo se termina à dix-sept heures trente et j'attendis d'être dans la voiture pour raconter à Marge ce que le jardinier m'avait appris. Cela la fit beaucoup rire. Moi, je ne décolérais pas. Une fois encore, cette histoire prouvait que je ne pouvais pas faire confiance à Léonard. Pire : que je ne le connaissais pas. Je ne l'avais jamais vu fumer des pétards, je n'avais jamais retrouvé du papier à rouler ou des mégots dans ses affaires. Depuis qu'il était avec Léa, il n'allait plus dans des soirées.

— Ce n'est quand même pas les rares fois où il va chez Nathalie qu'il se drogue ! pestai-je.

Et soudain, je revis Nathalie rouler sa cigarette et le fumet de son tabac me revint dans le nez. Ma naïveté m'explosa à la figure. J'avais été tellement avide d'entendre ses confidences que je n'avais même pas remarqué qu'elle fumait un joint devant moi. Après m'avoir laissée me fustiger, Marge me conseilla d'attendre les explications de Léonard avant de considérer qu'il était toxicomane.

— Peut-être qu'il croit vraiment avoir planté des framboisiers..., suggéra-t-elle.

Je lui lançai un regard noir. Elle convint que ce n'était sûrement pas le cas et avança l'idée qu'il faisait juste une expérience horticole.

— Pour qu'on finisse en prison ! l'interrompis-je.

Puis je m'enfermai dans un silence soucieux que Marge eut la générosité de respecter. Quand elle me déposa devant la maison, je ne savais pas si elle était contente de ses photos et égoïstement, je m'en fichais. Elle m'embrassa et me conseilla de relativiser : pour le moment, rien de grave ne s'était produit. J'étais pour l'heure incapable de voir les choses ainsi. Depuis des kilomètres, mon esprit avait échafaudé une suite ininterrompue de catastrophes. Qu'une brigade de l'Office anti-stupéfiants ne soit pas déjà en train de perquisitionner ma maison quand j'y pénétrai me laissa pantoise. Léonard et Léa, avachis sur le canapé, regardaient un film. Je ne les attendais pas si tôt.

— C'est Jean-Paul qui vous a ramenés ? questionnai-je d'un ton brusque qui leur fit lever la tête.

Léonard m'expliqua qu'ils avaient pris un train à quinze heures puis, ne voulant pas me déranger, avaient fait du stop jusqu'à Sainte-Caprine.

— Mais t'es pas un peu cinglé ? Depuis quand tu prends ce genre de décision sans mon autorisation ?

Ma voix monta dans les aigus. J'étais à deux doigts de perdre le contrôle. Mon fils se figea, interloqué. Léa, elle, se tassa sur elle-même. Je déversai ma colère, parlai de respect, de responsabilité, d'accidents de la route et de viols. Léonard, dont les yeux s'agrandissaient au fur et à mesure de ma diarrhée verbale, ne chercha pas à m'interrompre. Il attendit que je reprenne ma respiration pour s'avancer vers moi et me serrer dans les bras.

— OK, OK, j'ai compris, calme-toi…

Mais, loin d'être calmée, je me dégageai brusquement. Pointant un doigt accusateur vers les pots de *framboisiers,* je portai l'estocade :

— Et ça ? Tu t'es bien moqué de moi ! Je t'en foutrai des framboisiers !

En un clin d'œil, le futur adulte paternaliste se métamorphosa en garçon penaud. Ses lèvres se mirent à trembler. Léa lui jeta un regard apeuré. J'attrapai un pot et fis mine de le balancer dans l'âtre.

— Maman ! Arrête ! hurla Léonard.

Ce cri, que j'espérais, me stoppa avant que je ne mette de la terre partout.

— Il va falloir que tu t'expliques mais je te préviens, ce soir, ils seront tous brûlés !

— Mais maman… c'est pour toi que je fais ça, murmura-t-il, les larmes plein les yeux.

Je m'attendais à ne pas fermer l'œil de la nuit et ne fus pas déçue. Plus les heures s'égrenaient, plus ma culpabilité augmentait. Léonard m'avait expliqué que je ne parlais que d'argent : celui qui manquait pour réparer le chauffage de la Fiat, celui qui manquerait pour financer ses études. Il s'était senti impuissant. N'ayant pas voulu croire qu'il n'était pas éligible à une bourse, je l'avais obligé à réitérer sa demande. La réponse avait à nouveau été négative. Il ne m'en avait rien dit pour ne pas augmenter mon angoisse. Je gagnais cent vingt-trois euros de trop par mois. Il avait alors consulté des blogs d'étudiants à la recherche de « plans démerde », son but étant de participer aux frais de sa vie à Bordeaux. Sur l'un d'eux, un élève de deuxième année en architecture se vantait d'avoir gagné un « max de thunes » en vendant de l'herbe.

— Si la récolte est bonne, on pourrait se faire pas loin de six mille euros ! De quoi me rendre largeos autonome. T'auras même pas besoin de bosser comme une dingue pour Rose ! avait-il plaidé.

— Six mille euros ? Et combien de mois de prison ? avais-je rétorqué.

Monsieur Je-sais-tout avait étudié le dossier. Le THC restait détectable entre trois et cinq jours dans les urines. Il nous suffirait de fumer une taffe de pétard chacun, une fois par semaine, pour être positifs au cas où les gendarmes découvriraient la plantation. Nous pourrions alors dire que nous la destinions à notre consommation personnelle.

— Si la justice voit qu'on est pas des dealers, on aura juste un rappel à la loi et *yalla* !

Il avait semblé oublier que je n'étais pas un de ses potes du lycée mais sa mère, personne dépositaire de la morale et des responsabilités.

— Il y a un truc qui m'échappe dans ton scénario. À quel moment tu comptais me tendre un joint pour que je tire dessus ?

Il avoua alors qu'il avait pensé me faire boire une tisane dans laquelle aurait infusé un peu d'herbe. Juste ce qu'il fallait pour que je sois positive.

— En plus, ça t'aurait permis de passer une bonne nuit...

Imaginer mon fils me droguer à mon insu m'avait fait éclater en sanglots. La gorge nouée, je balbutiais *viol, GHB, consentement.* Visiblement, Léonard et Léa ne s'attendaient pas à cette réaction. Ils m'avaient entourée avec affection en s'excusant. Léonard reconnaissait qu'il aurait dû m'en parler avant. Mais sur un point, il ne déviait pas : c'était une super solution.

— T'as galéré toute ta vie pour m'élever, je te dois bien ça ! avait-il clamé, ému.

En ne décrétant pas l'incinération immédiate du cannabis comme l'aurait fait tout parent digne de ce nom et en le laissant poursuivre sur ce terrain, j'avais peu à peu perdu la main.

— Laisse-moi essayer au moins de les faire pousser ! En vrai, on craint rien ! avait plaidé Léonard.

Léa, qui m'avait fourni des Kleenex toute la soirée, avait acquiescé d'un air rassurant. Alors, d'une voix lasse, j'avais réservé ma réponse au lendemain. Voilà pourquoi, à quatre heures du matin, la scène se rejouait dans ma tête à la manière d'un mobile en spirale qui tourne indéfiniment. Première rotation : mon fils était pathologiquement immature.

Deuxième rotation : mon éternelle angoisse était responsable de ce plan anxiogène et illégal. Troisième rotation : et si c'était un bon plan ? Quatrième rotation : nous allions tous finir en prison. Cinquième rotation : c'était complètement immoral de vendre de la drogue à des jeunes. Sixième rotation : qu'elle vienne de nous ou d'ailleurs, les fumeurs de joints en achèteront de toute façon. Et celle de Léonard serait bio (argument qu'il m'avait asséné à plusieurs reprises). Septième rotation : mon fils était pathologiquement immature. Huitième rotation : mon éternelle angoisse était responsable de ce plan anxiogène et illégal. Neuvième rotation : et si c'était un bon plan ?... Pour calmer mon cerveau en stérile cogitation, je me levai et m'installai devant mon ordinateur. Je ne trouvai aucun blog de mère de planteur de cannabis mais en dénichai un qui narrait par le menu, photos à l'appui, la croissance de la plante et ses successives mutations jusqu'à la maturité. Une phrase me figea : *La forte odeur dégagée par la plante est reconnaissable à plusieurs kilomètres à la ronde.* Suivait une série d'articles de presse racontant comment un voisin, des gendarmes, un garde forestier avaient remonté la piste d'une plantation en suivant l'odeur. Visiblement, monsieur Je-sais-tout n'avait pas pensé à ce problème que je jugeai insurmontable. Il suffirait que Jeannot ou Paulette ouvrent la fenêtre de leurs toilettes pour que nous

nous retrouvions menottes aux poignets. Et même si j'arrivais à les convaincre qu'ils se trompaient, si je leur graissais la patte ou que sais-je encore, un passant longeant la maison, un client du Cyrano traînant en terrasse, n'importe quel quidam doté d'un odorat pouvait nous griller. Je maudis Léonard et son plan pourri. Mon énervement était d'autant plus grand que j'avais commencé à adhérer à ce projet. Étais-je folle ou en manque d'adrénaline ?

Melun – Octobre – 13 h 25

C'est vraiment le moment où il pourrait donner son avis. Pourtant, il demeure impassible et si impénétrable que l'envie de l'autopsier me traverse l'esprit. Ne ressent-il aucune émotion, n'a-t-il aucun jugement ? D'ailleurs qui est-il au fond ?

— Vous avez des enfants ?

Ma question fuse avant que j'aie décidé de la poser. Il ne porte pas d'alliance, aucune photo de famille ne décore les murs. Cet homme est une énigme. Il n'y a pas une once de séduction entre nous, c'en est presque dérangeant. Deux personnes enfermées depuis plusieurs heures dans une pièce devraient peu à peu ressentir l'amorce d'une attraction ou d'une détestation l'une pour l'autre. Il pourrait même naître une tendresse filiale. Mais dans ce bureau, nul affect ne transpire. Je parle à un bloc de granit poilu, à un cerveau hermétique, à des yeux sans expression. Autant me confier à un mur. Alors, je pivote doucement vers celui qui se trouve à ma gauche, vierge de tableau ou d'étagère et, parce que je suis venue pour cela, je trouve le courage de poursuivre.

Sainte-Caprine – Mai

Je ne me levai pas pour réveiller mon fils comme je le faisais d'habitude. Je dormis à poings fermés, finalement vaincue par le sommeil vers six heures du matin. Quand la sonnerie du téléphone résonna sur la table de nuit, je commençai par l'éteindre, persuadée qu'il s'agissait du réveil. Ne parvenant pas à le faire taire, je me redressai et compris que Rose tentait de me joindre. Je lui répondis. Il était midi. Sans se présenter ni me dire bonjour, elle m'annonça qu'elle venait bientôt en Dordogne rejoindre sa *vieille amie comptable.*

— C'est dans un tout petit trou quelque part dans la campagne. Je crois qu'il n'y a même pas le boulanger ou le coiffeur. C'est vraiment comme une aventure ! Je suis très excitée. En plus, on va se voir ! stridula-t-elle dans le combiné.

D'un bond, je jaillis hors du lit et soulevai le capot de mon ordinateur. Le téléphone coincé entre l'épaule et la joue, j'ouvris fébrilement l'onglet Google Maps.

— Tu sais, c'est un département très étendu… Elle est où, ta comptable ?

Rose me fit attendre une minute, le temps de consulter sa boîte mail.

— Lou Meyrol…

Je tapai ce nom qui ne me disait rien et celui de Sainte-Caprine. Alors que la carte du département s'affichait sur l'écran, je priai intérieurement pour que la distance entre ces deux destinations soit la plus grande possible. Une ligne rouge de quelques centimètres seulement apparut.

— Lou Meyrol. À Peyral ? demandai-je, inquiète.

Rose me le confirma gaiement. J'examinai le détail de l'itinéraire. La sentence tomba : Lou Meyrol/Sainte-Caprine : dix-sept kilomètres.

— Ah, super… c'est vraiment à côté de chez moi, répondis-je d'une voix éteinte.

La suite du babillage de mon éditrice m'acheva. Elle avait hâte de se mettre au vert. Je serai bien entendu convoquée à des réunions de travail – qu'elle nomma *dîners* – pour affiner – elle prononça : *raffiner* – la nouvelle collection *lesbian.*

— Tu vas adorer ma comptable ! me prévint-elle avant de raccrocher.

Agacée, je balançai mon portable sur la couette. Rose était la dernière personne que je souhaitais voir. Nous ne nous étions rencontrées qu'une fois, dans un café parisien après que j'eus répondu à son annonce trouvée sur Facebook. Elle était à la recherche d'écrivains pour sa collection « Amour et frissons », vendue sur Internet, et moi, en quête désespérée d'un salaire. Depuis, nous ne communiquions que par téléphone et cela me convenait parfaitement tant je la jugeais excentrique, envahissante et autoritaire. J'enfilai rapidement un jean et un pull et quittai la chambre. L'appel de Rose m'avait fait oublier quelques instants que ma maison était devenue contre mon gré l'annexe de celle de Pablo Escobar. Les pots de cannabis, sagement alignés le long de la plinthe, me sautèrent aux yeux. Et comme si Léonard avait prévu ce moment, il avait scotché sur celui du milieu un petit mot que j'arrachai brusquement. Quoi qu'il m'ait écrit, je ne dévierais pas de la décision que je venais de prendre : j'allais bazarder cette source d'ennuis à venir.

Maman chérie, on est désolé de t'avoir fait de la peine. Tu sais que t'es la personne que j'aime le plus au monde. Ne fais rien t'en que je suis pas rentré du bahut !!!!!! Plein de gros bisou.

À la première lecture, je ne vis que les fautes d'orthographe et j'en fus contrariée. J'avais passé des années à le reprendre et le corriger et il mélangeait encore les homophones. Quant à mettre un *S* à des *gros bisous*, c'était visiblement au-dessus de ses forces. *Atterrant,* soupirai-je. À la recherche d'une autre erreur, je relus son texte. Mon plexus se serra.

— Il fait vraiment chier, murmurai-je.

Puis je m'empressai de dater son mot et d'aller le ranger dans la boîte d'archives qui contenait ses dessins et ses écrits depuis qu'il était en âge d'en produire.

— Il sait très bien me manipuler mais ça ne va pas se passer comme ça, maugréai-je en retournant au salon.

J'en fis le tour, toutes narines ouvertes. Bien que les plants ne soient pas encore en fleur, je détectais à chaque inspiration un léger effluve semblable à ceux de certains encens. Et je repensais à Nathalie. N'étant pas une balance, je m'étais abstenue de révéler à Léa que sa mère fumait des joints mais ça m'avait démangé. Je collai mon nez aux feuilles, inspirai profondément, m'éloignai, recommençai. Après plusieurs tentatives, je décidai de sortir la poubelle, reconnaissant que c'était surtout l'odeur de peau de banane en décomposition qui dominait. Sur le trottoir, après avoir jeté le sac-poubelle dans le container, je m'approchai de ma porte d'entrée et reniflai discrètement.

— Vous êtes enrhumée ?

Je me retournai et découvris Jeannot qui m'observait du pas de sa porte. Le frémissement de mes narines n'avait pas échappé à son œil de lynx.

— Couci-couça… J'ai dû prendre froid dans ma chambre… Le radiateur fonctionne quand il veut, répondis-je.

Et pour valider cette invention, je reniflai cette fois bruyamment. Bien mal m'en prit. Mon voisin, ayant du temps à revendre, décréta qu'aucune chaudière ne lui résistait. De toute façon, *ce n'était pas un truc de bonne femme !* Et il m'emboîta le pas, prêt à entrer chez moi. Quand je compris son intention, il était déjà sur mes talons, dans l'embrasure de la porte. Il ne pourrait atteindre ma chambre sans passer devant les plantations. Le laisser entrer était impossible. Je devais agir vite et fermement, quitte à paraître grossière. Je me retournai d'un seul bloc, atterris dans ses bras, mon visage à hauteur de son torse. Jeannot s'immobilisa, surpris. Je pris l'avantage en le repoussant d'une main.

— Oh Jeannot, je suis désolée, je ne peux pas vous faire entrer... il y a... j'ai... enfin... mon mec dort encore...

Sa bouche s'ouvrit de quelques centimètres sans qu'aucun son n'en sorte. Je me faufilai à l'intérieur et m'empressai de lui fermer la porte au nez. *Mon mec...* mais pourquoi avais-je dit ça ? La suite, je la connaissais : Jeannot et Paulette allaient camper devant leur maison jusqu'à apercevoir l'heureux élu, se reprochant l'un l'autre de n'avoir pas été plus vigilants. Comment avaient-ils pu rater la venue de *mon mec* ? À d'autres moments de ma vie, cette histoire m'aurait amusée. Mais certainement pas aujourd'hui. Je devais me décider : sortir de l'illégalité – c'était ce qu'il fallait faire – ou y demeurer – ça m'attirait, je ne pouvais le nier. Je choisis donc la seconde option. Mais ça demanderait un certain travail.

En fin de journée, *ON* me trouva dans le jardin, terminant de planter une haie de lavande et de chèvrefeuille à l'aplomb de la fenêtre des toilettes de mes voisins. J'avais demandé au vendeur de Jardiland des arbustes persistants et odorants. J'avais également installé un parasol qui, selon mes calculs, devait masquer aux voisins la vue sur le jardin, pour peu qu'il demeurât ouvert en permanence. Quant au salon où brûlaient trois bâtons d'encens, il empestait le patchouli.

— Maman, c'est de la folie, dans le salon, y a de la fumée de ouf ! était venu me prévenir Léonard.

L'index posé brusquement sur mes lèvres, je l'intimai au silence. Et nous nous retrouvâmes à l'intérieur. Je refermai la porte-fenêtre derrière nous et ne commençai à parler que dans l'intimité de ma chambre.

— Dans ton plan de génie, tu as oublié quelque chose…, commençai-je en plaçant un doigt sous mes narines.

— Cocaïne ? m'interrogea Léonard, étonné.

— Mais non ! L'odeur ! Comment tu comptais t'en sortir avec ces fouines de Jeannot et Paulette ?

Léonard avoua qu'il n'y avait pas pensé. Alors, je lui déroulai mon plan. Priver les voisins de vue et prier pour que le parfum des lavandes et des chèvrefeuilles prenne le dessus sur celui du cannabis n'étaient pas suffisants.

— Jusqu'à ce qu'on vende cette merde, en dehors de nous trois, personne ne met les pieds dans cette maison ! Et vous ne parlez à PERSONNE, tu m'entends ? À PERSONNE de nos projets ! Mais on a encore des trucs à faire !

— Tu veux dire que t'es OK ? me demanda-t-il, incrédule.

— Non, je ne suis pas d'accord ! grommelai-je. En fait, je n'arrive pas à me décider. Alors, en attendant, je veux qu'on prenne des précautions ! Mais attention : peut-être que demain, on fera tout disparaître, hein ?

Mon fils s'abstint de me montrer qu'il pensait avoir gagné la partie et courut prévenir Léa qui, prudente, ne sachant quel accueil je leur réserverais, s'était enfermée dans la chambre. Une fois rassurée sur mon état d'esprit, elle calfeutra avec nous le bas des portes, celle qui donnait sur le jardin et celle de la rue, à l'aide de boudins adhésifs. Nous fîmes pareil avec les fenêtres.

— Si le facteur ou je ne sais qui frappe, il ne sentira rien. Mais, on n'oublie pas de brûler de l'encens. Reste à faire des incantations pour qu'on n'ait pas besoin de faire venir un artisan, soupirai-je, ce travail terminé.

Nous dînâmes un peu plus tard que d'habitude d'un repas préparé à six mains dans la bonne humeur. Nous n'avions parlé depuis leur arrivée que des plantations et des moyens d'éloigner les curieux. Soudain, Léonard se tapa le front du plat de la main et regarda Léa :

— On lui a même pas dit ! réalisa-t-il.

Se tournant vers moi, excité, il m'annonça qu'à Bordeaux, ils avaient visité l'appartement de la grand-mère de Léa, Mamie Do, qui vivait maintenant dans un Ehpad.

— Mon père et mon tonton vont le vendre mais pas tout de suite, poursuivit Léa avant d'être interrompue par Léonard, tout excité.

— Son oncle est d'accord pour nous le louer deux cents euros par mois pour une année au moins ! Trois fois moins cher que tous les autres studios !

Mon cerveau, rodé à l'exercice, se transforma en calculette. Léonard vit les additions s'afficher sur mes pupilles et comprit ce que cette maigre somme induisait.

— Hé, t'emballe pas, s'écria-t-il. C'est pas cher mais y aura plein d'autres dépenses !

Il avait raison. J'aurais tellement aimé lui dire : *Quelle bonne nouvelle ! Alors, bye-bye, le petit trafic !* Ça aurait tout changé…

Melun – Octobre – 14 h 15

Il nous a fait livrer des sandwichs. Il mâche déjà le sien en m'observant avec l'air d'un instituteur qui sait qu'on n'a pas fait ses devoirs. J'ai presque cinquante ans et je n'ai pas envie qu'un gamin m'infantilise. J'avale rapidement un morceau de jambon pour lui dire :

— Vous me jugez !

Mon ton accusateur lui fait cligner les yeux. Son sandwich à la main, il déplie ses longues jambes jusqu'à se retrouver debout. Ses pas hésitants le guident vers la fenêtre devant laquelle il ne s'arrête pas ; puis il revient vers son bureau par l'autre extrémité de la pièce, en passant derrière moi.

— Ce qui m'intrigue, je l'avoue, c'est que vous étiez dès le début consciente de l'illégalité de ce que vous appelez ce petit trafic et, à vous écouter, il me semble que vous avez eu plusieurs fois l'occasion d'y mettre un terme…

Quel âge a-t-il ? Trente ? Trente-quatre ans ? Et il s'exprime comme un vieux. Un vieux lâche. Il a profité d'être hors de portée de ma vue pour me critiquer, cela ne m'a pas échappé. D'ailleurs, c'est exactement ce que j'ai envie de faire : m'échapper de cette pièce. Je n'y trouve pas l'écoute bienveillante que j'espérais. Alors, j'attaque, prétendant qu'il m'interrompt juste avant le climax.

— Vous avez toujours eu la main sur votre vie ? Elle ne vous a jamais emporté comme un torrent ?

Cette idée le fait sourire, si on peut appeler « sourire » cette grimace qui lui déforme le visage comme à chaque fois qu'il change d'expression. Ses traits sont mous et malléables, peut-être est-ce pour cela qu'il les dissimule derrière sa barbe ?

— Je ne pense pas, non…, me répond-il. Mais de toute façon, ce n'est pas de moi qu'il s'agit, n'est-ce pas ?

Mon Dieu ! N'est-ce pas ? De pire en pire. Je ne serais pas surprise de le voir sortir une pipe de sa poche et d'en suçoter le bout avec contentement.

— OK, on ne parle pas de vous, j'ai compris… L'image du torrent, je ne l'ai pas choisie par hasard. Et si vous connaissiez Rose aussi bien que moi, vous comprendriez…

Sainte-Caprine – Juin

Un matin, Rose me téléphona pour m'annoncer qu'elle était arrivée en Dordogne.

— Beaucoup plus sauvage que la Seine-et-Marne ! À chaque minute, je crois que je vais apercevoir un dinosaure ! Comment tu fais pour vivre dans cette trou ?

Je me retins de lui répondre que j'adorerais vivre dans un trou où rien ni personne ne pourrait m'atteindre. Au lieu de cela, je joignis mon rire au sien sans toutefois parvenir à égaler ses aigus. Elle m'annonça qu'elle m'attendait pour le dîner à Lou Meyrol.

— C'est une grande ferme au milieu des bois, tu ne peux pas te tromper !

La région regorgeait de *grandes fermes au milieu des bois* mais je lui assurai que je trouverais. La conversation terminée, je me dépêchai vers la porte d'entrée pour prévenir *ON* qu'exceptionnellement, je serais absente ce soir.

— Rose Black vient de débouler dans le coin ! Je dois dîner avec elle et sa comptable…

Léonard haussa les épaules, *on se fera des pâtes* et la porte claqua derrière eux. Je restai un instant interdite. La seule différence entre ma présence et mon absence était donc l'identité de la personne qui mettrait à chauffer une casserole d'eau… Il ne s'était même pas étonné de l'arrivée de mon éditrice dont il entendait parler depuis des années. Une grande lassitude s'empara de moi. Vivre avec des ados rendait l'ambiance débilitante. Tout tournait autour de leurs désirs, leurs angoisses et leurs besoins. Rien d'autre ne les intéressait et surtout pas ma personne. Même les épreuves du bac étaient vécues comme de simples formalités dont j'avais été priée de ne pas me mêler. *ON* n'avait pas besoin de moi ? *JE* n'aurais pas besoin de lui pour passer une bonne soirée. Ragaillardie par cette décision, je me promis de me rendre à mon dîner aussi pimpante que pour un rendez-vous amoureux et de profiter de la vie. Et après une journée plutôt morose, je fus presque heureuse de monter dans ma voiture.

Le GPS commença par m'emmener jusqu'à une carrière de pierre désaffectée en bordure de départementale. Enfin, il dénicha un deuxième Lou Peyrol et me guida à travers bois, dans une atmosphère humide et brumeuse. Heureusement, fidèle à mon TOC, j'étais partie très en avance. Avant que la nuit ne tombe, je me garai devant une ancienne ferme entre une bétonnière et une voiture immatriculée en Seine-et-Marne. Je descendis de la Fiat et, à pas rapides, foulai la terre battue jusqu'à la porte d'entrée qui s'ouvrit avant que je ne toque.

— Bonsoir, je suis Clara, je travaille avec Rose..., annonçai-je, un peu surprise par celle qui se tenait dans l'entrebâillement.

— Oui, entrez.

Âgée d'une quarantaine d'années, les cheveux teints au henné et attachés par un élastique, engoncée dans un pull informe, la femme qui m'invita à rejoindre la cuisine avait les yeux rougis et le nez gonflé.

— Je suis Hélène, sa comptable... Ils sont partis chercher du pain, ils ne vont pas tarder, me prévint-elle.

Puis elle se moucha. Sur une longue table en bois, le couvert pour quatre était déjà dressé avec une élégance qu'on ne se retrouvait pas dans la pièce faite de bric et de broc. Une ampoule nue descendait du plafond. Des bougies allumées étaient disposées sur le manteau de la cheminée, un hamac se balançait entre deux poutres comme si mon hôte venait d'en descendre. Je devinai par une porte ouverte une enfilade de pièces.

— C'est très sympa, ici ! lâchai-je pour combler le silence. Vous venez de vous installer ?

— Les travaux ne sont pas finis, répondit-elle.

Une larme coula le long de sa joue. Par pudeur, je fis mine de ne pas m'en apercevoir.

— Je suis contente de voir Rose ! m'exclamai-je. Vous travaillez avec elle depuis longtemps ?

Hélène s'essuya les yeux d'un coup de manche. Une bouloche de laine resta accrochée à ses cils. Je priai intérieurement pour ne pas dîner en face d'elle, son nez était tout crotté, cela me donnait envie de vomir. Elle m'expliqua d'une voix morne qu'elle lui faisait sa comptabilité depuis une dizaine d'années.

— Heureusement, ce n'est pas ma seule cliente, sinon, je ne m'en sortirais pas.

Et une nouvelle larme s'écrasa à ses pieds. Ne pouvant continuer à feindre de ne rien voir, je lui demandai gentiment si elle était souffrante.

— Problème de couple, murmura-t-elle sans se faire prier.

Son mec ne l'aimait plus, elle en était convaincue. Cela faisait sept ans qu'ils vivaient ensemble et il ne voulait pas lui faire un enfant. Elle en avait déjà deux d'un mariage précédent. Lui ne s'était jamais investi dans l'éducation d'Hector et de Victor. Une grosse bulle de morve éclata sur sa narine droite. Hélène était une Rose *bis*, l'enthousiasme en moins. Elle n'avait pas besoin d'être relancée pour déballer sa vie.

— Ce n'est peut-être pas l'homme qu'il vous faut…

Ça m'était sorti comme ça alors que je n'avais aucune idée sur la question ni sur le genre qui lui conviendrait. En fait, je n'étais même pas convaincue que les hommes et les femmes soient faits pour vivre ensemble. Elle me jeta un regard sombre.

— Vous avez quelles compétences pour me donner des leçons ? Rose m'a dit que vous étiez célibataire !

Son agressivité se transforma en désespoir et elle sanglota.

— Je ne voulais pas vous… Je disais ça comme ça… Je suis désolée…, balbutiai-je.

Elle quitta brusquement la cuisine sans que je sache si elle avait accepté mes excuses. Dans la collection « Amour et frissons », les femmes pleuraient souvent mais ne morvaient jamais. Même quand leur mari les trompait avec leur meilleure amie. Même quand leur amant les quittait. Elles se jetaient avec désespoir sur un canapé blanc et frappaient de leurs délicats poings des coussins en satin. Puis elles sortaient de leur sac à main – le *hit bag* du moment – un mouchoir aussi petit et propre qu'un string devrait l'être et se tamponnaient doucement les yeux, parfois le nez, avant de se repoudrer, la tête pleine de vengeance. J'aimais ce climax de l'histoire car je savais qu'il ne me restait que deux chapitres avant d'apposer le mot *fin.* Vu la façon dont elle venait de me planter, Hélène ne lisait pas plus « Amour et frissons » que les guides de savoir-vivre.

Qu'est-ce que je fous là, moi ? pensai-je.

La porte d'entrée s'ouvrit avec fracas.

— Carla ! tonitrua Rose en pénétrant dans la cuisine.

Elle s'avançait vers moi, emmitouflée dans un manteau en fausse fourrure fuchsia, les bras tendus, les lèvres carmin dessinant un baiser.

— Oh Rose… enfin ! me félicitai-je avant que le son de ma voix ne se perde dans son imposante poitrine.

— Je suis tellement contente qu'on soit réunies, toi et moi ! Parce qu'on fait une équipe qui gagne… Pas assez d'argent… mais il y a beaucoup de créativité dans nos cerveaux ! rit-elle en me faisant pivoter.

Je me retrouvai face à l'homme qui l'avait accompagnée à la boulangerie, à en croire les deux baguettes qu'il tenait dans ses larges mains. Il portait une surchemise à carreaux, un bonnet au ras de ses yeux bleus et nous observait d'un air amusé. Il se débarrassa du pain sur le plan de travail et me tendit la main.

— Salut, Carla, moi, c'est Tom.

— Salut Tom. Mais moi, c'est Clara… Carla, c'est juste pour le boulot, répondis-je en lui serrant la main.

— Où est ma comptable préférée ? s'écria Rose au risque de fissurer les murs en pierre.

Je la rejoignis et glissai un bras sous son coude.

— Je peux te dire un mot en privé ?

Je me tournai vers Tom et lui demandai de nous excuser un instant.

— Pas de problème... J'ai laissé mes cigarettes dans la voiture, annonça-t-il en ressortant de la cuisine.

Une fois que nous fûmes seules, je murmurai à Rose que « sa comptable préférée » avait pleuré à mon arrivée puis avait disparu. Loin de s'inquiéter, Rose balaya l'air d'une main et décréta qu'elle était très *lacrymale* en ce moment. Quand Tom rentra, Rose l'informa de l'état d'Hélène. Il soupira et partit à sa recherche.

— Dès qu'on revient, on peut passer à table, c'est prêt ! lança-t-il du tréfonds de la bâtisse, d'une voix chaude et bien placée.

J'avais toujours été sensible aux voix. Il m'était même arrivé de fantasmer en écoutant un inconnu au téléphone. Celle de Rose me vrillait les tympans et aurait pu me provoquer un eczéma géant contrairement à celle de Tom, rassurante et sexy, comme son physique. Lorsqu'il s'était éloigné à la recherche de sa dépressive, j'avais aperçu son petit cul moulé dans son jean, ses cuisses musclées et son dos droit. Ils ne sont pas très bien assortis, ces deux-là, ai-je pensé.

Rose avait suspendu son manteau à une patère et je l'imitai. Puis elle s'installa à table comme si elle habitait là depuis des années. Tapotant de la pointe de son couteau son assiette, elle me fit signe de m'asseoir en face d'elle. J'obtempérai.

— Je n'étais pas sûre de te reconnaître ! On ne s'est pas vues depuis des années ! On devrait faire des visios, toi et moi, non ?

— Oh non, pas ça, je t'en supplie ! grimaçai-je. Ça m'obligerait à me coiffer tous les matins. Alors, tu as trouvé de nouvelles abonnées ?

— Plus tard, le boulot, je n'ai pas encore assez bu !

Et, baissant la voix, elle enchaîna :

— Comment tu trouves Tommy ? Il est *so hot*, tu ne crois pas ?

Pour que je comprenne l'effet qu'il lui faisait, elle plaqua ses mains sur ses seins. J'agrandis les yeux de stupeur. Le mec de sa comptable, quand même ! Comment pouvait-elle ? L'arrivée du couple m'empêcha de lui faire part de ma désapprobation. Hélène s'était calmée et, la tenant par la main, Tom la conduisit à côté de Rose où elle s'installa, souriante. À n'en pas douter, il avait autant le pouvoir de la faire pleurer que celui de la calmer. Peu à peu, la douce chaleur du verre de vin que j'avais accepté me permit de lâcher prise. Grâce à l'attention de Tom – excellent cuisinier – et aux anecdotes hautes en couleur dont Rose nous régala, le dîner fut très amusant.

— Le pire des aventures, narra Rose au dessert, c'est quand le type des impôts s'est installé dans le bureau pour regarder toutes les papiers...

— Les factures, l'interrompit Hélène.

— Oui, c'est ça, les factures et les choses terriblement ennuyantes que tu m'obligeais à garder dans mon sac...

— Et que tu perdais, surenchérit Hélène.

— Mais bien sûr que je les perdais ! Qui conserverait des reçus de Cartier ? s'écria Rose en jouant avec ses bagues.

— En cas de cambriolage, ça aurait pu te servir ! s'agaça la comptable.

Tom, installé à côté de moi, murmura :

— Qui a les moyens d'aller chez Cartier ?

Je fus la seule à l'entendre et je pouffai. Nos regards se croisèrent. Il me sourit. Je détournai les yeux. À une ou deux reprises, nos épaules s'étaient frôlées, irradiant mon corps d'une tiédeur excitante. Hélène se leva pour préparer une tisane.

— Tu restes ici combien de jours ? demandai-je à Rose.

Elle s'étira langoureusement, faisant bomber ses seins qui, contrairement aux miens, n'avaient pas besoin de cette position pour être visibles et déclara qu'elle espérait y rester toute sa vie. Étonnée, je me tournai vers Tom.

— Je peux attester que Rose étant descendue du train avec une malle cabine, elle a de quoi tenir deux mois…

Rien dans le ton de sa voix ne trahissait si cette présence exubérante lui convenait ou non.

— La connexion Internet est *wonderful* ! ajouta-t-elle.

Le moment était donc venu de parler de nos projets.

— Tu as commencé à diffuser la nouvelle collection ? demandai-je sans toutefois spécifier en quoi elle consistait.

Hélène, qui nous rejoignait en portant un plateau avec des tasses, me regarda, surprise, puis se tourna vers Rose.

— Une nouvelle collection ? Tu n'as pas lancé une nouvelle collection ? balbutia-t-elle.

J'eusse aimé croire qu'un mélange d'antidépresseurs et d'alcool l'empêchait d'articuler mais la stupeur qui se lisait sur son visage me convainquit que ce n'était pas le cas. Rose repoussa son verre à pied et se leva en titubant. Tom s'adossa au dossier de sa chaise, prêt au spectacle.

— Ne ratons pas l'acte deux, siffla-t-il entre ses dents, suffisamment fort pour que je l'entende.

Lors de nos conversations téléphoniques, l'humeur de Rose changeait en quelques secondes, passant du rire à l'agressivité. Ses propos enveloppants pouvaient devenir sarcastiques ou blessants sans crier gare. Mais je n'avais jamais été témoin du déferlement de colère, d'aigreur et de justifications qui suivit. Alors que je demeurais pétrifiée sur ma chaise, Hélène, impassible, nous servit de la tisane et Tom alluma une cigarette en regardant le plafond. J'étais à deux doigts de me remettre à fumer. Rose beugla qu'elle dirigeait sa maison d'édition comme elle l'entendait, qu'elle était la *boss* et que nous vivions tous grâce à elle. À ce moment-là de la crise, Tom dit avec un petit sourire :

— N'exagérons rien…

Elle dut l'entendre car elle décréta que les hommes étaient tous des *connardes,* se rétracta en déclarant que *Tommy est so cute,* puis fit le tour de la table pour m'étouffer dans ses bras.

— Il n'y a que toi qui me comprennes, ma petite Carla…

Je ne pouvais ni bouger ni répondre. Une forte odeur de vin mélangé à son parfum capiteux se dégageait de tous ses pores. J'entendis une chaise bouger à côté de moi. Rose fut tirée délicatement en arrière.

— Votre chambre est prête, Pinky Queen…

Et Tom, soutenant Rose par les aisselles, quitta la cuisine. Ils disparurent tous les deux, elle bougonnant des propos incompréhensibles tandis qu'il lui susurrait des paroles réconfortantes. Enfin le calme s'installa autour de nous. Je regardai Hélène qui s'était rassise à table et portait une tasse à ses lèvres.

— Mais c'était quoi, ça ? lui demandai-je, encore sous le choc.

— Rose saoule… Mais ne vous inquiétez pas, demain, elle ne se souviendra de rien…

C'est alors que j'appris que mon éditrice était une alcoolique invétérée. Que les dîners en sa compagnie se terminaient généralement ainsi. Que cette addiction expliquait ses changements d'humeur. Qu'elle n'avait pas mauvais caractère, mais était simplement en gueule de bois un matin sur deux. Cette révélation me déstabilisa.

— Elle ne vous avait pas parlé de la nouvelle collection « L'Amour, aujourd'hui » ?

Hélène hocha négativement la tête. Je commençai à lui raconter le concept quand elle m'interrompit.

— Visiblement, vous n'êtes pas au courant et normalement, c'est pas à moi de vous le dire mais il faut que vous sachiez que de maison d'édition, il n'y en a plus. Rose est en redressement judiciaire. On a pu vous payer votre dernier manuscrit mais il n'y en aura pas d'autre…

En complet déni, je lui assurai qu'elle se trompait. Notre employeuse avait des pistes pour toucher un public particulier, il fallait lui laisser un peu de temps. Je ne niais pas qu'elle rencontrait des problèmes de trésorerie. D'ailleurs, s'il le fallait, j'accepterais que mon prochain texte soit réglé en retard. J'avais à cœur d'aider l'entreprise. Cette fois encore, la comptable ne me laissa pas poursuivre.

— Clara, ça ne vous étonne pas que Rose déboule dans cet endroit ?

— Elle a un côté aventurière…

— Vraiment ? sourit Hélène. Je crois pas, non. La seule raison, c'est qu'elle n'a plus de maison. Elle était hypothéquée. La banque la lui a prise parce que ça fait plus d'un an qu'elle ne paie pas ses crédits. Rose est endettée jusqu'au cou. C'est maintenant qu'elle va devoir se transformer en aventurière.

Mon dos se couvrit d'une sueur froide. Je demeurai figée, incapable de prononcer un mot. Hélène, pensant peut-être qu'elle en avait trop dit, se leva pour poser sa tasse dans l'évier. Tom nous rejoignit et nous annonça avec un petit soupir que Pinky Queen dormait à poings fermés. Je me levai d'un bond. Il fallait que je rentre. Moi aussi, je désirais oublier la réalité de ma vie dans le sommeil.

— Merci pour le dîner, dis-je d'un ton rapide en attrapant mon manteau.

— Vous n'avez pas touché à votre tisane..., regretta Tom en m'aidant à enfiler une manche.

Mes mains tremblaient et je sentis monter les larmes. Je détournai le visage pour qu'il ne s'en aperçoive pas et me dirigeai à grands pas vers la porte d'entrée. Je murmurai un dernier merci et sortis dans la nuit. Avant qu'elle ne se referme sur moi, j'entendis Hélène :

— Je lui ai dit, pour la boîte de Rose...

Je me dépêchai vers ma voiture à la lueur des rayons de lune, trébuchai sur une pierre et parvins à ouvrir la portière pour me réfugier à l'intérieur. Je fouillai dans la poche de mon manteau à la recherche de mon portable. Il était minuit douze. Nous étions déjà demain mais c'était maintenant que ma vie basculait. J'actionnai le GPS, gardai le portable sur mes genoux et tournai la clé de contact. À travers le pare-brise recouvert d'une buée nocturne, je voyais la façade de la maison plonger dans l'obscurité au rythme des lumières de la cuisine s'éteignant une à une. Le couple avait donc décidé de se coucher sans terminer de ranger. Le comportement de Rose nous avait tous ébranlés. Le moteur ne répondit pas au premier tour de clé. Je recommençai en appuyant sur l'accélérateur. Un vague toussotement s'éleva avant de mourir. Mes mains se crispèrent sur le volant.

— C'est pas vrai, démarre ! suppliai-je.

Nouvelle tentative. Nouvel échec. Le moteur restait sourd à mes suppliques. Je donnai un coup de poing aussi désespéré qu'inutile sur le volant. La détresse qui me serrait la gorge depuis les révélations d'Hélène jaillit en un long râle rauque. La dernière lumière de la cuisine s'éteignit sous mes yeux. Que n'étais-je à Paris où j'aurais pu commander un taxi pour fuir l'humiliation d'aller demander de l'aide à ces inconnus, au risque de les déranger en pleine séance de réconciliation ? Je détestais cet endroit, détestais ces gens, détestais Rose et me haïssais.

Je me repris et sortis de la Fiat. Je soulevai le capot et promenai le faisceau de la lampe de mon téléphone sur le moteur, espérant qu'une panne d'une simplicité enfantine me sauterait aux yeux. Je ne vis qu'un tas de branchements poussiéreux et vaguement huileux. Du bout des doigts, je tâtai les cosses de la batterie, seul élément familier. Je me réinstallai sur mon siège, remis le contact, appuyai sur l'accélérateur. Le moteur ne répondit à aucune de mes manœuvres. Plus inquiétant encore, les voyants du tableau de bord ne s'allumaient plus. Je poussai un hurlement de rage en secouant le volant de mes deux mains impuissantes. C'est alors que la portière passager s'ouvrit, m'arrachant un nouveau cri. De surprise, cette fois. Tom venait de s'asseoir à mes côtés.

— La batterie doit être morte, dit-il simplement.

— Mais comment c'est possible ? Elle fonctionnait tout à l'heure...

Mon menton se mit à trembler et mon visage fut soudain inondé de larmes chaudes qui dégringolèrent dans mon cou. Cette situation résumait le grotesque de mon existence : enfermée avec une bombe – comment qualifier Tom autrement ? –, les traits bouffis et le nez tumescent, j'étais repoussante. Je cherchai vainement un mouchoir dans la poche de mon manteau. N'en trouvant pas, j'optai pour la solution la moins déshonorante à mes yeux – j'avais en tête Hélène essuyant sa morve avec sa manche – et reniflai bruyamment. Des sucs salés me rentrèrent dans la gorge.

— Je fais quoi maintenant ? demandai-je.

Dans un roman érotique, la réponse aurait été simple. Le héros – Tom en avait l'étoffe – se serait rapproché de l'héroïne – j'aurais été au top – et après avoir murmuré : *Et si nous commencions par ça ?*, il aurait posé ses lèvres sur les siennes. Leurs bouches se seraient entrouvertes, leurs langues se seraient trouvées tandis que leurs mains avides auraient exploré leurs corps bouillonnants. Mais, bien qu'une chaleur inhabituelle chatouillât mon entrejambe, je n'étais pas une héroïne de romans érotiques ni d'aucun autre genre littéraire d'ailleurs. Pour preuve : le bel homme claqua une main sur sa cuisse et décréta qu'il allait me raccompagner chez moi. En rentrant, il mettrait ma batterie à charger et si elle ne fonctionnait toujours pas, il irait, le lendemain, en acheter une autre. Une fois ma voiture réparée, il viendrait me chercher afin que je la récupère. Je visualisai chacune des situations énumérées et les transformai en occasions d'assouvir mon fantasme. Quand nous changeâmes de véhicule, la bise froide qui cingla mes joues me fit redescendre sur terre : Tom n'était pas célibataire. Pire, sa compagne dormait à proximité. Je pris place dans sa voiture et il me demanda de le guider. Je m'excusai de l'avoir obligé à sortir de son lit. Il me confia qu'il n'était pas encore couché, il regardait par la fenêtre, voulant s'assurer que j'étais partie sans encombre.

— Le terrain est rempli de tranchées que je n'ai pas encore rebouchées. Et puis, vous n'aviez pas l'air bien…

— Ce que m'a appris Hélène m'a fait perdre le goût de cet excellent dîner, c'est vrai. En fait, je ne m'y attendais pas.

— J'imagine que ça a dû être dur à entendre.

Je posai un sourire triste sur mes lèvres. Puis, pour chasser l'envie irrésistible d'abandonner ma main dans la sienne, je l'interrogeai sur sa vie. Ma mère ne manquait jamais une pièce dans laquelle jouait Michael Lonsdale. Je la revois me raconter la représentation de *L'Amante anglaise* de Marguerite Duras : *Il était merveilleux, comme toujours. De toute façon, il pourrait lire l'annuaire qu'il m'envoûterait !* J'étais dans cet état en écoutant Tom m'expliquer qu'il avait travaillé à Meaux dans une entreprise de restauration de bâtiments anciens et qu'il avait décidé de s'installer en Dordogne pour ouvrir des chambres d'hôtes.

— Demain, quand vous récupérerez votre Fiat, je vous ferai visiter les autres pièces de la maison. Elles sont quasiment finies…

— Avec plaisir, murmurai-je.

Cela voulait dire revoir Rose et surtout Hélène que je commençais à jalouser. Comment avait-elle pu attirer dans ses filets un mec comme Tom ? Je n'avais aucun des atouts d'une héroïne sexy – j'en étais consciente – en revanche, j'avais tous les travers des pimbêches de la collection « Amour et frissons ».

À une heure quarante du matin, Tom me déposa devant ma maison. Il griffonna mon numéro de téléphone à l'intérieur d'un vieux paquet de cigarettes oublié dans la boîte à gants et promit de l'enregistrer dans son portable laissé chez lui.

— Merci de m'avoir raccompagnée. J'espère qu'Hélène ne sera pas fâchée contre moi, dis-je en évitant de le regarder.

— Hélène ? Ne vous en faites pas pour ça. Je ne sais même pas si elle m'a entendu sortir. Je vous appelle vers dix heures ? Ça ira, ça ne sera pas trop tôt ?

Je lui assurai que je serai réveillée et ajoutai que mon fils partait tôt au lycée. Tom acquiesça et nous nous saluâmes d'un sourire. Il attendit que je rentre chez moi pour redémarrer, ce que je trouvai très élégant de sa part. J'atteignis ma chambre sur la pointe des pieds, me déshabillai en vitesse et me couchai sans me démaquiller ni me laver les dents. Je puisai dans mes dernières forces pour activer le réveil et sombrai.

Réveillée en sursaut quelques minutes avant la sonnerie de mon portable, je ne pensais qu'à lui. Cet homme tombait du ciel et je voulais être celle qui le rattraperait dans les bras avant qu'il ne s'écrase au sol. Je me dépêchai vers la salle de bains. Un coup d'œil dans le miroir fixé au-dessus du lavabo stoppa net ma jubilation : je ressemblais à un koala. On ne devrait jamais se coucher sans ôter son rimmel. En frottant énergiquement mes yeux avec du coton, je me rappelai que la veille, j'avais pleuré et comme, par économie, je n'achetais jamais de waterproof, mathématiquement, j'avais sûrement déjà cette tête dans sa voiture. Le bilan de ma vie se résumait à cette soirée : plus de boulot, un mec en couple, et moi avec une tête de koala. Léonard toqua à la porte, il allait être en retard, il devait se laver les dents. Je mugis que j'en avais pour une minute. Il s'éloigna en grommelant que j'avais toute la journée pour me faire une beauté. À ses mots, j'ouvris la porte à toute volée et le poursuivis jusqu'au salon, drapée non pas dans ma dignité outragée mais dans un peignoir d'un blanc pisseux aussi rêche qu'une éponge à récurer les casseroles.

— Moi aussi, j'ai une vie, tu vois, mon petit père ! Et pas mal d'emmerdes ! Ma voiture est tombée en panne hier soir et j'ai dû me faire raccompagner ! C'est vraiment la joie, parce que, en plus, cette abrutie de Rose a fait faillite et je n'ai plus de boulot, alors, tu es gentil, tu la mets dans le placard avec tes propos misogynes !

Pour faire avancer l'histoire, l'écriture télévisuelle requérait des conflits entre les personnages. J'avais donc acquis un certain talent dans les dialogues des scènes d'engueulade. Mais n'ayant plus de commandes de scénarios, il m'arrivait de plus en plus fréquemment de m'emporter, malgré moi, avec des mots qui n'appartenaient pas à mon langage habituel. C'était ce que devait se dire mon fils qui m'écoutait avec un regard circonspect.

— D'où tu m'appelles *mon petit père* ? demanda-t-il avec une pointe d'ironie qui ne me calma pas, bien au contraire.

— C’est tout ce que tu as retenu de ce que je viens de te dire ?

Il haussa les épaules et désigna d’un geste du menton les pots de cannabis.

— Dans quelques mois, tu me remercieras d’avoir été si prévoyant. Je peux utiliser la salle de bains ?

C’était donc ça, mon avenir ? Crever de faim en priant pour que la récolte soit bonne ? Pitoyable.

Melun – Octobre – 15 h 15

Je me suis emballée et j'ai parlé trop fort. Ce n'est pas si facile de repenser à tous ces moments. Il n'a pas cessé d'écrire depuis que j'ai repris mon récit. Il lève la tête, étonné par mon brusque silence.

— Tom... C'est donc la première fois que vous le rencontriez ? me demande-t-il.

— Oui.

— Bien. Je préfère vérifier que nous parlons de la bonne personne..., murmure-t-il en fouillant dans un dossier.

Il en sort une feuille volante qu'il pose devant moi.

— C'est bien cet homme ? s'assure-t-il.

Le cliché n'est pas flatteur – une photocopie en noir et blanc d'un photomaton – mais je le reconnais. Mon cœur se serre. J'acquiesce.

— Vous en faites un portrait très élogieux..., poursuit-il en rangeant la feuille dans le dossier.

Il y a dans ses points de suspension quelque chose d'ironique qui ne m'échappe pas mais qui me glisse sur l'épiderme. Je n'en suis plus à craindre de fissurer mon image. Ce qui m'attend est au-delà de cela. Je murmure :

— Attendez, ça ne fait que commencer…

Moi aussi, je peux terminer mes phrases en les laissant mourir à petit feu. Il a intérêt à s'accrocher, mon histoire va lui faire friser la barbe.

Sainte-Caprine – Juin

Le seul pouvoir qui me restait sur ma vie était d'avoir l'air à peu près potable quand Tom viendrait me chercher. J'avais donc réintégré la salle de bains après le départ de *ON.* Ne pouvant le laisser entrer chez moi à cause de mon futur gagne-pain – même Léonard semblait croire que les portes des éditeurs m'étaient à jamais fermées –, je l'attendis sur le trottoir. Il m'avait téléphoné à l'heure convenue et sa voix chaude m'avait fait oublier un instant qu'il était en couple. La batterie de la Fiat avait chargé toute la nuit et *était gonflée à bloc pour vivre de nouvelles aventures !* m'avait-il annoncé. *Vas-y, lis-moi l'annuaire...*, avais-je pensé en l'écoutant, le portable plaqué contre mon oreille comme un câlin.

— Oui, dix heures, je serai prête, avais-je répondu dans un souffle.

Avant que les dix coups ne sonnent au clocher de l'église, Jeannot sortit de chez lui, un panier de courses accroché à son bras.

— Ah ah ah, mais qui voilà ? claironna-t-il en m'apercevant. Vu comment vous êtes maquillée, je dirais bien que vous attendez le prince charmant !

J'avais dû forcer sur le blush. Je portai vivement une main à mes joues et les frottai. La voiture de Tom s'arrêta à ma hauteur et, se couchant sur mon futur siège, il ouvrit la portière. Jeannot me gratifia d'un clin d'œil coquin auquel je ne répondis pas et je m'engouffrai à l'intérieur. Tom démarra dès la portière refermée, obligeant mon voisin à étirer sa nuque pour apercevoir le conducteur.

— Vous êtes arrivé juste à temps ! C'est une vraie glu, cet homme ! m'exclamai-je.

Puis je me confondis en excuses et remerciements pour le temps qu'il avait consacré à résoudre mes problèmes mécaniques. *Dominique, nique, nique, s'en allait tout simplement* résonna à mon oreille et je bégayai un énième *Je suis désolée.* L'attitude de Tom était toujours aussi chaleureuse. Il m'expliqua que Rose, souffrant de migraine due aux abus de la veille, et Hélène attendaient la voiture pour se rendre dans un spa. J'évoquai alors celui du château de Roveyrac, mimai le prétentieux propriétaire et décrivis les salles de bains extravagantes. Tout en conduisant, Tom me regardait du coin de l'œil et souriait à mes propos. Les vingt minutes qui séparaient nos habitations passèrent comme dans un rêve.

Le tableau formé par Rose et Hélène, installées dans la cuisine devant un café, me ramena à la réalité. Pinky Queen avait perdu de sa superbe. Le cheveu plat, de lourdes poches sous les yeux, elle avait adopté un look *casual* qui la vieillissait. Quant à Hélène, elle m'accueillit d'un simple geste de la main comme pour signifier que tout avait été dit. La seule personne vivante dans cette pièce était Tom. Il jeta les clés de la voiture sur la table, à proximité de la tasse d'Hélène.

— Les papiers sont dans la boîte à gants, la prévint-il avant de me proposer un café que je refusai.

— Alors, je vous offre un thé ? insista-t-il.

J'acceptai.

— Tu ferais une vraie Anglaise ! dit Rose en riant. Elle se leva pour me prendre dans ses bras.

À contrecœur, je me laissai écraser contre sa poitrine. Elle sentit ma raideur et me secoua gentiment. Me passant un bras autour des épaules, elle me força à regarder Hélène.

— Et n'écoute pas Hélène ! Elle ne comprend rien à l'art ! Elle ne sait pas tout le talent de nos cerveaux ! Il ne faut jamais écouter une comptable ! N'est-ce pas, Tommy chéri ?

Posté devant le plan de travail, Tom ne leva pas la tête pour lui répondre qu'elle avait bien raison : *Rien de plus chiant qu'une comptable !* Hélène lui tira la langue – que je jugeai un peu chargée – tandis que je me crispais. Je n'avais aucune envie d'assister à une scène de ménage.

— J'ai quand même cru comprendre que tu n'avais plus tellement de solutions pour rebondir dans l'édition, dis-je à Rose en me dégageant de son emprise.

Elle agita ses bras en l'air tel un ventilateur sur pattes.

— Parce que tu ne me connais pas !

Elle termina sa tasse de café, le coude haut, la tête en arrière, comme s'il s'agissait d'une chope de bière et la reposa bruyamment sur la table.

— Tu sais quel boulot je faisais, trente ans en arrière ? Femme de chambre chez Lord Westershield. Des années à faire son *fucking big bed* deux fois par jour, à nettoyer ses toilettes et sa baignoire aussi grande qu'une locomotive de TGV. Tu as déjà vu une baignoire aussi grande qu'une locomotive de TGV ?

— Oui, répondis-je laconiquement, pensant au château de Roveyrac.

— Tu veux nous prouver quoi ? Que tu as su rebondir ? enchaîna Hélène. Mais on serait tous ravis pour toi que ça t'arrive encore. En attendant, on a rendez-vous à onze heures trente pour un massage. Alors, on y va !

— Je vais récupérer mon sac, prévint Rose.

Elle glissa sa main sous mon coude pour m'entraîner vers sa chambre.

— Ici, je suis comme une poule en pâte.

— Un coq en pâte, la corrigeai-je, malgré moi.

— Si tu veux…

Elle ouvrit une porte et je la suivis dans une jolie pièce aux murs chaulés et aux poutres apparentes. Une imposante valise dégueulait son contenu au pied du lit défait. Rose fit coulisser une paroi faite de volets anciens et me poussa à admirer la salle de douche carrelée de blanc.

— On n'est pas chez Lord Westershield pour les sanitaires mais Tommy est beaucoup plus sexy, me livra-t-elle avec un clin d'œil.

— Tu oublies qu'il y a Hélène ! la rembarrai-je durement.

— Elle repart bientôt rejoindre son crétine de mari et alors…

Elle mit ses lèvres en cul-de-poule de façon obscène.

— Ce n'est pas Tom, son mari ? m'écriai-je.

Rose traversa la chambre pour récupérer son sac sur un fauteuil.

— *My god !* Non ! C'est son demi-frère !

Je me figeai. Seul le bras de Rose passé à nouveau sous le mien me permit de rejoindre la cuisine où une tasse de thé m'attendait.

Il y avait la Clara mère de famille, parfois dépassée mais toujours soucieuse de l'éducation donnée à son fils, la Clara studieuse qui signait son travail sous le pseudo de Carla Lantel, la pauvre Clara frustrée qui ne pensait jamais au sexe et la Clara, célibataire, sous le charme d'un quasi-inconnu qui s'avérait être libre comme l'air. Et cette Clara-là roupillait depuis des années au point qu'elle ne savait plus ce qu'elle serait capable de faire à son réveil. Une fois Rose et Hélène parties, je fus donc la première surprise de me sentir si à l'aise avec Tom. Il s'était installé en face de moi après avoir fait disparaître comme par magie les tasses de café de ses colocataires provisoires. À son tour de m'interroger sur ma vie. Je lui parlai de mon passé de scénariste, de Léonard que j'avais élevé seule et ne lui cachai rien des circonstances qui m'avaient conduite à m'installer à Sainte-Caprine. Il me confia qu'il avait été un adolescent rebelle, qu'il avait détesté le lycée et que plutôt que de passer le bac, il avait enchaîné les petits boulots.

— Un jour, j'en ai eu marre de toucher à tout sans jamais aller jusqu'au bout, alors je me suis formé aux métiers du bâtiment. Comme peintre d'abord puis en menuiserie, à la taille de pierre et en maçonnerie.

Ces différentes formations lui avaient permis d'enchaîner les contrats en intérim et d'économiser assez d'argent pour acheter cette ruine.

— Il y a un an, il n'y avait que quatre murs et un toit sain que l'ancien propriétaire, un Allemand, avait eu le temps de refaire avant de mourir. J'ai eu beaucoup de chance. Paix à son âme.

— Un an que vous êtes là..., murmurai-je, pensive.

— Oui, un an déjà et nous n'avons pas eu l'occasion de nous rencontrer... Où étiez-vous donc cachée ? sourit-il. On pourrait se tutoyer, non ?

— Avec plaisir... Ben... je ne sais pas trop... devant mon ordinateur, j'imagine. Même quand on écrit des trucs pas terribles, ça prend du temps... Quel gâchis...

Tom me lança un regard amusé que je soutins.

— Quoi ? minaudai-je. Tout ce temps perdu à écrire des romans à l'eau de rose, c'est du gâchis, non ?

Nous n'étions dupes ni l'un ni l'autre du plaisir inexpliqué que nous ressentions à être ensemble. La seule question qui se posait était d'ordre temporel. Combien de temps aurions-nous envie de faire durer les préliminaires ? Sur ce point, j'étais partagée entre celle de lui sauter dessus et celle de me faire désirer. Il me proposa alors une visite guidée de la maison. Je compris qu'il avait besoin de bouger pour faire baisser la délicieuse tension qui nous habitait. D'un commun accord, nous fîmes l'impasse sur la chambre de Rose, la plus proche de la cuisine. Tom me précéda dans le couloir voûté. Nous débouchâmes sur un patio rond d'où partaient tels les pétales d'une fleur les accès aux six autres chambres destinées à être louées.

— Ici, c'était une étable. J'ai cassé le toit avant qu'il ne me tombe sur la tête et plutôt que de le refaire, j'ai créé cette courette intérieure.

— On dirait le jardin d'un couvent, m'exclamai-je, séduite.

Il acquiesça, il comptait justement y planter un jardin de curé. Puis nous entrâmes dans la première chambre. Les murs en pierre, le parquet en châtaignier et le boutis blanc sur le lit donnaient une atmosphère champêtre que je retrouvai dans les autres pièces. Hormis l'installation électrique, Tom avait réalisé seul l'intégralité des travaux. Il lui restait la grande cuisine à restaurer et sa chambre qui ressemblait à une grotte, sourit-il, comme pour s'excuser de ne pas m'y emmener. Je lui répondis d'un sourire entendu. Et nous nous regardâmes un instant dans un silence papillonnant de phéromones.

— Mais avant, je me consacre au jardin ! lança-t-il soudain en regagnant la cuisine.

— Je ne vais pas te retarder plus longtemps... dis-je, consciente que mon avenir sentimental allait se jouer dans les minutes à venir.

— Est-ce que tu as enregistré mon numéro quand je t'ai appelée ce matin ? demanda-t-il en me suivant jusqu'à la porte.

— Non, pas encore, avouai-je sans lui dire qu'à ce moment-là j'ignorais qu'Hélène fût sa sœur. Devrais-je le faire ? l'interrogeai-je en souriant candidement.

— Je me sentirais plus à l'aise si je savais que tu peux me téléphoner si tu le souhaites…

— Ah…, dis-je d'un air ennuyé en ouvrant la porte.

Il me suivit jusqu'à ma Fiat et m'arrêta avant que je ne m'y installe.

— Ça a l'air de t'embêter…

Il passa une main gênée dans ses cheveux striés de gris. Je haussai les épaules et dardai mon regard dans le sien.

— Un peu, oui. Le problème, c'est que… j'ai déjà envie de te téléphoner…

À cet instant, je me trouvai joueuse et charmante. Il mit quelques secondes à comprendre ce que je venais de dire.

— Alors, je peux ? questionna-t-il dans un murmure en approchant ses lèvres des miennes.

Faustine inspira profondément quand j'en arrivai enfin à ce moment de l'histoire. Incapable de garder cela pour moi, j'avais foncé à la librairie pour lui raconter que j'avais rencontré quelqu'un. Mais comme j'avais commencé par les évènements de la veille, sans rien omettre du quiproquo « Hélène » et de la panne de batterie, elle m'écoutait en apnée depuis un bon quart d'heure.

— Et vous vous êtes embrassés... Oh oh oh !

— Il est beau, il est drôle et tellement gentil ! Je n'arrive pas à croire que c'est à moi que ça arrive !

Et parce qu'il n'existait aucun autre sujet de conversation au monde, je lui décrivis à nouveau ce que j'avais pensé de Tom au premier regard, comment il m'avait aidée, ses petites remarques pleines d'humour à l'égard de Rose. Faustine, qui venait de comprendre que je recommençais mon récit, se remit à ranger le rayon Polars. C'était une sorte de monologue entrecoupé de *Tu vois ce que je veux dire ?* auxquels elle répondait d'un sourire.

— Et ça arrive au pire moment de ma vie mais je m'en fous ! Je suis sur un petit nuage !

Je n'y aurais pas tenu longtemps vu que je ne pouvais m'empêcher de sautiller sur place.

— Tu déconnes, t'as encore l'âge d'avoir un mec ! me rassura-t-elle.

— Mais non, je parle du boulot ! Rose a fait faillite ! Cette fois, c'est mort de chez mort !

L'annoncer ainsi me renvoya ma réalité en pleine figure. Je m'immobilisai pour sonder mon cœur puis décrétai que j'allais m'en sortir. Faustine dit qu'elle n'en doutait pas. Un sifflement de merle m'annonça l'arrivée d'un SMS. J'attrapai mon portable dans ma poche, découvris le message avant de m'exclamer avec le ton incrédule d'un gagnant du Loto *qu'il m'invitait à dîner demain soir dans un restaurant où il aimait aller.*

— Seule ou avec la frangine et l'Anglaise ? s'inquiéta Faustine.

Accepterais-tu que je t'emmène demain soir dans un restaurant où j'aime aller ? lus-je à haute voix.

— Seule, on dirait bien ! gloussai-je.

Puis je brandis mon téléphone devant ses yeux.

— Et regarde ! Il ne fait même pas de faute d'orthographe !

Faustine éclata de rire, elle connaissait ma psychorigidité d'institutrice frustrée. Serrant mon portable dans ma main, je rentrai chez moi, le pas léger sur les pavés de la rue piétonne. Bien sûr, je n'oubliais pas que je n'avais plus de manuscrit auquel me raccrocher mais le texte pour le château de Roveyrac m'offrait un répit et, le cœur joyeux, je m'installai devant mon ordinateur. Je me plongeai dans les notes que j'avais prises lors de mes premières recherches puis fermai les yeux pour visualiser les lieux pris en photo par Marge. Mais à la place de la piscine ou d'une baignoire ronde, c'est le visage de Tom qui m'apparut et je me mis à rêver… Dans un état de concentration différent de celui qui m'animait habituellement, je fis apparaître sur mon écran d'ordinateur une célébration du lâcher-prise sous forme de haïku revisité à la sauce périgourdine.

À quatorze heures, sans avoir déjeuné, j'envoyais le texte à Marge : *Je n'avais pas prévu d'écrire ça... Peut-être que je suis à côté de la plaque... Dis-moi ce que tu en penses... Je t'embrasse fort...* Pièce jointe, touche *Envoi* et je me retrouvai dans la cuisine à me confectionner un énorme sandwich au fromage, la mie tapissée de moutarde. Ma nouvelle situation professionnelle aurait dû me couper l'appétit. Pourtant, je mordis dans le pain à m'en déchausser les incisives. Le chant du merle résonna sur le plan de travail où j'avais posé mon téléphone. La première idée qui me vint était que Tom décommandait notre dîner du lendemain. Ne pouvant croire qu'avec le recul, il s'était mis à douter de l'intérêt que nous nous portions, j'imaginai plutôt que Rose avait encore fait des siennes. Et en ouvrant l'onglet SMS, je m'attendais à lire *service des urgences* ou *coma éthylique.* Je ne pus m'empêcher de sourire en découvrant le message de Marge : *L'amour te donne des ailes ! C'est parfait ! Monsieur Prétentieux va adorer ! Tu m'offres un thé ou tu es en train de roucouler dans des draps poisseux ?* Sans réfléchir un instant, je répondis : *Je t'attends !* La dernière bouchée de sandwich avalée, je sautillai jusqu'à la salle de bains pour me laver les dents. Et me figeai dans le salon. Ils étaient là, alignés, dardant leurs branches vers moi comme autant de vipères prêtes à me sauter à la gorge. Comment avais-je pu oublier que ma maison était devenue une forteresse où nul ne devait pénétrer ? Je retournai à la cuisine récupérer mon téléphone pour décommander Marge mais la sonnette de la porte retentit. Je m'avançai à pas feutrés vers l'entrée, regrettant de ne pas avoir installé un œilleton. C'était certainement mon amie mais cela pouvait également être Jeannot, un tournevis à la main pour cette prétendue panne de radiateur, ou les gendarmes parce que *ON* avait trop parlé et avait été dénoncé.

— Oui ? demandai-je d'une voix grêle.

— C'est moi ! Tu es nue ? lança Marge derrière la porte.

J'inspirai profondément et ouvris. Marge m'offrit un sourire complice et franchit le seuil d'un pas décidé. Comme toujours, elle se baissa un peu trop pour m'embrasser. Habituée à faire une tête de plus que la majeure partie des femmes, elle ne réussissait pas à doser l'espace qui la séparait des autres.

— J'étais avec Faustine quand tu m'as envoyé ton texte alors, je suis au courant ! déclara-t-elle en me suivant dans le salon. Mais je veux tout entendre en détail, Faustine m'a juste dit : *Clara est amoureuse !* C'est un peu court !

J'aurais dû faire des petits bonds dans la pièce, me jeter à son cou ou répéter *Tom Tom Tom* comme une demeurée, mais il fallait d'abord qu'elle découvre ce qui se cachait derrière mon dos. Alors, je me décalai vers la droite.

— Ah, OK, je vois… Il n'y est pas allé de main morte, notre petit horticulteur, murmura Marge en observant les plants de cannabis.

Puis elle vit mon air déconfit et éclata de rire.

— Tu n'as pas l'air de vivre ça très bien, dit-elle.

— C'est compliqué. Compliqué et flippant. La seule chose de rassurant, c'est qu'il ne consomme pas. Enfin, pas pour le moment… Je vais faire chauffer de l'eau…

Marge me suivit dans la cuisine et cala une fesse sur la table en me regardant remplir la bouilloire.

— Normalement, on n'a plus le droit de recevoir quelqu'un à la maison tant qu'il y aura toute cette merde, grommelai-je. Je te jure, Marge, j'assume pas du tout. Je ne devrais pas accepter qu'il fasse ça mais… on est mal… Enfin, surtout moi… On dit toujours qu'un bébé, ça coûte cher entre les couches et tout et tout mais, un étudiant, quand on n'habite pas à côté d'une fac, c'est carrément la ruine !

— Laisse-le faire son expérience. Et puis c'est pas comme si tout Sainte-Caprine passait chez toi. Avec un peu de chance, on aura un été pourri et tous les plants vont crever. En tout cas, compte sur moi, je n'ai rien vu et je ne dirai rien de rien. Même à Faustine. Alors, ce Bob ?

— Tom, il s'appelle…

À l'énoncé de ce simple prénom dont je ne savais pas encore s'il était complet ou un simple diminutif, les coins de mes lèvres s'étirèrent en un sourire béat que je fus incapable d'effacer. Je commençai par l'invitation de Rose à dîner à Lou Peyrol et la terminai trente minutes plus tard par celle de Tom pour le lendemain. Et j'aurais pu recommencer mon récit, décortiquer chaque situation pour en presser toute la délicieuse substance si ce qui me restait de professionnalisme ne me m'avait pas fait retomber sur terre.

— Le texte, c'est vrai, il te convient ? m'inquiétai-je.

— Il est super. J'ai rendez-vous demain avec Plat pour lui montrer notre travail. Ce soir, je vais lui préparer une maquette en tronçonnant ton texte en légende sous mes photos préférées. Il ne va même pas choisir, il va valider et nous payer.

Elle termina sa phrase par un clin d'œil.

— J'avoue que ça tombe bien... Je ne me suis pas encore fait à l'idée de vivre d'amour et d'eau fraîche... Marge... Tu crois que Tom, il existe vraiment ?

— On dirait bien... J'ai hâte de le rencontrer en tout cas !

Au moment de partir, Marge me serra dans ses bras. Je sentis son menton posé sur mon crâne.

— Tout va bien se passer..., murmura-t-elle.

Je me dégageai de son étreinte et lui demandai de humer l'air.

— Derrière la porte, t'as rien senti ?

— Non, rien.

— Et en entrant ?

— Non plus. Tant que ça ne sera pas en fleur, tu devrais être tranquille…

Après le départ de Marge, je cherchai sur Internet la date de floraison du cannabis. Il me restait un bon mois avant que ne se dégage *un arôme agréable et âcre* à en croire le blog que je consultai.

— *Agréable et âcre*, mon cul ! grommelai-je en fermant la page Internet.

Alors que je m'apprêtai à ranger les tasses de thé dans le lave-vaisselle, je saisis mon portable et relus le SMS de Tom. Je m'allongeai sur mon lit pour le lire une dixième fois. *Tom, Tom, Tom.* Au loin, j'entendis la porte d'entrée s'ouvrir puis les pas de *ON* semblables à ceux d'un couple d'hippopotames. Sacs de cours jetés sur le parquet du salon, pouffements, porte du frigo qui s'ouvrait et soudain :

— Mais c'est quoi, ça ?

Je me redressai brusquement et déjà, Léonard entrait dans ma chambre, l'air furieux.

— Avec qui t'as bu un thé ? m'interrogea-t-il d'un ton accusateur.

Je cachai le portable sous mes fesses.

— Avec Marge, pourquoi ?

Léonard se ficha une grande claque sur le front avant de dodeliner de la tête en soupirant qu'il ne comprenait pas ce que je fichais.

— Plus personne ne rentre à la maison ! T'as oublié ?

Mes épaules s'affaissèrent délicieusement. Je me levai, posai un baiser là où sa main avait laissé une marque rouge et lui expliquai en me dirigeant vers la cuisine que mon amie était passée à l'improviste et que nous pouvions lui faire confiance, elle en avait vu d'autres dans la vie, elle ne nous balancerait pas. Mon fils sur les talons, j'attrapai les tasses et les déposai dans le lave-vaisselle avant de rincer la théière.

— C'est une question de principe ! Personne, c'est personne ! poursuivit Léonard.

— Et si elle en parle à Faustine ? demanda Léa qui se tartinait déjà de miel une tartine longue comme l'avant-bras.

— Non, elle ne le fera pas. Elle me l'a juré. De toute façon, c'est fait et ça nous prouve bien qu'on ne peut pas gérer tous les imprévus. Elle savait que j'étais à la maison. J'étais obligée de lui ouvrir. Sinon, les cours, c'était cool ?

Léonard ronchonna qu'il s'était emmerdé toute la journée. Depuis que les épreuves anticipées du bac étaient passées, il se demandait pourquoi on les obligeait à aller au lycée.

— Même les profs ont l'air de s'en foutre, dit-il avant d'engloutir une énorme bouchée de tartine.

— Allez, courage, c'est bientôt fini ! lançai-je pour détendre l'atmosphère.

J'attendis le lendemain matin pour annoncer à Léonard que je ne dînerais pas à la maison. Il finissait de remplir son sac de classe et leva vers moi un regard suspicieux.

— Tu vas où ?

Je m'en voulus de n'avoir pas prévu cette question mais, à ma décharge, depuis qu'il était en couple, mon fils me lâchait la bride.

— Réunion de travail avec Rose…, soupirai-je exagérément pour prouver à quel point c'était une corvée pour moi.

— Je croyais qu'elle avait fait faillite et qu'elle ne te faisait plus bosser.

Il se redressa face à moi et attendit ma réaction, les bras croisés sur le torse. Un vrai petit macho d'un mètre quatre-vingts.

— Ben justement… on cherche des solutions pour continuer… Elle loge chez le demi-frère de sa comptable qui est très sympa… Je vous préparerai un truc pour le dîner, conclus-je en quittant sa chambre.

À mi-distance de la cuisine, je compris que Léonard me suivait.

— *Elle loge chez le demi-frère de sa comptable qui est très sympa*, répéta-t-il d'une voix nasillarde censée, j'imagine, imiter la mienne.

Je me retournai, les sourcils arqués au milieu de mon front et le regard angélique.

— Qu'est-ce qui te prend ? demandai-je.

Mon ton un peu trop perché et mes narines frémissantes finirent de le convaincre que je venais de lui servir un gros bobard mal préparé. Dix-huit années de vie commune m'empêchaient d'improviser à ma guise. Il lisait en moi comme dans un livre ouvert pour peu que le sujet l'intéresse.

— T'es pathétique, maman. Tu t'es fait griller en moins de deux.

— Grillée de quoi ?

Peut-être par aversion pour le flicage filial ou à cause de la peur que l'histoire de Tom ne soit qu'un feu de paille, je ne me sentais pas prête à dire la vérité sur mon rendez-vous. Pourtant, grillée, je l'étais bel et bien ainsi que m'en informa Léonard, hilare. La veille, il avait rencontré Jeannot devant la maison et ce dernier, à la recherche de détails croustillants sur *mon mec,* lui avait raconté qu'il m'avait vue monter dans la voiture d'un homme.

— Sur le moment, j'ai pas fait gaffe mais comme par hasard, là, tu me parles *du demi-frère de sa comptable qui est très sympa*… On me la fait pas, à moi ! jura-t-il.

Léa sortit de la salle de bains, précédée d'une forte odeur de vanille mélangée à celle, plus âcre, de son déodorant.

— Ma mère, elle a un keum ! lui lança-t-il.

— Oh, génial ! s'extasia ma belle-fille.

— Mais ne l'écoute pas, il délire ! tempérai-je.

Léonard me colla une bourrade sur l'épaule, façon collègue de beuverie.

— Allez, détends-toi, c'est super. Mais attention, tu le ramènes pas ici ! Allez, à tout' !

Après m'avoir décroché une œillade appuyée, il sortit de la maison, suivi par son ombre parfumée. Je demeurai un moment au milieu du salon, les bras ballants, un petit sourire amusé aux lèvres. Léonard me faisait rire autant qu'il pouvait m'agacer. J'étais soulagée qu'il ait deviné que j'avais rencontré quelqu'un. Et que ce quelqu'un soit Tom avec qui j'allais dîner ce soir, en tête à tête. Soudain, ma bouche s'affaissa.

— C'est pas vrai... Je n'ai pas fait ça..., murmurai-je, en panique.

Je courus dans ma chambre récupérer mon téléphone, ouvris le SMS de Tom : *Accepterais-tu que je t'emmène demain soir dans un restaurant où j'aime aller ?* Je n'avais pas répondu... La veille à onze heures quarante-quatre, j'avais reçu le plus beau SMS du monde, l'avais lu à Faustine et à Marge, relu des dizaines de fois en me pâmant et dix-huit heures plus tard, je n'y avais pas répondu ! « Qu'on me donne une pelle pour que je creuse ma tombe », hurlai-je dans la maison déserte.

Une fois calmée, je m'installai dans le salon et composai le numéro de Tom après avoir répété ce que j'allais lui dire sans me ridiculiser. Je tombai sur la boîte vocale directement. Cela me contraria moins que si la sonnerie avait retenti à plusieurs reprises. Au moins, me rassurai-je, il n'avait pas choisi de ne pas me répondre. Je lui laissai donc un message en avouant que son invitation m'avait fait très plaisir. Malheureusement, je venais de comprendre que je lui avais répondu… dans ma tête. Alors oui, s'il avait toujours envie de dîner avec moi, j'étais libre. Jusque-là, je m'en sortais plutôt bien. Ma diction était claire, mon ton enjoué mais avec une certaine retenue. C'est au moment de conclure que cela se gâta. Je bégayai un *alors j'espère à tout à l'heure* puis gloussai bêtement. Je coupai la communication brusquement et gardai le téléphone dans ma main sans le lâcher des yeux. Le miracle se produisit : l'écran s'éclaira. Il me rappelait. Je respirai un grand coup et attendis la troisième sonnerie avant de répondre.

— Bonjour Tom… Tu as écouté mon message ?

Je me mordis l'intérieur de la joue avant de me remettre à glousser.

— Non… non, je te promets, ce n'était pas pour te faire languir… juste, j'ai cru t'avoir répondu… Surmenée, c'est ça… (Ne glousse pas !) Dix-neuf heures trente ? Parfait, je serai prête… Moi aussi… à ce soir…

Il raccrocha et je conservai le téléphone collé à l'oreille un moment avant de m'apercevoir dans le miroir du salon. Je bondis sur mes pieds, levai les deux bras en l'air en signe de victoire et annonçai à mon reflet :

— Il a une voix tellement sexy !

Quelques petits pas de danse et la question de ma tenue surgit à mon esprit. Mais ce ne fut que le début d'une trop courte journée de préparatifs. Mes derniers rapports sexuels dataient d'avant le mouvement « No Shave » suivi par des femmes refusant la norme du glabre et assumant de renouer avec leur pilosité naturelle. J'allais donc, à l'époque, une fois par mois chez l'esthéticienne pour le combo jambes/maillot/aisselles même si, la majeure partie du temps, j'étais la seule à profiter du résultat. Depuis mon installation à Sainte-Caprine, au vu de mes finances et de l'absence de partenaire – fait que je croyais définitif – j'avais perdu cette habitude. Mes jambes et mon pubis étant peu fournis, je me contentais de me raser sous les bras pour éviter qu'une touffe de poils dépasse de l'emmanchure de mes tee-shirts. Au quotidien, cet arrangement me convenait parfaitement. Mais aujourd'hui, je ne pouvais revoir Tom en sachant ce qui se cachait dans ma culotte. Je fonçai dans ma chambre et fouillai dans le tiroir qui contenait ma lingerie. Lors de mon dernier rangement, j'avais retrouvé un petit string en dentelle vert anis que j'avais dû acheter avant qu'on ne me pose un lapin comme l'indiquait le prix toujours attaché à l'élastique. Plongeant ma main plus profondément dans le tiroir, j'attrapai la bretelle du soutien-gorge assorti, étiqueté lui aussi.

— Ça, c'est fait, murmurai-je, satisfaite.

Puis je me déshabillai entièrement et dirigeai le faisceau de ma lampe de bureau vers mon entre-jambe. Une guenon hirsute ! Je levai une jambe vers la lumière. Çà et là, des poils de deux centimètres, pour la plupart blonds, recouvraient mes cuisses avant de s'éclaircir au-dessous du genou. Je ne me sentais pas au top pour un premier rendez-vous. Je cherchai donc sur Internet le numéro de téléphone des deux instituts de beauté de Sainte-Caprine. Je commençai par Ludivine Beauty.

— Ludivine Beauty, bonjour. Ludivine à votre écoute...

— Bonjour, je souhaiterais me faire épiler les jambes et le maillot, je vous prie.

— Quel jour vous conviendrait ?

— Aujourd'hui.

— Ah, ça ne va pas être possible... Mais...

Là, je l'entendis taper sur les touches de son ordinateur. Après un instant de silence, elle me proposa un rendez-vous dans dix jours.

— Non, ça sera trop tard… En fait, c'est vraiment pour aujourd'hui… Ce n'est pas un gros chantier, vous savez…

Mais Ludivine demeura inflexible, son agenda était complet. Je raccrochai rapidement, composai le second numéro, celui d'Instant douceur, et tombai sur une boîte vocale m'annonçant que l'institut était fermé pour une semaine.

— Merci la solidarité, les filles…, râlai-je en coupant la communication.

Je décidai donc de me débrouiller seule et allai fouiller les affaires de Léa « rangées » dans la salle de bains. Au milieu d'un fatras de flacons et de tubes, je trouvai une crème dépilatoire et m'occupai de mes jambes. Puis je me mis à la recherche de la tondeuse de Léonard que je débusquai derrière les provisions de serviettes hygiéniques de sa chérie. J'ajustai le sabot et donnai le premier coup à mon pubis. *Timber !* Les touffes de poils tombèrent dans la corbeille et recouvrirent des cotons-tiges usagés. Deux heures plus tard, j'avais la peau épilée et huilée. Chaque partie de mon corps avait été scrutée, du visage aux orteils.

— Prête à l'emploi, me félicitai-je.

ON revint de cours alors que je récurais la baignoire. Mon masque capillaire avait laissé des traces graisseuses et jaunâtres sur les rebords. Pour ne pas que mes mains conservent l'odeur du détergent, j'avais enfilé des gants en latex. Léonard me rejoignit dans la salle de bains.

— Hello chéri ! lançai-je en rinçant la baignoire.

— Salut ! Pourquoi tu fais le ménage maintenant ?

— Oh, j'avais du temps de libre, alors, je m'y suis mise, répondis-je d'une intonation chantante en me redressant.

J'aperçus la tondeuse que je n'avais pas encore nettoyée et la corbeille toujours pas vidée. Faisant écran de mon corps, je demandai à mon fils de sortir, arguant que j'avais besoin de quelques minutes d'intimité et refermai la porte derrière lui. À nouveau seule, je rinçai l'engin sous le robinet en souriant à mon reflet.

— Ne jamais oublier de faire disparaître les preuves, murmurai-je, amusée.

Précepte que j'aurais dû appliquer à ce qui poussait dans mon salon…

Melun – Octobre – 16 h 37

Ce matin, il m'avait accueillie avec un : Dites-moi tout, alors qu'à l'évidence, il est incapable de tout entendre. Il m'a écoutée sans m'interrompre, la bouche ouverte, le stylo pendouillant comme une branche morte au bout de ses doigts. J'aurais sans doute dû être plus synthétique et sauter l'épisode de la tondeuse. OK, je l'avoue, je ne me suis pas libérée des diktats. En tant que féministe – je le suis – j'admire les jeunes femmes que je croise, sans soutien-gorge et les aisselles velues. Je comprends ce besoin de liberté. Moi, ç'a été ma façon de gérer mon trac. Tom, ce n'était pas le date de plus. C'était LUI. D'ailleurs, qui me dit qu'il n'avait pas passé sa journée à se limer les ongles des pieds ou à se couper les poils du nez ? Qu'il n'avait pas choisi son caleçon préféré et vérifié que ses chaussettes n'étaient pas trouées ?

— J'aime bien me sentir propre quand je sors dîner, lui dis-je simplement.

— C'est ce que j'ai cru comprendre, me répond-il.

Gardera-t-il de moi l'image d'une femme à califourchon au-dessus d'une corbeille ? Peu m'importe finalement…

Sainte-Caprine – Juin

Après avoir réchauffé le risotto et mis le couvert pour les enfants – plus pour m'occuper que pour les aider –, j'avais quitté la maison sous les moqueries de Léonard qui m'avait souhaité une bonne soirée en rapprochant ses deux index dans un bruit de succion.

— Je t'en prie, ne sois pas vulgaire…, avais-je soupiré.

Et je m'étais plantée sur le trottoir, tentant de masquer autant que possible le mélange de stress et d'impatience qui faisait vibrer chaque parcelle de mon corps et tambouriner mon cœur trop fort. La voiture de Tom freina devant moi. Un grand sourire éclaira mon visage. Je tendis le bras vers la portière quand je découvris que le siège était occupé. Au même moment, Tom, descendu rapidement, apparut de l'autre côté du véhicule, l'air gêné. Il pointa un doigt vers l'intérieur de l'habitacle et grimaça en haussant les épaules. *Je suis désolé… Je n'ai pas pu faire autrement…*, lus-je sur ses lèvres. Je jetai un œil à travers la vitre et reconnus Rose, enroulée dans une robe fuchsia comme un vieux chamallow rassis au fond d'un paquet. Je lançai à Tom un regard incrédule : *Comment on avait pu en arriver là ?*

— Elle ne me lâche pas…, murmura-t-il.

Puis il joignit les mains en signe de prière. J'acquiesçai et entrai dans la voiture par la porte arrière.

— Et Hélène, elle n'est pas là ? demandai-je en guise de salutations.

Rose se tordit le cou pour me répondre que son *adorable comptable* était rentrée dans sa famille voir ses enfants qui lui manquaient beaucoup. Tom se réinstalla derrière le volant.

— Bonsoir Clara, tu es très en beauté… Tu vas bien ? s'inquiéta-t-il en me regardant dans le rétroviseur intérieur.

— Aussi bien que possible…

Dès que Tom démarra, Rose, apparemment inconsciente de son statut de boulet, se mit à me raconter par le menu la *merveilleuse* journée qu'elle avait passée à observer son *plus beau ami* travailler dans son jardin. Il était tellement doué et fort qu'elle ne pouvait le quitter des yeux. Et c'étaient ses yeux à lui qui me lançaient des signaux désespérés dans le rectangle du rétroviseur au point que je me mis à rire.

— Ça doit être très agréable de travailler devant un public aussi admiratif, lançai-je avec une pointe d'ironie que seul Tom comprit.

— Il est vrai que Rose est très charitable avec moi… Je regrette qu'elle ne profite pas de son séjour pour aller se promener dans la campagne… Tu sais, Rose, enchaîna-t-il en s'adressant à elle, j'ai l'habitude d'être seul, tu n'as pas besoin de me tenir compagnie toute la journée…

— Mais, ne sois pas bête, j'adooooore être dans ta compagnie ! glapit le chamallow en montant dans les aigus.

Puis, se souvenant brusquement de ma présence, elle se contorsionna pour m'annoncer qu'elle rêvait de s'installer dans la région.

— À l'année ? m'étranglai-je.

— *Of course !* La Seine-et-Marne, c'est si plate…

Après m'avoir jeté un nouveau regard dans le rétroviseur, Tom se racla la gorge et expliqua à Rose, de sa belle voix timbrée, qu'il était très difficile de trouver un logement dans le secteur, les propriétaires préférant louer aux vacanciers.

— Oh, *darling*, roucoula-t-elle, je m'en doute. Comme je me sens tellement bien dans ma chambre, je vais devenir ton locataire à l'année ! Je serai comme un majordome pour toi.

Je cherchai désespérément les yeux de Tom dans le petit miroir qui nous servait de lien mais sa nuque s'était raidie et il fixait la route avec obstination. Je me tassai dans mon siège. Ma soirée virait à la catastrophe. J'eus la brusque envie de sauter de la voiture en marche, moins par dépit que pour pouvoir dire que j'avais vécu quelque chose d'extraordinaire ce soir. Malheureusement, le temps que je pose la main sur la poignée, Tom freina devant un restaurant au milieu de nulle part.

— Nous y sommes, soupira-t-il.

Dans un élan qui ressembla à celui du désespoir, il jaillit hors de l'habitacle pour venir ouvrir ma portière. Il ne recula pas quand je sortis et nos corps se frôlèrent. Mon visage à hauteur du sien, il murmura d'un débit rapide :

— On la laisse boire et on la couche…

— Fameux plan, grimaçai-je.

Derrière moi, j'entendis Rose qui s'extrayait de son siège en s'exclamant que la campagne était *marvelous*.

— Ça va le faire, lâcha-t-il dans un souffle alors que je m'éloignais vers l'entrée du restaurant.

Je ne savais pas ce qui se cachait derrière ce « ça va le faire » mais son souci que ce moment ne soit pas complètement gâché, preuve qu'il l'avait attendu autant que moi, me rassura. Rose nous rejoignit.

— Je meurs de faim et de soif ! lançai-je avec enthousiasme.

Le plan de Tom me paraissait parfait. Un apéritif, quelques verres de vin et nous pourrions terminer cette soirée comme que je l'avais rêvée.

Traîner un gros paquet de viande saoule hors du restaurant et le jeter sur la banquette arrière ne fut pas le pire moment de cette escapade. Durant le dîner, où Tom et moi avions veillé à ce que le verre de Rose ne demeure jamais vide, il m'avait fallu encaisser les œillades appuyées de la patronne, Didi, au seul homme de la table qui était pour elle un mix entre un habitué et une future proie sexuelle à en croire la façon qu'elle avait eue de coller sa hanche contre son flanc à la moindre occasion. À sa décharge, Tom était resté insensible à ses avances. Puis nous avions dû supporter le babillage incessant de Rose qui excellait dans l'art de faire plusieurs choses à la fois : boire, manger, boire, parler fort, boire, et tout cela en tripotant Tom, un coup le dos de la main, un coup la nuque ou la cuisse. Dire que j'avais la furieuse envie de distribuer des bourre-pifs autour de moi serait en dessous de la réalité. Mais comme la vie n'est pas écrite par Audiard, je m'étais contenue en me jurant de réfléchir à deux défauts, oubliés faute d'être mis à l'épreuve : ma jalousie et ma possessivité. Maintenant, Rose ronflait à l'arrière, j'étais installée à l'avant. Au moment d'enclencher la première, Tom changea d'avis. Il resserra le frein à main, jeta un coup d'œil vers la banquette et s'exclama qu'il n'en pouvait plus. Avant que je ne comprenne de quoi il se plaignait, il se pencha vers moi et posa ses lèvres sur les miennes. Sa main remonta vers mon visage et s'arrêta sur ma joue. Ce geste, tendre et enveloppant, m'électrisa, et seul un râle de Rose dont nous avions momentanément oublié la présence m'empêcha de me montrer plus entreprenante. Nous suspendîmes donc nos préliminaires et la voiture démarra. Malgré l'obscurité qui régnait dans l'habitacle, je distinguais la physionomie de celui qui était en passe de devenir mon prince charmant, comme disait Jeannot. Nous avions la mine de deux gamins heureux. Lorsque nos regards se croisèrent, nous ne pûmes nous empêcher de rire. *Quelle soirée, mes amis, quelle soirée...* Cette dernière réplique d'une pièce de Dario Fo trottait dans ma tête.

— Ça ne doit pas être facile pour toi de supporter les avances de toutes ces femmes..., lâchai-je soudain.

— À part notre amie commune, qui me fait des avances ?

— Didi !

Tom éclata de rire.

— Didi ! Mais Didi, elle ferait des avances à un vélo électrique ! C'est sa façon d'être. Ça ne demande aucune réponse.

Son sourire s'effaça de son visage et il laissa passer quelques secondes avant d'enchaîner.

— J'aimerais que tu saches... J'ai vécu dix ans avec une femme et nous nous sommes séparés après des mois de disputes... Après, ç'a été compliqué pour moi... Je ne me suis plus jamais investi dans une relation...

Ma gorge se noua. J'étais assise à côté d'un homme qui me plaisait énormément et qui était en train de m'annoncer qu'il ne fallait pas que je m'emballe. De suite, il n'y en aurait pas. Je me vis brûler mon string dans la cheminée dès qu'il me déposerait chez moi, puis me cacher sous la couette et pleurer jusqu'à ce que ma peau desséchée adhère à mon squelette.

— Et toi, tu déboules dans ma vie..., poursuivit-il.

— Désolée, murmurai-je avec une pointe d'aigreur dans la voix.

— ... et j'arrive pas à te sortir de ma tête...

Je me figeai. Avais-je bien entendu ? Enfermée dans un véhicule ascensionnel, je ne savais plus si j'avais envie de rire, de vomir ou de m'écraser au sol.

— On fait quoi, alors ? demandai-je.

— Pour ma part... j'ai vraiment envie de laisser faire les choses... Tu es d'accord ?

— Eh bien... oui..., répondis-je, prudente, m'empêchant de hurler que j'étais déjà complètement folle de lui.

Sa main droite lâcha le levier de vitesse et chercha la mienne. C'est ainsi que nous roulâmes jusque chez lui. À chaque fois qu'il devait changer de vitesse, il le fit de nos deux mains enlacées. Nous nous sentions sereins, arrimés l'un à l'autre et notre silence en disait plus que n'importe quels mots. À vingt-deux heures trente, nous tirâmes Rose hors de la voiture et la soutenant chacun sous un bras, nous réussîmes à lui faire parcourir les quelques mètres qui nous séparaient de la porte d'entrée.

— Lâchez-moi... je peux marcher toute seule..., grommelait-elle sans pourtant tenter le moindre effort pour nous le prouver.

Ses talons se tordaient dans la terre et sa tête ballottait autour de son cou. Tom la rassurait d'une voix paisible de petits *Chut... Tout va bien, Pinky... Chut...* Je me mordais l'intérieur des joues pour ne pas rire. Me souvenir que pendant tant d'années ce tonneau de vin avait eu droit de vie ou de mort sur mes finances me semblait, cette nuit, incroyable. Rose, dont j'attendais les appels téléphoniques chaque semaine avec anxiété pour avoir son verdict sur mes manuscrits, était en fait fragile et perdue. Tom ouvrit la porte d'un petit coup d'épaule et comme nous ne pouvions entrer à trois de front, il l'attrapa prestement sous les aisselles et traversa la cuisine comme s'il transportait à bras-le-corps un réfrigérateur. Je le doublai dans le salon pour lui dégager le passage et enfin, avec beaucoup de douceur, il fit pivoter le corps de Rose sur son lit.

— On la déshabille ? murmurai-je.

— Juste les chaussures, me répondit-il à voix basse en la déchaussant.

Puis il ajusta l'oreiller sous sa tête, remonta la couette jusqu'à son menton et après s'être assuré que Rose s'était remise à ronfler, il m'attrapa la main et nous sortîmes sur la pointe des pieds.

— Elle m'épuise, soupirai-je une fois la porte refermée.

C'est alors que je me sentis soulevée de terre aussi légèrement que si j'étais une bulle de savon. Tom me porta jusqu'à sa chambre, abaissa la poignée avec son coude, et sitôt dans la pièce, du talon, referma derrière nous avant de me reposer à terre. Ce délicieux pas de deux n'avait duré que quelques secondes mais mon cœur s'était à nouveau emballé et une colonie de fourmis chatouillait ma colonne vertébrale. Face à face dans le noir, nous nous enlaçâmes avec passion.

Ma vieille amie Agathe m'avait maintes fois affirmé que le sexe, c'était comme le vélo, ça ne s'oubliait pas. Invariablement, je lui rappelais qu'elle n'en savait rien : elle n'en avait jamais fait. De plus, elle n'avait pas connu – contrairement à moi – de longues, très longues, périodes d'abstinence. Dans les bras de Tom, je compris que ce qui ne s'oubliait pas, c'était, non pas la pratique sexuelle, mais le sentiment amoureux qui nous fait nous abandonner aux caresses de l'autre et faire sien un corps qui ne nous est pas étranger alors que c'est la première fois que nous le découvrons dans son entièreté et sa nudité. Il n'y eut aucun embarras, aucun ajustement à apporter à nos gestes. Nous nous emboîtions parfaitement, sans pudeur ni exhibitionnisme. Nos parfums s'accordaient. Ni l'un ni l'autre n'était à la recherche de performance. Dans ce lit, nous n'étions pas deux mais trois. Tom, moi et notre relation. Et cette invitée surprise se révéla harmonieuse, respectueuse et pleine d'humour. Nous avions retardé au maximum le moment où, en mère de famille responsable, il m'avait fallu rentrer chez moi. Avant le panneau qui indiquait l'entrée de Sainte-Caprine, nous nous étions arrêtés derrière le cimetière pour nous embrasser encore et encore et, incapables de nous retenir, nous avions à nouveau fait l'amour, sur la banquette arrière cette fois, d'où s'élevaient des effluves du parfum capiteux de Rose. L'aube n'allait pas tarder à pointer quand Tom me déposa devant chez moi. L'atmosphère de la voiture était saturée de phéromones et nous n'avions pas envie de nous quitter.

— On compte jusqu'à trois et j'y vais, murmurai-je.

Un, compta-t-il et posa un baiser sur ma bouche. *Deux*, poursuivit-il et posa un baiser sur ma paupière droite. *Trois*, conclut-il et posa un baiser sur ma paupière gauche. J'ouvris la portière et atteignis la porte de la maison, ivre de bonheur. Je me retournai. Il était toujours là, moteur allumé. Je lui souris et disparus. À travers la porte, j'entendis sa voiture démarrer et s'éloigner dans la rue. Je traversai le salon sur la pointe des pieds et me laissai tomber sur mon lit. Je sombrai en aspirant goulûment son odeur sur ma peau.

Des bruits de meubles qu'on déplace me tirèrent du sommeil sans que je sache combien de temps j'avais dormi tout habillée, un pan de la couette rabattu sur mes jambes. Je me redressai, nimbée du parfum caractéristique des ébats sexuels et le corps courbaturé. J'entrouvris la porte et jetai un œil discret vers le salon. Léa se déplaçait à reculons, courbée sur un fardeau qu'elle tirait à travers la pièce et que la table basse me masquait. J'attendis qu'elle disparaisse de mon champ visuel et me précipitai dans la salle de bains. Aussitôt, je regrettai de ne pas avoir pris mon portable. Je n'avais aucune idée de l'heure qu'il était. Je me déshabillai et me douchai rapidement. Alors que j'enfilais mon peignoir, on toqua à la porte.

— Tu déjeunes avec nous ? demanda Léonard.

J'ouvris et me retrouvai face à lui.

— On va se faire des pâtes. T'en veux ?

— Heu… oui, avec plaisir. Je m'habille et je vous rejoins. Je me suis couchée un peu tard…

— Me raconte pas. Je veux rien savoir ! m'interrompit-il en tournant les talons.

Aussitôt dans la chambre, je récupérai mon téléphone dans mon sac. Treize heures douze… Et je découvris un SMS de Tom reçu quelques minutes auparavant : *Il faut que je te parle.* Le ton n'était pas celui que j'espérais après notre nuit. Alertée, j'appuyai sans attendre sur son numéro qui se composa dans mon oreille. Il répondit dès la première sonnerie.

— Oh, Clara, merci de me rappeler si vite…

Dans un murmure las, Tom me raconta ce qu'il avait vécu après m'avoir raccompagnée. Il avait retrouvé Rose par terre dans la cuisine, entre la table et la cheminée, gémissante et incapable de se lever.

— À chaque fois que j'essayai de la soulever, elle hurlait que sa jambe lui faisait horriblement mal. J'ai été obligé d'appeler le SAMU. Ils l'ont emmenée à l'hôpital. Rose a la jambe cassée, elle est plâtrée pour deux mois. Je pars la rechercher…

— Deux mois ? m'étranglai-je. Mais elle va les passer chez toi ?

— À moins que tu ne veuilles la recueillir… Non, je plaisante… Il y a quoi d'autre comme solution ? Elle n'a pas le droit de se déplacer. Elle devra rester allongée ou assise. Je vais vivre un enfer… juste au moment où je côtoyais le paradis… C'est ballot, non ?

Sa façon de glisser des mots doux au milieu de propos déprimants m'allait droit au cœur.

— Si tu veux, je passe tout à l'heure… On évaluera la situation une fois Rose chez toi. J'ai tellement envie de te voir…

— Moi pareil. Clara, tu me manques. À tout à l'heure…

Une fois habillée, je déboulai dans le salon. Les fauteuils étaient repoussés contre les murs, le tapis roulé dans un coin et le vieux parquet strié de larges traces blanchâtres.

— Mais qu'est-ce que vous fichez ? criai-je dans la pièce désertée qui me sembla plus grande que d'habitude.

Léonard et Léa arrivèrent du jardin, les manches retroussées et les mains pleines de terre.

— Ben on plante ! T'inquiète, on va tout remettre en place ! me répondit mon fils en entrant dans la cuisine pour se laver les mains.

Léa le suivit et je les entendis chantonner. Je balayai le salon du regard. Les pots de cannabis avaient disparu…

J'arrivai chez Tom plus en mode urgence qu'en mode séduction. Vu l'heure à laquelle je m'étais levée, la journée avait été bien trop courte et chargée pour me préparer. Après avoir aidé *ON* à terminer de mettre les plantes en terre et à replacer le parasol, il avait fallu arroser, puis ranger le salon et laver le parquet. Ce n'est que vers seize heures que l'appel téléphonique du lycée me fit prendre conscience que mes deux tourtereaux à la sauce Escobar avaient tout bonnement séché les cours.

— Pas les cours ! Juste le cours d'anglais ! protesta Léonard.

— Et celui de maths, enchaîna Léa.

Son intervention m'étonna. À son âge, j'aurais attendu que l'orage passe en minimisant les faits comme le faisait si bien mon fils.

— Les autres profs étaient absents et du coup, bonjour l'emploi du temps de gruyère ! Genre, t'as cours de neuf à dix et de quinze à seize ! poursuivit Léonard.

— Et depuis quand tu décides si l'emploi du temps du lycée te convient ou pas ? pestai-je avant d'ajouter que je n'acceptais pas qu'il prenne ce type de décision sans avoir mon aval.

C'était à moi maintenant de faire un mot d'absence cohérent alors que je n'avais pas été capable de fournir une explication à la jeune femme de la Vie scolaire qui venait de me prévenir.

— Mais on s'en fout, l'année, elle est finie ! On y remettra jamais les pieds dans ce bahut ! En plus, c'est pas comme si on avait glandé ! On a bossé toute la journée ! protesta Léonard, visiblement dans l'attente de la médaille agricole.

Je l'envoyai paître. Les plants dans le jardin ravivaient mon anxiété. À quel moment Jeannot et son épouse n'allaient plus croire cette histoire de framboisiers et allaient chercher à découvrir ce qui se cachait derrière cette forteresse de toile ? Je n'étais pas seulement dingue amoureuse, j'étais dingue tout court d'avoir laissé mon fils nous entraîner dans cette source d'emmerdes.

— Comment on en est arrivés là ? soupirai-je en me laissant tomber sur le canapé.

À croire que Léonard avait gardé dans sa poche un argument massue qui n'attendait que le bon moment pour jaillir de sa bouche :

— Tu devrais être contente ! Heureusement que j'ai anticipé parce qu'aujourd'hui, on en est où ? T'as plus de boulot ! Ce qui veut dire que bientôt, t'auras plus de thunes ! Alors, au lieu de faire la gueule, reconnais que Léa et moi, on assure notre survie !

J'étais incapable de réfléchir à la situation face à mon fils en pleine poussée hormonale alors que les miennes d'hormones avaient envahi mon cerveau. Je me relevai et annonçai que j'avais une course à faire. À peine vingt minutes plus tard, je me garai à côté de la voiture de Tom qui m'ouvrit avant que je ne toque. Il m'attendait, les traits tirés, et me déposa un discret baiser au coin des lèvres. Puis je le suivis dans la cuisine. La première phrase qui fusa dans mon cerveau en découvrant le spectacle fut : *Elle l'a fait exprès !* Oui, à n'en pas douter, Rose avait obtenu en quelques heures sa carte de séjour pour demeurer chez Tom et ne boudait pas son plaisir. Pire, elle rayonnait, confortablement installée dans la cuisine sur un fauteuil roulant, la jambe droite plâtrée posée sur un tabouret.

— Comme un coq dans sa pâte ! me dit-elle dans un sourire en agitant les mains pour que je vienne me prosterner aux pieds de son trône de fer.

Je ne m'avançai pas.

— Mais elle ne peut pas rester là ! Il lui faut du personnel qualifié pour... pour se laver... aller aux toilettes... Je ne sais pas...

Les mots se bousculaient dans ma bouche. À la vérité, j'étais outrée que Rose profite de Tom, passe ses journées en sa présence en nous empêchant d'être ensemble.

— Tu n'es pas garde-malade ! finis-je par lancer à Tom.

Il m'annonça qu'il avait tout organisé : une infirmière viendrait matin et soir la laver, la lever et la coucher. Quant au reste, il se débrouillerait, assura-t-il avec fatalisme. Il me sembla tout à coup irréel. Qu'avait pu vivre cet homme pour faire preuve de tant d'abnégation ? Expiait-il une faute ? Pour la première fois depuis que je l'avais rencontré, un frisson désagréable me parcourut mais je décidai de ne pas y prêter attention. La petite faiseuse de romans sucrés se transforma en tigresse.

— Écoute Rose, je suis vraiment désolée pour ton accident mais je ne pense pas que cette maison soit le meilleur endroit où passer ta convalescence. Tu n'as pas de famille ? Des enfants, des cousins ou même une vieille tante chez qui on pourrait te déposer ? Des amis ?

— Mais je suis déjà chez un ami, protesta-t-elle.

— Je parle d'un VRAI ami. De quelqu'un que tu connais depuis des années !

Ma voix avait tonné à travers la cuisine. Tom posa une main sur mon épaule.

— Je vais me débrouiller, je te dis, répéta-t-il d'un ton apaisant qui ne fit pas l'effet espéré.

Bien au contraire. Je bouillonnais, prête à lui demander qui il préférait, entre l'éclopée et moi. Consciente d'être à deux doigts de me ridiculiser, je me tus et détournai le regard de Pinky Queen qui se rengorgeait de la situation. Après avoir posé un verre d'eau à portée de main de Rose, Tom me proposa de le suivre dans le jardin sous prétexte de me montrer son projet d'aménagement. Aussitôt à l'extérieur, je lui intimai de m'expliquer ce qui le poussait à devenir l'esclave de Rose.

— Tom, je sais que tu ne veux pas t'investir dans notre histoire mais moi, je ne peux pas continuer à te voir si je ne me sens pas en confiance. Et quand je ne comprends pas, je n'ai pas confiance, grondai-je.

Il parut vexé que je ne voie pas qu'en me rencontrant, il avait changé de paradigme : investi, il l'était, m'assura-t-il. Puis il jura qu'il n'avait trouvé aucune solution pour se débarrasser de Rose. Il avait même téléphoné à Hélène dans l'espoir qu'elle ait une idée à laquelle il n'avait pas pensé. Mais sa sœur lui avait affirmé ce qu'il savait déjà : Rose n'avait pas d'amis, ni de famille. Et pour un simple plâtre, on ne mettait pas les gens dans une maison de convalescence, lui avait confirmé le médecin.

— Mais vous vous connaissez depuis quand ? insistai-je.

— Je ne sais pas… Longtemps… On était voisins…

Pour clore cette discussion qui ne menait nulle part, il me prit dans ses bras et enfouit son visage dans mon cou. Mon corps répondit immédiatement à son étreinte. Je me collai à lui en fermant les yeux sans parvenir à faire taire cette petite voix intérieure qui me narguait : *Il ne te dit pas tout…*

Melun – Octobre – 17 h 10

À cette dernière phrase, il hoche la tête. Je ne sais pas comment qualifier ce moment. Entretien ? Discussion ? Échange ? Non, aucun de ces mots ne convient puisque d'échange, justement, il y en a très peu. Confession ? J'aimerais bien si j'étais sûre, à la fin, d'obtenir l'absolution. Ses silences et ses acrobaties faciales commencent à m'énerver. Un strip-tease, voilà ce que je suis en train de faire. Un strip-tease devant une personne qui se rince l'œil et l'oreille sans rien m'apporter. Je vais sortir de mes gonds, je le sens.

— Alors quoi ? Vous n'avez rien à dire ? Aucun commentaire ? gronde ma voix.

— Si, si, justement, répond-il précipitamment. C'est vrai que la relation entre Tom et Rose Black est intrigante et je me demandais si… je ne sais pas comment formuler ma pensée… mais j'ai comme le sentiment qu'il pourrait s'agir d'un coup monté.

— Un coup monté ? C'est-à-dire ?

Pour une fois qu'il a décidé de s'exprimer, il me sort un truc complètement lunaire qui met ses neurones en fusion.

Il se lève et arpente la pièce. Je me tourne pour le suivre du regard.

— Il a l'air d'un homme gentil. Vous le qualifiez à plusieurs reprises de prévenant. A contrario, Mme Black est envahissante et ingérable. Et ce tandem mal assorti se forme sous vos yeux au moment même où vous commencez une relation amoureuse avec monsieur et où vous seriez en droit, lui et vous, d'espérer une grande intimité. Pour qu'il accepte si facilement cette situation, c'est que, d'une façon ou d'une autre, elle lui sert.

On ne s'improvise pas scénariste. Alors qu'il déroule son plan, j'ai déjà plusieurs contradictions à lui opposer.

— Ce tandem ne s'est pas formé sous mes yeux. Ils se connaissaient depuis des années. Et c'est justement parce que Tom est quelqu'un d'adorable qu'il s'est laissé envahir.

Il ne semble pas convaincu. Je ne peux le blâmer. Pour moi aussi, au début, ç'a été compliqué de comprendre ce qui les liait.

Sainte-Caprine – Juin

Après avoir quitté Tom, je m'étais arrêtée à la librairie pour vider mon sac. J'avais raconté à Faustine son comportement vis-à-vis de Rose – comportement que je jugeais *sacrificiel.* Nous avions cherché plusieurs explications. La première : Tom était foncièrement gentil. Je l'avais balayée d'un geste. Je le trouvais prévenant et tendre mais pas au point de supporter aussi longtemps une Rose impotente. Même mère Teresa n'aurait pas tenu dix jours. La deuxième explication émise par Faustine : Tom avait envie d'avoir une relation sexuelle avec elle. J'avais ri. À la décharge de mon amie, elle n'avait jamais rencontré mon ex-éditrice. Et puisque Tom ne pouvait être un coureur de dot, vu l'absence de finances de Rose, nous avions fini par nous avouer vaincues.

— À ta place, je m'en ficherais. Vous n'avez qu'à vous voir chez toi quand les gosses sont en cours, décréta Faustine.

Il m'était difficile de lui cacher ce qui se tramait dans mon jardin alors que je lui confiais tout ce qui se passait dans mon cœur. Mais pour son bien, comme pour celui de ma famille, je mentis : en cette fin d'année scolaire, je ne pouvais prévoir les allées et venues des tourtereaux.

— Tu te rends compte, je ne connais même pas son nom de famille... Veinarde comme je suis, je vais découvrir un jour qu'il est marié ou je ne sais quoi encore..., soupirai-je.

Mon histoire avec le Canadien m'avait laissé des séquelles durables. Une cliente entra alors dans le magasin et je quittai mon amie sans que mon inquiétude se soit estompée. En remontant la rue piétonne, je répondis au salut d'un couple que je croisais parfois, puis arrivai devant ma maison. La porte était fermée à clé. Je toquai. J'avais laissé mon trousseau à l'intérieur puisque Léonard n'était pas censé ressortir. Je frappai plus fort. En vain. Agacée de me retrouver à la rue et me demandant où était mon fils, je lui téléphonai. Il répondit aussitôt d'une voix inquiète qui se détendit quand il comprit que c'était moi qui tambourinais. Avant que je ne raccroche, la clé tourna dans la serrure et la porte s'entrebâilla. Léonard me fit rentrer rapidement et referma derrière moi. Un brouillard d'encens flottait dans le salon. L'atmosphère était irrespirable. Léa portait un masque chirurgical froissé qui devait traîner dans le tréfonds d'un de ses sacs depuis la crise sanitaire.

— Pourquoi t'es dans cet état ? demandai-je à Léonard.

— C'est ta faute aussi ! Tu es partie d'un coup et tu nous as pas dit de fermer derrière toi. Et l'autre taré, il a essayé d'entrer. On a été obligés de se barricader mais comme il nous a entendus, il arrêtait pas de secouer la poignée !

L'autre taré, je l'avais compris, c'était Jeannot.

— Il voulait quoi ?

— Mais qu'est-ce que j'en sais, moi ! C'est un malade, ce mec ! s'énerva mon fils en continuant à parler à voix basse.

Je me dépêchai vers le jardin pour vérifier que le parasol faisait son office de brise-vue puis rejoignit *ON.* Mon avenir me paraissait des plus bouchés. Entre la maison de Tom squattée par Rose et la mienne devenue infréquentable, je n'avais qu'une envie : planter tout le monde et me réfugier sur une île déserte où l'accès à un fauteuil roulant serait impossible et la terre trop pauvre pour y faire pousser du cannabis. Mais il était l'heure de préparer le dîner.

Tom me téléphona alors que j'essayais de lire dans mon lit dans un état nauséeux dû au parfum entêtant de l'encens qui nous avait obligés à avaler rapidement notre dîner de peur de nous asphyxier. Jeannot n'avait pas fait de nouvelle tentative d'intrusion mais nous savions que ce n'était que partie remise. L'ambiance générale était en berne. Même Léa semblait affectée par la peur ressentie en mon absence. Je leur avais proposé de faire marche arrière. Nous n'avions pas les épaules pour être des trafiquants. Léonard avait refusé. Il ne s'était pas donné autant de mal pour craquer à quelques semaines du résultat. Fatiguée de batailler sur tous les fronts, je n'avais pas insisté.

— J'avais envie de t'entendre, murmura Tom dans le combiné.

Je le questionnai sur sa gestion de Rose et il continua à minimiser le problème avec un humour craquant. Il me proposa de nous voir le lendemain à l'heure du passage de l'infirmière.

— Je pourrais venir chez toi…, avança-t-il.

Bercée par sa conversation, j'étais à deux doigts de lui répondre qu'il serait le bienvenu quand je sortis de ma torpeur.

— Non, chez moi, ce n'est pas possible !

Et je lui expliquai que j'étais en « colocation » avec deux grands ados à l'emploi du temps imprévisible. Ni ma maison ni la sienne ne pourraient devenir notre sanctuaire.

— Il nous reste les cimetières, ajoutai-je en riant.

Tom ne se laissa pas décourager. Son envie d'être avec moi lui donnait de l'énergie à revendre, murmura-t-il. Il m'invita donc à passer chez lui en me garant derrière sa maison, là où Rose ne pourrait me voir. Un bref instant, l'idée de vivre cette relation de manière clandestine me procura un frisson d'excitation. Nous raccrochâmes, impatients de nous retrouver.

Le lendemain, sitôt Léonard et Léa partis prendre le bus pour le lycée, deux grands coups ébranlèrent la porte d'entrée. Il n'était que sept heures vingt et j'avais la bouche pleine de dentifrice. Je m'approchai à pas de loup jusqu'à l'entrée et demandai qui était là. D'un ton plein de courroux, on me répondit :

— C'est moi, Jeannot !

Si je m'attendais à ce nouvel assaut, je ne l'avais pas prévu si tôt.

— Je suis sous la douche ! criai-je en m'éloignant vers la salle de bains. Je passe vous voir quand je suis prête !

Je m'immobilisai au milieu du salon et tendis l'oreille. Me parvinrent quelques borborygmes agacés puis le silence se fit. Je soupirai et allai me rincer la bouche. Quelques minutes plus tard, c'est moi qui toquais à la porte de Jeannot qui m'ouvrit immédiatement.

— On vous voit plus ! me balança-t-il à la figure.

Sa mine était renfrognée. Mon humeur n'étant pas à la diplomatie de proximité, je le rembarrai en lui expliquant que j'étais débordée par le travail et les enfants.

— En quoi puis-je vous être utile ? Parce que j'imagine que si vous venez chez moi de si bon matin, c'est qu'il y a une urgence, non ? le recadrai-je.

Jeannot se retourna, attrapa un cageot de plants de tomate posé sur le carrelage de l'entrée et me le fourgua dans les bras sans ménagement.

— Ça fait deux jours que je les garde ! Je vous les ai pris chez un vieux copain maraîcher. Mais comme vous ouvrez plus votre porte !

Je demeurai un instant interdite, partagée entre l'envie d'en finir au plus vite et la crainte de lui être redevable d'une façon ou d'une autre. Cette option l'emportant, je lui rendis le cageot, affirmant que j'en avais déjà planté et que je n'avais plus de place dans mon petit jardin. Jeannot garda ostensiblement les bras ballants, sans un geste pour récupérer la cagette. Il fit un pas vers moi et tira la porte derrière lui, sûrement pour se protéger des oreilles de son épouse qui devait vaquer quelque part dans la maison.

— Vous devriez réfléchir avant de refuser, me dit-il à voix basse.

Et afin de s'assurer que je comprenais où il voulait en venir, il ajouta :

— Dans la vie, faut savoir accepter la main qu'on vous tend…

Était-il en train de me menacer ou cherchait-il réellement à m'avertir d'un danger imminent ? Je tentai de rester calme et lui souris avec toute la candeur dont j'étais capable à cette heure.

— Mais enfin, Jeannot, je ne comprends pas. De quoi vous parlez ?

Il m'observa un instant avant que ses lèvres ne dessinent un mot que je décodai sans peine. Cela faisait des mois que je l'entendais et l'avais moi-même prononcé à de multiples reprises :

— Framboisiers.

Ma glotte se mit à faire des soubresauts dans ma trachée.

— Et ? l'encourageai-je pour gagner du temps.

— Je me souviens plus si j'ai déjà eu l'occasion de vous raconter que j'ai vécu huit ans à Tanger quand j'étais minot ? Mon père était instituteur... C'est un très beau pays... très odorant... avec de très belles plantes... Des plantes que d'habitude, on ne trouve pas de par chez nous parce que c'est interdit...

D'une voix piteuse, je répondis que je n'étais pas au courant. Jeannot, c'était clair, avait découvert la vérité. Il me conseillait à mots couverts de remplacer les plants de cannabis par des plants de tomates. Était-ce pour me protéger ou par réprobation ? Et surtout, que ferait-il si je n'obtempérais pas ?

— Il paraît que c'est magnifique... Tanger..., balbutiai-je pour tâter le terrain.

Nous nous mesurions du regard sans pourtant être à égalité. Lui savait où il voulait en venir. Moi, je l'ignorais encore. *Ne sous-estime jamais ton adversaire,* me souffla ma petite voix intérieure.

— Bon, qu'est-ce que vous voulez ? lâchai-je enfin d'une voix remplie de testostérone venue de je ne sais où.

Jeannot jeta un regard vers l'intérieur de sa maison, hésita puis me chuchota rapidement :

— À midi, derrière Lidl…

Puis il me ferma la porte au nez. Déstabilisée, je rentrai chez moi. Peu à peu, la colère remplaça la stupeur et l'angoisse. Je posai les plants de tomates dans la cuisine et me mis à faire les cent pas dans le salon. Était-il possible que je sois la proie d'un maître chanteur ? Et que derrière ce physique bonhomme de Périgourdin pure souche se cache un prédateur ? Tout cela était la faute de Léonard et j'avais envie de lui téléphoner pour qu'il visualise la fosse septique dans laquelle il venait de nous plonger. Bien sûr, j'avais ma part de responsabilité, je n'avais pas été ferme. J'aurais dû rester sourde à toute négociation. Mais c'était autant ma faute que celle de Françoise Dolto. « Il faut écouter la parole des enfants ! »

— Merci Françoise pour tes bons conseils ! Regarde où j'en suis ! criai-je au plafond.

Mon téléphone vibra et je m'en emparai d'un geste belliqueux. *Bonjour douce Clara. Vers quelle heure aurais-je le bonheur de te voir ? En attendant, je te couvre de baisers.* Douce Clara ? Tom ne me connaissait pas. Il ignorait tout de la furie qui couvait en moi. Et après avoir pris pour cible Françoise Dolto, ce fut sur lui que je jetai ma colère. Je ne relus pas son SMS et n'y répondis même pas. À cet instant T de ma vie, il n'y avait aucune place pour la douceur et le badinage. La seule chose qui me préoccupait était ce qui m'attendait derrière le Lidl. Qu'allait exiger mon voisin ? Une gâterie contre son silence ? J'en dégueulais d'avance. Une part du gâteau ? Mais quel gâteau, espèce de salaud ? Ni Léonard ni moi n'avions la moindre idée de la façon d'écouler ces maudites fleurs, pour peu qu'il y en ait. Rien ne me garantissait que la récolte ne serait pas brûlée ou moisie, ou que les gendarmes ne débarqueraient pas. Une heure plus tard, je décidai d'arracher les plantations, de les mettre dans des sacs-poubelle et d'aller les balancer quelque part dans une forêt. Plus de rendez-vous derrière le Lidl, plus d'angoisse ni de chantage. Alors que je cherchais mes gants de jardinage, la sonnette de la porte retentit. Je me figeai. Cela ne pouvait être Jeannot. Non seulement il ne sonnait jamais, préférant toquer, mais nous devions nous voir dans trois heures. Je m'avançai prudemment dans l'entrée et, portant la voix, demandai :

— C'est qui ?

— Le facteur. J'ai un recommandé à vous faire signer.

J'entrebâillai la porte et découvris un jeune homme au look de hipster, la casquette nonchalamment posée sur le côté. Il me tendit une lettre puis un boîtier sur lequel j'apposai ma signature avec mon doigt. Nous échangeâmes un sourire, le mien de circonstance, le sien lumineux, ouvert sur une belle dentition et je refermai la porte. Rien sur l'enveloppe n'indiquait l'identité de l'expéditeur. Je déchirai le papier et découvris que cette missive m'avait été envoyée par le cabinet Lebrat, huissier de justice à Paris…

Vingt-deux mille trois cent cinquante-quatre euros et quarante-sept centimes. Il m'avait fallu m'asseoir et m'y prendre à plusieurs fois pour comprendre ce que maître Lebrat, mandaté par l'Urssaf, attendait de moi : vingt-deux mille trois cent cinquante-quatre euros et quarante-sept centimes. Vingt-deux mille euros… et pourquoi pas vingt-deux millions pendant qu'ils y étaient ? Les mains tremblantes et les jambes en guimauve, j'avais téléphoné à l'Urssaf. Mon interlocutrice m'avait alors expliqué, avec une courtoisie qui m'aurait touchée en d'autres circonstances, que ni mon employeur ni moi-même n'ayant jamais réglé mes cotisations Urssaf en tant qu'auteure, la somme avait été majorée de pénalités de retard.

— Mais rassurez-vous, vous avez deux mois pour payer avant que ne s'applique la saisie à tiers détenteur, avait-elle conclu.

— Mais... mais... je n'ai pas cette somme... Et qu'est-ce que ça veut dire, la saisie à tiers détenteur, parce que moi, j'ai rien ! J'ai même pas de télé !

Certainement formée à ne pas s'apitoyer sur la clientèle qui chouinait dans son casque, l'interlocutrice était devenue plus factuelle pour me reprendre : la saisie porterait sur mes comptes bancaires. Puis elle m'avait conseillé d'entrer en contact avec l'huissier chargé du recouvrement. Je l'avais interrompue avant qu'elle ne coupe la communication.

— Juste une dernière chose ! Pour être certaine de bien comprendre la situation : mon employeur aurait dû payer des cotisations pour moi et ne l'a jamais fait, c'est ça ?

— Tout comme vous. Bonne journée, madame.

La collaboratrice de maître Lebrat – malgré ma panique, j'avais été épatée par la rapidité avec laquelle j'étais parvenue à joindre mes assaillants – m'avait recommandé d'effectuer sans tarder un paiement à l'ordre du cabinet d'un quart de la somme due – cinq mille cinq cent quatre-vingt-huit euros – afin, m'avait-elle assuré, de suspendre les poursuites. Une fois cette somme encaissée par leurs soins, ils accepteraient de me proposer un échelonnement de ma dette. J'avais huit jours. C'est donc dans un véritable état de rage que je me rendis chez Tom, non pour batifoler, mais pour tordre le cou à Rose, responsable de cette situation. Les huissiers aux fesses, c'était la première fois de ma vie précaire que je les avais et je n'étais pas prête à pardonner à celle qui, lors de notre première rencontre, m'avait certifié que sa maison d'édition se chargeait de toutes les déclarations sociales afférentes à mon travail. Quant à Hélène, dès que j'aurais obtenu son numéro de téléphone, elle morverait du sang dans sa manche jusqu'à la fin de ses jours. Tom était en train de planter un arbre et se redressa en apercevant ma voiture. Visiblement déconcerté par mon arrivée sur les chapeaux de roues et mon brusque arrêt devant sa porte, il m'observa débouler chez lui. Dans la grande cuisine, Rose, confortablement installée dans son fauteuil roulant, recouvrait ses ongles de rose fuchsia.

— Oh, toi ! roucoula-t-elle en me voyant jaillir devant elle.

— Je vais te tuer ! À cause de toi, l'Urssaf me réclame vingt-deux mille trois cent cinquante-quatre euros et quarante-sept centimes ! Tu sais ce que ça représente ? Vingt-deux mille balles ? lui hurlai-je au visage.

Rose se renfonça dans son dossier et plissa les yeux lorsqu'elle me vit armer mon bras. Au bout de mes doigts, le commandement de l'huissier que je lui brandis sous le nez. Rose bredouilla qu'elle ne comprenait pas ce que je lui disais. Tom nous rejoignit à ce moment. J'avais crié si fort qu'il avait dû m'entendre du jardin. Sans que je l'y autorise, il me prit la feuille des mains et commença à la lire. Je m'éloignai d'eux pour reprendre ma respiration. Ma tête tournait et je ne pouvais plus endiguer les larmes restées trop longtemps au fond de ma gorge. Tom releva la tête sans un mot et observa Rose. À son regard, je compris qu'elle n'était plus sa *Pinky Queen*. Rose le sentit aussi.

— Quoi ? lui demanda-t-elle, du ton qu'on emploie quand on se sait en tort.

— Qu'est-ce que vous avez foutu, Hélène et toi ? siffla Tom entre ses dents.

Et comme Rose demeurait silencieuse, il saisit le portable fiché dans la poche arrière de son jean et retourna dehors. Par la fenêtre, je le vis s'entretenir durement avec son interlocuteur. Persuadée qu'il téléphonait à sa demi-sœur, je retrouvai espoir. Quoi qu'il me cache Tom était de mon côté. Il revint au bout de quelques minutes durant lesquelles Rose et moi étions restées silencieuses. Il me prit par le bras et m'entraîna à sa suite. Nous sortîmes de la cuisine, longeâmes sa maison et entrâmes dans une petite dépendance. Deux grands draps pendaient du plafond bas et s'ouvraient en baldaquin autour d'un lit impeccablement fait. Un tapis recouvrait le sol en ciment craquelé. Sur un cageot retourné, un vase empli de roses. Je compris que Tom avait préparé un nid pour y cacher notre amour naissant. La lettre recommandée ayant mis à mal ma libido – cela devait se voir sur mon visage bouffi de larmes –, Tom m'invita à m'asseoir sur le bord du matelas et me livra les informations qu'il avait obtenues d'Hélène. La comptabilité de la maison d'édition avait toujours été bidonnée, Rose refusant de s'acquitter de l'Urssaf, persuadée qu'elle parviendrait à passer sous les radars. Sa comptable avait tenté de l'en dissuader à maintes reprises, en vain.

— Hélène est désolée, elle savait que ça risquait d'arriver. Elle ne veut plus parler à Rose.

Je l'écoutai, sans ressentir de surprise. Je m'étais précipitée pour voir Rose, non dans l'espoir qu'elle apporte une solution à mes ennuis mais pour me défouler. Défoulée, je l'étais. J'étais même vidée de toute énergie.

— Et toi, pourquoi tu lui parles ? demandai-je soudain.

— À qui ? À Rose ?

J'acquiesçai.

— Je ne sais pas… Mais on s'en fout. L'important, c'est de savoir comment tu vas faire. Tu as de quoi payer ?

Des années à m'en sortir toute seule, à gérer le quotidien sans l'aide de personne, avaient fait de moi une personne indépendante. Je n'étais pas prête à remettre mon avenir dans les mains d'un inconnu, si belles soient-elles. Je me levai d'un bond, posai un furtif baiser sur la joue de Tom et regagnai ma voiture.

Melun – Octobre – 18 h 25

Le sandwich n'est plus qu'un lointain souvenir et je m'arrête pour mordre dans un des sablés qu'il a sortis d'un tiroir après nous avoir fait du thé. Je ne pensais pas que je serais capable d'avaler quoi que ce soit tant je revis la tension ressentie à l'époque. Mais en fait, je crève de faim. Je déglutis et lui demande :

— Vous commencez à comprendre ?

Il a la bouche pleine et acquiesce tout en détachant précieusement des petits morceaux de biscuit de ses fins doigts velus. Il se tapote les lèvres avec la serviette en papier qui entourait son sandwich et, enfin, m'avoue que la dette de l'Urssaf éclaire le tableau d'une lumière qu'il qualifie d'« édifiante ». Tout à fait le type de personne incapable de répondre : Oui, je vous comprends. Ce serait trop simple, trop engageant, trop encourageant. Depuis le début, il attend que je lui apporte une solution parce qu'il est incapable de la trouver tout seul. T'inquiète, mon vieux, je vais t'aider…

Sainte-Caprine – Juin

Durant le trajet jusqu'au supermarché où Jeannot m'avait donné rendez-vous, mon cerveau s'était remis en mode calculette. Additions et soustractions s'étaient succédé alors que je passais les vitesses un peu trop brusquement sur la route sinueuse. Payer le quart de la somme réclamée ne me laisserait que trois mille euros d'économie mais c'était la seule solution pour obtenir un échelonnement de ma dette.

— *Celle de Rose,* avais-je maugréé entre mes dents.

L'arrière du Lidl s'ouvrait sur une sorte de terrain vague dans lequel de vieilles palettes étaient abandonnées. Je restai dans ma voiture. Il était onze heures cinquante et connaissant mon bonhomme, je pariais qu'il se pointerait avant midi. J'avais décidé de le laisser parler en premier. L'endroit était désert mais les mégots qui jonchaient l'herbe rase indiquaient que les employés venaient y fumer durant leur pause. Si je devais me débarrasser de Jeannot définitivement, ce n'était pas là que je pourrais le faire, pensai-je en guettant son arrivée. Et comme mon esprit ne parvenait pas à se mettre au repos, j'imaginais où faire disparaître le corps d'un maître chanteur. Je me voyais traîner Jeannot par les pieds pour le jeter dans la Dordogne – solution qui ne me satisfaisait pas, sa grosse bedaine allait finir par remonter à la surface – quand je vis son véhicule se garer à quelques mètres du mien. Je soupirai. Il n'avait donc jamais vu un film policier ? Il aurait dû s'arrêter le long de ma voiture, baisser sa vitre, m'obligeant à faire de même, me mettre le marché entre les mains et *ciao*, ni vu ni connu, redémarrer, ma vie entre ses mains.

— Merde, Jeannot, t'es vraiment naze. Même pas capable de faire chanter les gens dans les règles de l'art, murmurai-je en sortant de la Fiat pour le rejoindre.

Il s'avança vers moi, un peu essoufflé.

— Y avait la queue à la caisse, m'annonça-t-il.

J'attendis la suite de sa phrase qui ne vint pas. La situation devenait de plus en plus étrange. Était-il suffisamment certain de son pouvoir sur moi pour être allé remplir son caddie avant de me menacer ? Comme il n'enchaînait pas, je fis ce que je m'étais promis de ne pas faire et lui demandai ce qu'il voulait. Il prit une grande inspiration avant de m'expliquer qu'il savait ce que nous fabriquions dans le jardin parce qu'il aimait bien, en allant aux

« cabinets », regarder ce qu'il s'y passait. Je prenais de sacrés risques parce que les gens étaient mal intentionnés et jaloux.

— Mais, moi, je vous apprécie beaucoup…

À ces mots, mon corps se raidit. Le moment de la proposition graveleuse était venu, pensai-je. Néanmoins, je restai immobile. Malgré sa stature, il n'avait aucune chance de me sauter dessus sans recevoir un coup de genou dans les testicules.

— Et ma Paulette aussi, ça c'est bien vrai…

Je repoussai de mon esprit la tentative de viol, refusai d'envisager une proposition de plan à trois et me mis à considérer une extorsion de fonds. C'était risible. Mais j'étais loin du compte. Très très loin. Et l'ancienne scénariste et la romancière que j'étais vit sa piètre estime de soi finir de se consumer à ses pieds lorsque Jeannot parvint enfin à formuler ce qu'il demandait en échange de son silence. Les gens s'évadaient en lisant ou regardant un film, à croire qu'ils ne menaient pas mon existence. Peut-être parce que, justement, je ne la menais pas, ma vie. C'était elle qui me trimballait d'un précipice à l'autre au gré d'une fantaisie que pour l'heure je jugeais extravagante. Pourtant, à Jeannot, je répondis « oui » sans discuter. Restait à convaincre *ON* que nous n'avions pas le choix…

Tom n'avait pas essayé de me joindre. Je l'avais remarqué sans pour autant m'en soucier. De retour chez moi après le rendez-vous avec mon voisin – retour plutôt burlesque puisque nous rentrions tous les deux dans nos maisons mitoyennes et avions roulé l'un derrière l'autre –, je m'étais installée à mon bureau pour écrire tout ce qui m'arrivait depuis quelques semaines, façon de transformer une réalité inquiétante en œuvre de fiction. Je savais qu'en fin de journée, il me faudrait expliquer le cours des évènements à Léonard et que la promesse faite à Jeannot le rendrait fou à plus d'un titre. Pour ma part, l'avalanche de catastrophes qui s'était abattue en quelques heures anesthésiait mon angoisse et les voir apparaître sur l'écran de l'ordinateur m'amusait presque, comme si je venais de les inventer. C'est donc dans ma chambre, penchée sur le clavier, que Léonard me trouva. Est-ce la maison trop calme et trop en désordre – je n'avais rien rangé depuis le passage du facteur –, ou moi trop studieuse, qui lui fit sentir que quelque chose clochait ?

— Tout va bien ? demanda-t-il en se plantant devant moi.

Je terminai d'écrire une phrase.

— Dis à Léa de venir. Il faut qu'on parle.

Mon ton abrupt le poussa à aller chercher immédiatement sa moitié qui pénétra à sa suite quelques minutes plus tard, tête baissée comme si je m'apprêtais à les engueuler. Sur ma demande, ils s'assirent, l'un au bord du lit, l'autre sur un tabouret. Je fis pivoter le fauteuil de bureau pour leur faire face. Le récit commença par la venue avortée de Jeannot ce matin et enchaîna avec la visite que je lui avais faite quelques minutes plus tard. Je n'omis aucun des sous-entendus distillés sur le pas de sa porte. Léonard se leva, ne supportant déjà plus la tension.

— Non mais, il cherche quoi, ce malade ? Il veut nous balancer ? s'énerva-t-il.

D'un geste de la main, je lui intimai de se taire et poursuivis, passant sur l'épisode de la lettre de l'huissier et mon passage chez Tom.

— En échange de son silence et même de son aide…

— Mais on en veut pas de son aide ! m'interrompit Léonard.

— Laisse-moi finir ! Donc en échange, il demande que nous déjeunions chez lui tous les dimanches midi. Au menu : poulet-frites.

Une chape de plomb s'abattit dans la chambre. Léonard et Léa ouvraient de grands yeux.

— Je capte pas, murmura enfin la jeune fille.

— Moi non plus, c'est quoi ce délire ? demanda Léonard.

— Ils n'ont pas d'enfant. Ils se sentent seuls et, depuis qu'on s'est installés, ils projettent sur nous leur frustration de n'avoir pu fonder une famille classique. Alors, puisque vous aimez tous les deux le poulet et les frites, vous n'allez pas faire la fine bouche. On s'en sort bien. Très bien, même. Je vous veux dimanche midi le petit doigt sur la couture du pantalon, à mes côtés devant leur porte, un sourire au visage. Rompez !

Ils me laissèrent seule et je repris la rédaction de ce journal intime improvisé. Deux heures plus tard, je préparai le dîner. *ON* s'était enfermé dans sa chambre et je l'entendais chuchoter sur fond de rap. Je me sentais étrangement calme et sereine. Peut-être parce qu'après avoir écrit plusieurs pages, je m'étais délestée d'une partie de ma dette en faisant un virement à l'huissier. La suite appartenait à un futur qui, avec un peu de chance, ne m'échapperait pas tout à fait. Autour d'un plat de légumes et de quinoa – j'avais décidé de réduire notre consommation de viande autant par souci d'économie que pour le bien de la planète –, Léonard revint sur le chantage de Jeannot. Il se demandait ce que ferait *l'autre taré* si un dimanche, nous ne déjeunions pas chez lui. J'avouai que je l'ignorais mais que je m'étais engagée et, qu'à ce titre, les suppositions étaient superflues. Léa, elle, voulait connaître la durée de ce calvaire.

— Je veux dire… Tu lui as dit qu'en septembre, on partait sur Bordeaux ?

J'allais lui expliquer que Bordeaux n'étant pas un skate-board, on ne montait pas dessus et on partait *à* Bordeaux. Mais je renonçai, lassée de perdre mon énergie à épingler leurs fautes de français. Qu'ils parlent comme ils le voulaient, après tout. Je n'étais même plus certaine que les règles que j'avais apprises dans ma jeunesse aient toujours cours aujourd'hui.

— Non, je ne l'ai pas prévenu. Il faut garder quelques sujets de conversation pour les déjeuners dominicaux, répondis-je en souriant.

— Et si tu dois partir en week-end avec ton mec, tu vas rentrer plus tôt, juste pour manger du poulet ? me nargua Léonard qui n'arrivait pas à digérer cette nouvelle obligation.

Je haussai les épaules. Je n'avais pas de mec. J'avais des plants de cannabis dans mon jardin. J'avais des voisins à contenter, un gros trou dans mes économies et plus de boulot. Mais je n'avais pas de mec. Et curieusement, ne plus ressentir de frissons à la seule pensée de Tom, ne plus penser ni à sa voix ni à la douceur de ses caresses, ne me tordit pas les boyaux. Je me resservis une grosse cuillerée de quinoa. Mais cet homme était bien réel et j'ignorais alors que je n'avais déjà plus le pouvoir de l'effacer de ma vie...

Je passai les derniers jours de la semaine enfermée chez moi à écrire pendant des heures sans savoir jusqu'où irait cette histoire, ni si je laisserais quelqu'un la lire. C'était ma façon de m'extraire du tumulte ambiant comme d'autres s'adonnent à la boisson. Lorsque Léonard et Léa rentraient à la maison, nous faisions ce que mon fils appelait « une session arrosage ». Je regardais l'eau se répandre aux pieds des plants en espérant que c'était un investissement et je m'inquiétais de la bonne santé de chacun. Léonard, qui me voyait devant mon ordinateur quand il rentrait du lycée, devait s'imaginer que j'avais retrouvé du travail. L'en dissuader m'aurait obligée à affronter la réalité : notre survie dépendrait de notre capacité à refourguer de l'herbe à un bon prix. En un mot, je m'apprêtais à devenir dealeuse. Tom et moi n'avions pas repris contact. Sûrement m'avait-il trouvée bien cavalière lors de notre dernière entrevue. Pour ma part, j'avais trop de choses difficiles à gérer et à taire. Comme je ne pouvais le recevoir chez moi ni ne désirais aller chez lui, au risque de voir la personne que je détestais le plus en ce moment, notre relation était vouée à l'échec. Elle m'avait tout de même permis de faire une sorte de check-up sexuel plutôt rassurant. Et je m'en contentais. Je fus donc très surprise quand, au moment de monter dans ma voiture pour me rendre chez Marge qui désirait me montrer la plaquette du château, je vis une rose rouge sur mon pare-brise. Pas de mot. Juste cette fleur fraîchement coupée, glissée sous l'essuie-glace. Arrivée chez Marge, je lui tendis la fleur en lui expliquant avec détachement où je l'avais trouvée.

— C'est romantique à souhait ! s'exclama-t-elle. Mais garde-la ! Pourquoi tu me la donnes ?

Sans avoir ressenti les prémices d'un chagrin, je m'effondrai en larmes dans ses bras. Je n'avais pas prévu de raconter à mon amie dans quelle spirale j'étais aspirée depuis notre dernière rencontre. Et c'est en me confiant à elle que je compris que j'étais anéantie. Après m'avoir écoutée en silence et avoir posé une boîte de Kleenex à portée de ma main, elle courut vers son bureau et revint avec un chèque.

— Bon, pour commencer, j'ai ça pour toi. C'est ta part du contrat de Mister Plat. Je sais bien que ça ne sera pas suffisant pour te sortir de la merde mais c'est un petit début.

J'empochai le chèque sans en regarder le montant et la remerciai d'un pauvre sourire mouillé.

Puis elle lista un à un ce que j'appelais « mes problèmes » et m'expliqua que celui avec l'Urssaf était en passe de se résoudre, celui avec Jeannot plutôt amusant et nourrirait un jour un de mes romans, celui avec Rose inexistant puisque je ne pouvais espérer de cette dernière aucun dédommagement.

— En fait, Clara, le seul problème que tu as, c'est Tom ! À quoi tu joues avec cet homme ? Tu as peur de l'amour ou quoi ?

Jamais Marge ne m'avait parlé sur ce ton. Je ravalai mes larmes comme une enfant grondée. Elle me regardait fixement dans l'attente d'une réponse. Je bégayai que non seulement mon esprit avait trop de choses délicates à gérer mais qu'en plus, j'avais la sensation que Tom trimballait quelque chose de pas clair. J'étais encore traumatisée par le Canadien, le père biologique de Léonard, qui m'avait abandonnée dès l'annonce de ma grossesse pour retourner chez sa femme et ses enfants dont il m'avait toujours caché l'existence.

— Avec tous mes problèmes, je n'ai pas envie de prendre une nouvelle déflagration dans la figure, murmurai-je.

Marge m'obligea à lui détailler les éléments qui me faisaient douter de l'honnêteté de Tom. En fait, tout tournait autour de son abnégation à s'occuper de Rose et était plus de l'ordre du ressenti que de la découverte de preuves irréfutables. Mon amie éclata de rire.

— D'abord, il n'est pas canadien, donc, le risque qu'il soit déjà marié est quasi nul ! s'amusa-t-elle. Et, tout le monde a ses petits secrets. Ils ne sont pas forcément graves. Regarde… Ce n'est pas comme si, toi, tu étais super *clean* ! À ta place, mon unique souci serait de m'assurer qu'il ne fait pas partie des RG ou de la police.

Cessant de se moquer, elle me poussa à prendre chez lui ce qui était agréable et doux. J'avais besoin de bras douillets et de câlins. À l'en croire, Tom était une chance, pas un danger. Je lui promis de réfléchir à ses propos et demandai à voir la plaquette. Photos et texte étaient disposés avec élégance. Je la félicitai. En me raccompagnant à ma voiture, elle me rendit la rose en guise de piqûre de rappel. Je roulai deux kilomètres, m'arrêtai dans un chemin forestier et téléphonai à Tom. Il décrocha aussitôt.

— Elle est très belle... Je te remercie, dis-je.

Il répondit avec humour qu'il se sentait rassuré que j'aie pensé à lui.

— J'imagine que tu as une cohorte de soupirants, qui te couvrent de fleurs...

Par coquetterie, je ne démentis pas. Il se faisait du souci pour moi et en voulait à Rose autant qu'à sa sœur de m'avoir créé des problèmes. Je l'assurai qu'il ne devait en aucun cas se sentir responsable de leurs agissements.

— La seule chose que je te demande, c'est de ne pas me balancer aux flics le jour où je les ferai disparaître au fond d'un puits, le priai-je d'un ton léger.

J'avais besoin qu'il sache que j'étais très en colère contre elles, même si cela ne servait à rien.

— Je n'ai jamais balancé personne et je ne le ferai jamais, m'assura-t-il d'un ton ferme qui tranchait avec la couleur sucrée de notre échange.

Il ne pouvait savoir ce qui poussait dans mon jardin, pourtant je me sentis directement visée. Je changeai de sujet et lui proposai de nous voir bientôt.

— Quand tu veux et où tu veux, répondit-il.

Puis il ajouta :

— Il m'a semblé que la décoration de ma garçonnière improvisée ne t'avait pas inspirée… Je plaisante, modula-t-il.

Ne trouvant aucun endroit de substitution, j'acceptai de renouveler l'expérience.

— Mais je préférerais ne pas voir Rose. Sa simple présence contrecarre ma libido.

Nous convînmes de nous retrouver vers vingt et une heures, heure à laquelle il était assuré que Rose serait dans son lit, volets clos. En raccrochant, je me sentis revenir dans le monde réel, celui où mes emmerdes existaient bel et bien mais où j'étais amoureuse et emplie de désir charnel. *Pourvu que ça dure…*, murmura une petite voix dans ma tête.

La chaleur de la journée s'était emmagasinée à l'intérieur de la dépendance, rendant l'atmosphère cotonneuse. Avant même de nous toucher, nous transpirions déjà. Puis nous avions fait l'amour longuement, la peau glissante de sueur, comme enduits d'huile. À minuit, nous nous étions séparés à regret après la promesse de nous revoir le lendemain. Même heure, même endroit. En attendant ce moment, nous avions échangé plusieurs SMS où mots d'amour et traits d'humour s'étaient succédé. Léonard n'avait pas fait de commentaires salaces en me voyant sortir après le dîner. Quant au samedi, il n'en avait rien su, il dormait chez la mère de Léa. Je n'avais pas eu besoin de lui rappeler que Jeannot et Paulette nous attendaient le dimanche pour le déjeuner, il ne pensait qu'à cette corvée et râlait déjà. De mon côté, j'étais incapable de me faire du souci. Pour cela, il aurait fallu que je puisse réfléchir. Mais mon cerveau, habituellement en surchauffe, était passé en mode monomaniaque et mes seules pensées volaient à nouveau vers Tom. À croire que les ennuis survenus depuis notre première rencontre avaient été effacés de mon disque dur interne. J'en gardais un vague souvenir, comparable à celui laissé par un désagrément passager mais ne ressentais ni angoisse ni pressentiment. L'amour agissait sur moi comme le plus puissant des anxiolytiques. C'est donc sereine et souriante que je déjeunai chez mes voisins en compagnie de *ON* en ce dimanche midi dans une cuisine à la mocheté indémodable. Chaque meuble avait son petit napperon en dentelle et chaque napperon son petit personnage en faïence irisée. Le poulet était excellent même si je le soupçonnais de n'être pas fermier. Jeannot l'avait découpé devant nous et les morceaux s'étaient détachés d'un coup de fourchette. Les frites, elles, étaient maison. Quant à la conversation, elle virait depuis dix bonnes minutes au monologue, Jeannot ayant décidé de narrer, par le menu, sa dernière partie de pêche au silure. Son épouse, qui avait dû entendre cette histoire jusqu'à en devenir sourde, hochait la tête à chaque fin de phrase avec fierté.

— Et donc, vous avez vécu au Maroc ? l'interrompit soudain Léonard.

Léonard, à quoi tu joues ? grommelai-je intérieurement en lui balançant un discret coup de pied sous la table. Il l'encaissa sans même me jeter un regard. Il fixait notre hôte d'un air impassible.

Jeannot hocha la tête à plusieurs reprises. Ses yeux se plissèrent. Le temps resta suspendu comme nous l'étions à ses lèvres.

— Et maintenant, le dessert ! annonça soudain Paulette en se levant pour attraper nos assiettes.

J'amorçai le geste de l'aider mais d'un *Tss tss* elle m'intima de rester assise. J'obtempérai. Après avoir posé les assiettes sales dans l'évier, Paulette disparut dans une pièce voisine. Jeannot avait croisé les bras sur son ventre et nous regardait, satisfait.

— Comment va le potager ? demanda-t-il.

Léa piqua du nez vers la nappe. Les doigts de Léonard se crispèrent sur la boule de mie de pain qu'il avait confectionnée nerveusement.

— Aussi bien que ce déjeuner, répondis-je en souriant.

Puis, baissant la voix, j'ajoutai :

— Jeannot, on se connaît depuis longtemps maintenant... Vous ne voulez pas jouer franc jeu avec nous ?

— J'espère qu'ils aiment le vacherin ! s'exclama Paulette en entrant dans la pièce, une pile d'assiettes à dessert dans les mains.

L'occasion de s'expliquer avec son époux était passée. Léonard demanda à se rendre aux toilettes. Jeannot lui indiqua le chemin : *Au bout du couloir, à droite !* Mon fils réapparut quelques minutes plus tard en me lançant un petit clin d'œil énigmatique. Nous refusâmes café, thé ou infusion ainsi que les restes du vacherin. Après qu'on nous eut rappelé que nous étions attendus le dimanche suivant, nous pûmes enfin rentrer chez nous.

— Au moins, on n'a pas eu une heure de voiture à faire ! lançai-je en me laissant tomber sur le canapé, le ventre ballonné.

Léonard s'assura que la porte d'entrée et celle donnant sur le jardin étaient bien fermées puis il m'expliqua à voix basse ce qu'il avait fabriqué dans les toilettes. Léa, qui avait préféré utiliser les nôtres, nous rejoignit en réajustant sa jupe.

— Le gars – il parlait de Jeannot –, c'est clair qu'en montant sur son marche-pied, il a vue directe chez nous. J'ai vérifié. Première bonne nouvelle, le parasol cache à peu près tous les plants. Et toi – il pointa son doigt dans ma direction –, arrête de psychoter avec les odeurs. Même la lavande qui est en fleur, on la sent pas. Dans ses chiottes, ça sent le Canard W.-C. dégueu mais pas la beuh.

J'acquiesçai.

— Deuxième bonne nouvelle ? l'encourageai-je.

— Pour voir chez nous, il doit grimper sur son truc… Ça se déplie, y a trois marches, genre un mini-escabeau…

— On voit ce que c'est, l'interrompit Léa.

— Y a un âge où il faut plus faire de l'escalade, non ? nous questionna-t-il, goguenard.

Son sourire de travers m'avertit qu'il ne disait pas tout. Je me contentai de soutenir son regard pour qu'il nous annonce enfin, fier de lui :

— J'ai trouvé une lime à ongles en métal sur le bord du lavabo et je m'en suis servi pour dévisser les marches. Travail de pro garanti. Quand il va monter dessus avec son gros bide… Vous m'avez compris…

Le regard vague, je me concentrai sur les conséquences d'un tel acte. Ce n'était plus la mère qui réfléchissait – elle aurait dû s'indigner – mais l'ancienne scénariste qui envisageait diverses scènes :

1) Jeannot montait sur son escabeau qui s'écroulait sous son poids. Dans sa chute, sa tête heurtait la cuvette des toilettes. Nous allions à son enterrement

et déposions des fleurs sur sa tombe. « *À notre voisin, le meilleur des hommes* ».

2) Jeannot découvrait le sabotage et comprenait qui en était l'auteur. Pour se venger, il nous balançait anonymement aux gendarmes.

3) Jeannot montait sur son escabeau qui s'écroulait sous son poids. Dans sa chute, sa tête heurtait la cuvette des toilettes. Il demeurait paraplégique, bavant dans un fauteuil roulant et nous porterions à vie la culpabilité de son accident.

4) Léonard n'avait pas suffisamment desserré les vis. Jeannot continuait à nous espionner de son perchoir. Il ne se passerait rien de plus que les déjeuners dominicaux. Je prendrais dix kilos en quelques mois.

Chacune de ces situations avait son capital romanesque. Je les mis de côté et revins à la réalité. Léonard était toujours planté devant moi dans l'attente d'une réaction.

— C'est nul d'avoir fait ça ! Nul et dangereux ! Tu as conscience de tes actes ? Et c'est encore moi qui vais devoir arranger tes délires ! lui assénai-je. N'oubliez pas de réviser la philo !

Je quittai le salon et m'enfermai dans ma chambre. Je m'allongeai sur mon lit, dégrafai le premier bouton de mon jean et soupesai la faisabilité d'une nouvelle option : me rendre chez mes voisins et leur subtiliser ce maudit escabeau pour le réparer. Je me vis sonner à leur porte puis, sans que j'en aie véritablement conscience, une douce somnolence due à la digestion repoussa cette démarche à un avenir nébuleux. Me reprocherais-je un jour d'avoir ainsi procrastiné ?

Melun – Octobre – 18 h 25

Il se lève d'un bond. Ma tasse vide brinquebale dans sa soucoupe quand ses jambes heurtent un pied de la table.

— Là, il va falloir que vous soyez plus claire ! Jeannot, en fait, ça vous aurait bien arrangé qu'il meure ! tonne-t-il.

Je me défends.

— C'est un peu trop binaire comme affirmation. Évidemment, dans un film ou dans un roman, la mort du voisin arrangerait nos héros. Mais dans la vraie vie, il aurait fallu se coltiner les conséquences, la culpabilité et puis, question éducation, ç'aurait été un dérapage irrattrapable. Vous imaginez ? Que mon fils pense qu'il suffit de tuer pour avoir la paix ?

Mes paroles le calment un peu, pourtant, il ne semble pas convaincu et me fait remarquer que j'ai moi-même, à plusieurs reprises, raconté comment je pouvais me débarrasser de Jeannot.

— Et alors ? Je ne suis pas la seule sur terre à imaginer dézinguer des gens, leur casser les genoux avec une batte de base-ball ou leur faire manger leurs excréments ! C'est

humain ! Ça ne fait pas de moi une serial killeuse ! Vous n'avez jamais de fantasmes ?

Heureusement, il ne prend pas ma question au pied de la lettre et n'y répond pas, se contentant d'un vague geste de la main.

— Quoi qu'il en soit, je vous conseille de ne parler de cette histoire à personne. Autre chose. Très importante, poursuit-il. Je ne vous ai pas entendue avoir un point de vue moral sur le fait de vendre de la drogue à des jeunes. Et j'avoue que ce n'est pas en votre faveur.

Je me lève à mon tour et lui fais face. D'un doigt accusateur, je pointe ses notes.

— Faux ! Dès le début, ça m'a posé problème. Je vous l'ai dit et ce n'est pas ma faute si vous ne l'avez pas noté ! J'ai même décidé de ne vendre qu'à des adultes ! Vous verrez, ça va être très clair !

Sainte-Caprine – Juin

Je passai le lundi matin à terminer un texte qui aurait eu sa place dans la défunte collection « Amour et frissons » et l'envoyai par mail à deux obscures maisons d'édition que j'avais repérées sur Internet au milieu de la nuit. La sieste de l'après-midi m'avait empêchée de dormir et les idées sombres avaient refait surface. Après m'être transformée en toupie dans mon lit, je m'étais levée, décidée à réagir : je ne pouvais vivre d'amour et de deal. À midi, je visionnai plusieurs tutos sur la culture du cannabis pour vérifier que notre plantation poussait normalement. Bien que Léonard ne m'en ait pas parlé, je décidai de suivre les conseils d'un vieux youtubeur et pinçai les extrémités des plants afin de favoriser la croissance de nouveaux rameaux. Les alertes d'arrivée de SMS se succédaient depuis un moment sur le portable enfoncé dans la poche arrière de mon pantalon. Mes gants de jardinage étant collants de sève, j'attendis d'avoir terminé pour les consulter. Ils venaient tous de Tom. *Tom, Tom, Tom...* Mon cœur battait plus vite à chaque fois que son nom s'affichait sur l'écran du téléphone. C'était un sentiment délicieux. Sentiment qui se dissipa à la lecture du premier message : *Je vais la tuer ! Tu ne devineras jamais ce qu'elle a organisé dans mon dos !* Les autres messages n'étaient pas plus explicites mais augmentaient en intensité dramatique. Avant de me perdre en suppositions, je lui téléphonai. La sonnerie résonna plusieurs fois avant que mon appel ne basculât sur la messagerie. Quelques minutes plus tard, j'étais au volant de la Fiat, la poussant au maximum de ses capacités sur les routes de campagne. Quand j'arrivai enfin devant la ferme, je découvris que la place où Tom garait habituellement sa voiture était encombrée de cartons et de meubles comme si un camion de déménagement y avait benné son chargement. Je contournai cet amoncellement et toquai à la porte. Personne ne me répondant, j'entrai. Tom était assis à la longue table où nous avions dîné, la tête entre les mains. Rose, installée dans son fauteuil près de la cheminée éteinte, se tenait droite, et le regardait fixement.

— C'est quoi, tout ça dehors ?

Visiblement plongé dans ses pensées, Tom ne m'avait pas entendue arriver. Il leva vers moi un visage déformé par la colère. Rose, elle, demeurait stoïque.

— Demande-lui, j'ai tellement crié que je n'ai même plus le courage de parler, me répondit-il d'une voix éraillée.

— Mon déménagement ! m'annonça Rose avec un air de défi.

Sonnée, je me laissai tomber sur une chaise et le silence nous enveloppa jusqu'à ce que Tom, pris d'une pulsion soudaine, se lève et quitte la maison, la porte claquant derrière lui. Je sommai alors mon ancienne éditrice de m'expliquer ce que ses affaires faisaient dehors. Le plus troublant était que, malgré l'état de rage de Tom, Rose paraissait détendue, ne ressentant ni gêne ni culpabilité. Elle n'en avait pas plus ressenti à mon égard alors que j'étais poursuivie par l'Urssaf. Elle était persuadée que l'orage passé, son *ami* – elle utilisa ce terme à plusieurs reprises – oublierait qu'elle avait organisé le rapatriement de ses affaires à distance sans lui en parler. Elle devait s'imaginer que moi aussi, un jour, je lui pardonnerais.

— Je n'ai plus de maison ! Ils l'ont vendue aux enchères et ils ont gardé tout mon argent dans leurs poches ! plaida-t-elle.

Parce que c'était vain et que le mal était fait, je m'abstins de lui dire que ce n'était plus son argent dès lors qu'elle en devait à plusieurs organismes.

— Tu sais, Clara, Tom et moi, nous avons longtemps habité ensemble..., conclut-elle avec une œillade coquine qui me glaça.

Demeurer auprès d'elle alors que Tom était je ne sais où, seul capable de m'expliquer le dernier sous-entendu de Rose, devenait impossible. Sans la saluer, je partis à sa recherche. Je le trouvai sans mal dans ce que nous appelions sa « garçonnière ». Assis au bord du lit et, comme dans la cuisine, la tête entre les mains, il m'accueillit d'un : *J'aurais dû t'en parler tout de suite.* C'était la deuxième fois depuis notre rencontre que je m'attendais à une révélation qui marquerait le point final de notre relation. La pensée fataliste que j'avais été programmée pour mourir célibataire me traversa l'esprit, aussitôt chassée par celle, écœurante, que Tom et Rose avaient été – peut-être l'étaient-ils encore ? – amants. Je n'avais qu'un pas à faire pour sortir de la dépendance et retrouver l'air libre. Pourtant, je ne bougeai ni ne parlai. Il me regarda enfin.

— Je n'avais pas envie de t'en parler… Après ce qu'elle t'a fait, tout ce que je pourrais te dire d'elle te paraîtra dérisoire… Mais je lui dois beaucoup… Avec moi, elle a été extraordinaire…

Il soupira longuement et commença à me raconter son passé d'une voix lente. Il avait rencontré Rose lorsqu'elle s'était installée en Seine-et-Marne dans le hameau où il vivait chez sa copine.

— J'avais trente ans mais franchement, j'avais la vie d'un merdeux. Je bricolais à droite et à gauche et dès que j'avais un peu de fric, je le claquais pour faire la fête. Ma copine était pire que moi et on se prenait tout le temps la tête. Un jour, elle m'a foutu à la porte. J'avais rien. J'avais fini par me fâcher avec tous mes potes qui, eux, bossaient. Rose a été la seule à me tendre la main. Elle m'a proposé de m'installer chez elle.

Je l'écoutais, figée, attendant avec horreur le moment où il lâcherait qu'à force de se côtoyer, ils avaient couché ensemble. Je visualisais déjà le rapprochement de leurs corps et j'en avais la nausée. Je savais que je serais incapable d'effacer cette image de mon esprit et que plus jamais je ne supporterais que la peau qui avait touché celle de Rose se colle à la mienne. J'allais lui demander d'en venir au fait quand il enchaîna :

— J'ai commencé à faire des travaux chez elle, en échange de la chambre mais pour le reste, je dépendais d'elle. J'étais tellement déprimé que j'étais incapable de trouver du travail. J'en avais marre des plans démerde. Tu m'aurais rencontré à cette époque, tu n'aurais pas posé les yeux sur moi.

J'avais du mal à le croire mais je le laissai poursuivre. Rose ne s'était pas contentée de l'héberger, elle l'avait forcé à suivre des formations dans les métiers du bâtiment. Elle voyait qu'il était très doué et elle avait payé tous les frais.

— Je m'en suis sorti grâce à elle. Le plus incroyable, c'est qu'à l'époque, elle n'a même pas voulu que je la rembourse. Elle m'a poussé à économiser pour un jour m'acheter une maison. C'était mon rêve. Quand tu t'es retrouvé à la rue, t'as plus jamais envie que ça t'arrive.

La chute de son histoire approchait et de sexe, il n'était toujours pas question. Curieusement, mon stress augmenta.

— Mais... quand tu vivais chez elle... vous étiez ensemble ? articulai-je avec peine.

— Absolument pas ! se défendit-il. Tu sais, ça ne fait pas si longtemps que Rose a décidé que j'étais *so exciting* !

La façon qu'il eut d'imiter la voix de Rose me fit sourire malgré la tension.

— Et pour moi, elle a toujours représenté la figure maternelle qui me manquait, poursuivit-il.

C'est ce jour qu'il m'apprit, sans s'appesantir, qu'après la mort prématurée de sa mère, ne s'entendant pas avec son père, il avait vécu dans un foyer. Il avait quinze ans. J'avais terriblement envie de le prendre dans mes bras et de le bercer comme l'enfant perdu qu'il avait été mais je ne comprenais toujours pas pourquoi il ne m'avait pas expliqué dès le début ce qui le liait à Rose.

— Pour pas que tu me prennes pour un cas soc, sûrement..., répondit-il. En plus, y a pas qu'avec moi qu'elle a été généreuse. Quand Hélène a perdu son job, elle l'a engagée dans la maison d'édition qu'elle venait de créer. Pour Hélène, c'était une aubaine. Elle a osé se mettre à son compte plutôt que de chercher du travail dans un grand cabinet et de se sentir exploitée.

Je levai les yeux au ciel. Finalement, j'étais la seule que Rose avait arnaquée.

— Et donc, aujourd'hui, elle s'installe chez toi ? demandai-je avec aigreur.

Tom s'était levé et avait ouvert la fenêtre qui donnait à perte de vue sur des champs de blé.

— On ne s'est même pas dit bonjour, me répondit-il avec un petit sourire.

Mais je ne me laissai pas attendrir. J'étais accourue chez lui après avoir lu ses SMS furibonds. Il semblait l'avoir oublié.

— Bonjour, Tom. Et donc, aujourd'hui, elle s'installe chez toi ? répétai-je. Tu comptes lui être redevable pendant combien d'années encore ?

Il hocha la tête à plusieurs reprises avant de me raconter qu'il était en train de tailler sa vieille haie dans l'idée de lui donner l'aspect d'une vague quand un camion de déménagement s'était arrêté devant sa porte. Lorsqu'il avait compris de quoi il s'agissait, il est allé demander des explications à Rose. Elle avait tout organisé dans son dos, elle n'avait pas d'autre choix, lui avait-elle garanti.

— Elle a décidé de finir ses jours sous ma protection !

J'aurais pu conseiller à Tom d'assommer Rose et d'enterrer son corps quelque part dans ses bois. Qui se serait inquiété de sa disparition ? Mais, contrairement à mon fils qui espérait se débarrasser de Jeannot en sabotant son escabeau, je savais que ce genre de fantasme ne servait qu'à décompresser et n'était pas une façon durable de régler les problèmes, à moins d'être un psychopathe. Alors, je m'étais approchée de Tom et l'avais enlacé. Le nez niché dans son cou, j'avais respiré son odeur qui m'était déjà familière et j'avais fermé les yeux. *On va trouver une solution...*, avais-je murmuré. Et ses bras s'étaient resserrés autour de moi. Non, je n'étais pas vouée à vivre sans amour jusqu'à ma mort. Cet homme était un cadeau que des forces aussi mystérieuses que bienveillantes avaient mis sur mon chemin et je devais l'accueillir. Après quelques instants enlacés et silencieux, nous nous étions éloignés l'un de l'autre pour trouver une stratégie. Comment nous délivrer de Rose sans attenter à sa vie ? Diverses hypothèses avaient été avancées avant d'être rejetées. Rose n'avait ni argent ni point de chute. Quelle que fût la manière dont on s'était placés, nous en étions arrivés au même point : impossible de la faire partir. Tom avait pesté à plusieurs reprises tant il se sentait piégé. Et, en le regardant serrer les poings, je m'étais dit qu'après avoir vécu dans un foyer, il savait reconnaître un piège lorsqu'il se refermait sur lui.

— Et si nous traitions le problème en deux temps ? avais-je soudain proposé.

Il m'avait regardé sans comprendre.

— Pour l'instant, impossible de la déloger, surtout dans son état. Mais si tu lui dis que tu es avec quelqu'un, elle finira par se sentir de trop. Tu la connais, tant qu'elle pensera que tu es dispo pour t'occuper d'elle, elle ne te lâchera pas, avais-je poursuivi.

Tom avait affirmé que si elle apprenait que nous étions ensemble, elle aurait tellement peur que je le monte contre elle qu'elle en deviendrait infecte. Il fallait, il en était persuadé, que notre histoire demeure, pour le moment, secrète. Alors je lui avais proposé d'inventer l'existence d'une petite amie. Mon esprit s'était excité comme à chaque fois qu'il s'agissait de créer un personnage fictif.

— Elle s'appellerait comment ? avais-je demandé.

— Qui ?

— Ben, ta nouvelle fiancée ! Solange ? Vanessa ? Ondine ?

Il était enfin entré dans le jeu, avait proposé Jeanne que je faillis accepter avant de comprendre qu'il s'agissait d'une ex. Nous nous étions mis d'accord sur Juliette. Il avait répété le prénom plusieurs fois et dit en riant qu'il espérait s'en souvenir.

— Juliette, comme Roméo et Juliette, c'est facile à retenir ! l'avais-je rassuré.

Il avait acquiescé et avant que je ne parte, il m'avait confié qu'il n'avait jamais lu la pièce.

— Alors, elle est comment Juliette ? avais-je enchaîné.

Des petits picotements de jalousie avaient traversé mon plexus quand il s'était mis à faire son portrait. Elle et moi n'avions aucun trait en commun, à croire qu'il aimait les femmes grandes et blondes, aux épaules carrées et aux jambes interminables.

— Tu sais quand même que ce genre de personnes n'existe que dans les magazines, non ? lui avais-je fait remarquer avec un sourire un peu crispé dans l'espoir de le faire redescendre sur terre.

— Je ne sais pas... je dis blonde mais en vrai, je m'en fiche... Décris-la comme tu veux.

J'avais refusé. Si nous voulions que Juliette existe dans la tête de Rose, il devait pouvoir en parler comme de quelqu'un dont il connaissait la moindre parcelle de peau. Au bout d'une heure et après plusieurs ratures – j'avais vraiment eu le sentiment de dessiner une femme –, Juliette avait un patronyme, des mensurations humaines et même un métier : costumière de théâtre.

— À partir de maintenant, à chaque fois que tu t'absentes, tu vas voir Juliette Déry et n'oublie pas de remplacer mon nom dans ton téléphone par le sien. Rose est capable de fouiller dans ton portable, elle n'a que ça à faire de la journée, avais-je conclu.

Tom avait promis de s'en tenir à notre plan même s'il craignait de gaffer de temps à autre. Il redoutait plus que tout le jour où sa pensionnaire pourrait à nouveau se déplacer sur ses jambes. Elle recommencerait à le suivre partout, comme un petit chien. Le ciel s'était peu à peu assombri et il m'annonça qu'il devait mettre le déménagement à l'abri. Après un dernier baiser et le regret partagé de n'avoir pu profiter de ce temps pour faire l'amour, nous nous étions quittés pour mieux nous retrouver. J'avais regagné ma voiture, émoustillée par cette rivale imaginaire, me promettant d'être plus aimée qu'elle. Tom était venu me parler à la vitre ouverte de la Fiat.

— Tu sais si Juliette serait libre pour passer une nuit avec moi un de ces quatre ?

Son sourire complice et le ton désinvolte qu'il avait employé m'avaient fait fondre. J'avais répondu d'un hochement de tête affirmatif.

— Dis-moi... Tom, c'est le diminutif de Thomas ?

Il avait ri et s'était éloigné vers le tas de cartons en me lançant :

— Demande à Juliette !

Surprise, j'avais grimacé. Et cette grimace ne quitta pas mon visage de tout le trajet. Cette dernière phrase lancée avec humour me laissait un goût amer. Il avait prononcé le prénom de cette amoureuse imaginaire avec tant de facilité que j'en étais – j'avais du mal à me l'avouer – déjà un peu jalouse. J'essayai de me ramener à la raison – Juliette était ma création après tout – mais contrairement aux personnages que j'écrivais qui pouvaient être supprimés d'un simple clic, je craignais qu'elle ne se mette à exister dans le cœur de Tom au point de devenir réelle. Et sur elle, je n'aurais aucun pouvoir.

Ma place habituelle le long de ma maison était occupée et je trouvai finalement à me garer plus loin dans la rue. En marchant jusque chez moi, l'esprit encore préoccupé par la naissance de Juliette Déry, je pris subitement conscience que c'était la présence d'un fourgon du SAMU qui m'avait empêchée de stationner devant ma porte. Je pressai le pas en me rassurant, Léonard et Léa révisaient au CDI du lycée. Peut-être que les médecins urgentistes s'étaient simplement arrêtés boire un verre sous la halle, me disais-je. La porte des voisins s'ouvrit au moment où j'atteignis la mienne et je vis deux brancardiers transporter Jeannot sur une civière. Son visage rougeaud dépassait d'une couverture de survie. Lâchement, je poussai d'un coup d'épaule ma porte afin de disparaître à l'intérieur avant que mon voisin, qui m'avait semblé conscient, ne m'aperçoive. Mon cœur battait à cent à l'heure et je redoutais d'apprendre ce qui lui était arrivé.

Immobile dans l'entrée, j'essayai de décoder les bruits qui me parvenaient de la rue : glissement de la civière à l'intérieur du véhicule, mots échangés, ordres donnés, portes arrière claquées et enfin, un moteur gronda. J'attendis encore quelques minutes et ressortis de chez moi pour me rendre auprès de la source d'information la plus fiable : Paulette. Elle ouvrit à mon premier coup de sonnette, la permanente en bataille et le front luisant.

— Oh, c'est elle ! s'exclama-t-elle en me tombant dans les bras.

Afin de ne pas rester sur le pas de la porte à la vue des passants, je la serrai contre moi comme un sac à dos ventral, réussis à entrer et refermai derrière nous.

— J'ai vu le SAMU alors, je me suis inquiétée, déclarai-je.

Jamais aveu ne fut plus sincère même si la cause de mon inquiétude était plus personnelle qu'altruiste. J'espérai de toutes mes forces que Jeannot avait fait un infarctus ou un AVC plutôt qu'une chute domestique dans ses toilettes. À l'évidence, je ne méritais pas que mes rêves se concrétisent. Ce que j'avais craint venait bel et bien d'arriver à en croire le récit de ma voisine qui ne savait pas synthétiser. Elle commença par le lever du couple alors que, je m'en doutais, l'accident s'était produit trois heures plus tard. Je l'encourageai de petits *Et après ?* insistants afin qu'elle en vienne au fait.

— Tous les matins, c'est la même histoire, rapport à ses diverticules, il passe des heures sur le trône…

Face à elle, dans la cuisine où j'avais réussi à l'entraîner, je jetai un coup d'œil vers l'évier immaculé et tentai de calculer le nombre de pas qu'il me faudrait pour aller y gerber. Ma bienveillance avait des limites. Je ne supportais pas les histoires de transit. Elles me dégoûtaient. Pourquoi les gens n'éjectaient-ils pas des paillettes parfumées ?

— Et après ? répétai-je pour la dixième fois.

— Ben et après, j'ai entendu un gros « boum » et je me suis précipitée dans les waters. Heureusement, mon Jeannot, il ferme jamais « en clé » sinon, j'aurais fait comment ?

— Et donc ? demandai-je, satisfaite de ma variante mais de plus en plus à cran.

— L'était par terre, les quatre fers et la lune en l'air et il pouvait plus bouger ! Tombé de l'escabeau, il m'a dit ! Ce maudit escabeau qui devrait être dans le cellier mais lui, il veut pas. Il prétend : c'est pratique. Pratique pourquoi ? Elle peut me le dire ?

Je reculai instinctivement devant cette accusation larvée.

— Je ne sais pas… Pratique pour… heu… regarder par la fenêtre voir le temps qu'il fait…, tentai-je.

Mais Paulette secoua sa petite tête rabougrie de droite à gauche et baissa la voix :

— L'escabeau, sûr qu'il s'en sert pour poser les pieds et monter les genoux. Le toubib – elle escamotait le *b* et prononçait *toubi* – lui a dit que ça facilitait le transit. Mais il veut jamais me dire quand je lui demande. C'est SON escabeau, qu'il me répond ! Eh ben, SON escabeau, il l'a envoyé à l'hosto : fracture de la hanche ! L'en a pour des mois !

— Des mois sans revenir à la maison ? demandai-je.

Mon cœur battait toujours aussi vite, mais d'espoir, cette fois.

— Pardi ! Ça va pas se recoller comme ça ! Opération et maison de rééducation ! Ici, avec toutes les marches, pas possible de se déplacer avec des béquilles ! L'est pas près de revenir, mon Jeannot !

Et, baissant la voix une nouvelle fois, elle me confia que ça allait lui faire des vacances. Elle l'aimait son mari mais *des fois, il me sort par les yeux avec ses manies.* Je posai un gros baiser sur sa joue concave. L'os de sa mâchoire heurta mes lèvres. Je l'assurai de mon soutien et rentrai chez moi, le cœur et l'esprit allégés. Étais-je devenue un monstre ? Je ne le pensais pas. Je me battais pour la survie de ma famille et cela entraînait une empathie aléatoire. Assise devant mon ordinateur, je fis des recherches sur les fractures de la hanche et fus un peu déçue. Si tout se passait bien et quoi qu'en pense son épouse, Jeannot serait de retour bientôt. Je me consolai en me rappelant que le bien n'est pas toujours à craindre, ma vie en avait été la preuve...

Léonard et Léa, qui avaient passé la journée au lycée à réviser la philo avec des copains, grimacèrent quand je leur racontai « l'affaire de l'escabeau ». Pour que mon fils prenne conscience des conséquences de ses actes, j'avançai pas à pas dans le récit, un peu à la manière de Paulette – sans évoquer pourtant le chapitre « transit et diverticules » – et lorsque la tension fut à son comble, je lâchai enfin que Jeannot était encore vivant. Je les entendis respirer à nouveau et une certaine excitation les envahir. Avec un peu de chance, s'exclama Léonard, de petites complications pourraient l'éloigner de la fenêtre jusqu'à la récolte du cannabis. Jeannot n'aurait alors plus aucune prise sur nous.

— Et s'il racontait tout à des gens à l'hôpital ? Ça arrive après une anesthésie qu'on se mette à dire des trucs qu'on maîtrise pas ! s'inquiéta Léa. Quand j'ai été opérée de l'appendicite, en me réveillant, j'appelais Justin Bieber, je croyais que c'était lui mon chirurgien !

Léonard regarda sa moitié avec stupéfaction.

— Justin Bieber ? T'es sérieuse ?

Léa haussa les épaules avec grâce en l'informant qu'elle avait huit ans à l'époque. Je repris la main sur la conversation et sermonnai mon fils. Plus jamais il ne devait attenter à la sécurité de quelqu'un. Comment se sentirait-il aujourd'hui si Jeannot avait succombé à sa chute ? Léonard leva les yeux au ciel comme à la recherche d'une réponse inscrite au plafond et, en souriant, me répondit qu'il aurait été soulagé. Cet homme leur causait du stress et les faisait chanter, je ne devais pas l'oublier. Je l'interrompis brusquement :

— C'est très grave ce que tu as fait. Et complètement irresponsable ! Tu t'en rends compte, j'espère. En plus, s'il était mort, tu serais rongé par le remords, je te connais. Alors, arrête de jouer les petits durs !

Léonard baissa la tête, penaud.

Durant le dîner, nous décidâmes de rendre régulièrement visite à Paulette et même à Jeannot à l'hôpital, nous leur devions bien ça. Intérieurement, je m'inquiétais à l'idée que le pauvre bougre ait compris qu'il avait été victime d'un sabotage. Je poussai *ON* à se coucher tôt pour être en forme le lendemain avec le secret espoir que l'épreuve de philo traite du Bien et du Mal. Léonard et Léa ne ressentaient aucune inquiétude pour l'examen à venir, l'esprit encore occupé par l'état de notre voisin.

Enfin seule dans ma chambre, le dos calé contre mes oreillers, je me mis à échanger des SMS avec Tom. Il m'assura que l'ambiance avec Rose s'était améliorée. Il préférait faire *contre mauvaise fortune bon cœur* et ajouta que notre rencontre l'aidait à supporter la situation. J'en fus flattée et lui assurai que j'étais dans les mêmes dispositions. Grâce à lui, l'avenir me semblait moins morose, précisai-je. Ce badinage textoté prit une autre tournure quand Tom crut que je faisais allusion aux ennuis que je traversais et s'inquiéta subitement. Ses messages devinrent des questions, les émojis en forme de cœur furent remplacés par des points d'interrogation. *Tu parles de la perte de ton travail, c'est ça ? Et de l'Urssaf ? Mais pour le reste, tout va bien ?* Je le rassurai et, consciente que je ne lui racontais rien de personnel, j'interrompis la conversation par un mensonge pieux : *Demain bac philo, je dois me lever tôt. Des baisers sur ta douce peau.* J'enclenchai le réveil sur mon portable et m'allongeai sur le dos, les yeux grands ouverts, une question me taraudant l'esprit : jusqu'à quand allais-je mentir à Tom ? Bien sûr, il ne l'avait pas fait dès notre rencontre mais cet après-midi, il m'avait confié qu'il avait galéré depuis son adolescence, qu'il avait mis du temps à devenir l'homme qu'il était aujourd'hui. Et moi, que lui avais-je avoué ? Très peu de choses en fait. Oserais-je lui parler des plantations de Léonard, d'abord semées à mon insu puis transportées dans le jardin avec ma complicité ? Du chantage du voisin ? De « l'affaire de l'escabeau » ? Même mes amies, Faustine, ou Agathe, la plus ancienne, à qui je n'avais pas téléphoné depuis des semaines, ignoraient la façon dont mon fils et moi espérions renflouer mon compte en banque. Quant à Marge, elle ne savait pas tout. Étais-je honnête avec moi-même en pensant que c'était l'illégalité de nos agissements qui m'obligeait au plus grand secret ou était-ce la peur de me montrer sous un jour peu flatteur ? Je me glissai sous la couette en soupesant cette question dont j'avais déjà une partie de la réponse. Quelque chose s'était brisé dans mon cœur quand j'avais compris que j'allais devoir trouver, une fois encore, une solution pour gagner de l'argent. Toute ma vie professionnelle avait été une lutte, un terrain de cross, des montagnes russes. Je n'avais jamais connu la sérénité matérielle. À l'aube de mes cinquante ans, de l'envol prochain de mon fils unique, la possibilité de sombrer dans la grande pauvreté était devenue réelle. Plus jeune, j'avais toujours espoir de vivre grâce à mon écriture et cela s'était avéré. Scénariste, prête-plume, romancière, tous ces métiers, qu'ils aient duré des années ou quelques mois, m'avaient permis de m'en sortir. Mais aujourd'hui, je n'avais ni roue de secours ni perspective. Et surtout, triste et tardif constat, je ne savais rien faire d'autre qu'écrire. Je n'étais pas une personne à part ou exceptionnelle, seulement une handicapée sans pension d'invalidité. Je m'endormis, convaincue que *nécessité faisant loi*, j'avais raison de taire les zones sombres de mon existence.

Sainte-Caprine – Juillet

Le mois de juin, qui m'avait épuisée, s'achevait enfin. En attendant les résultats du bac, *ON* était parti à Bordeaux chez le père de Léa. Jeannot avait quitté l'hôpital avec une hanche toute neuve pour une maison de convalescence à l'autre bout du département. Selon Paulette, il y mangeait très bien. Le plâtre de Rose avait été remplacé par une attelle après qu'on eut découvert chez elle une fragilité osseuse. Maladroite avec ses béquilles, elle passait ses journées dans un large fauteuil, une pile de magazines et son set de manucure à portée de main. Et c'était la première fois que Tom allait lui annoncer qu'il sortait dîner avec sa petite amie, Juliette. Nous ne nous étions revus que quelques heures dans sa « garçonnière » depuis la livraison des meubles de Rose. En dehors de ce moment, j'avais été trop préoccupée pour lâcher prise dans ses bras. Persuadée que, dès son retour à la maison, mon voisin chercherait à comprendre pourquoi l'escabeau s'était affaissé sous son poids, récupérer l'arme du crime était devenu mon obsession. Il m'avait donc fallu rendre plusieurs fois visite à Paulette, l'écouter me dévider sa vie comme une pelote de laine interminable, boire sa tisane de queue de cerise – elle n'avait pas de thé –, acquiescer à ses plaintes jusqu'à ce qu'enfin, la veille, elle me demande un service :

— Elle voudrait pas me le porter à la déchetterie ? À chaque fois que je vais à la selle et que je le vois, j'ai les jambes en coton.

Évidemment, j'avais bondi de ma chaise, j'étais la plus sympa des voisines. Cinq minutes plus tard, l'escabeau était dans mon coffre, une demi-heure après, au fond d'une benne. L'horizon s'était éclairci. Jeannot ne représentait plus une menace même si j'avais exigé de mon fils que nous irions encore déjeuner chez lui un dimanche ou deux quand il aurait regagné sa maison. Léonard avait acquiescé sans rechigner. Il avait bon espoir d'échapper à cette corvée grâce à son futur emménagement à Bordeaux.

— Encore faut-il que tu aies le bac ! lui avais-je rappelé avec une pointe de sadisme.

Après avoir additionné les notes des contrôles continus, *ON* était quasiment sûr d'avoir la moyenne. Moi, j'étais comme saint Thomas, j'attendais de voir pour y croire. J'avais passé une heure avec Faustine pour lui raconter que mon histoire avec Tom se poursuivait. Je savais maintenant ce qui l'attachait à

Rose et lui en fis une version édulcorée. Je l'avais aidée à fermer la librairie et étais arrivée en avance à l'Inta Berna, le restaurant tenu par Santiago et Dolorès, où j'avais mes habitudes quand mes revenus me le permettaient. La soirée s'annonçait douce. Santiago m'avait installée en terrasse et je sirotais un mojito sans alcool qu'il m'avait offert, en repensant aux nombreux évènements auxquels j'avais dû faire face. Les plants de cannabis croissaient généreusement et des fleurs commençaient à se former à l'extrémité des rameaux. Chaque matin, je les arrosais en les suppliant de grandir vite et bien, pressée de mettre cet épisode de ma vie derrière moi mais consciente plus que jamais que je n'avais pas le choix. J'avais reçu d'une des deux maisons d'édition un mail digne de Chat GPT m'expliquant que mon texte *malgré des qualités certaines ne correspondait pas à la ligne éditoriale.* L'autre éditeur demeurait pour le moment muet. Tom apparut au bout de la rue piétonne et son sourire s'agrandit en m'apercevant. Il allongea le pas et j'admirai sa dégaine. Il avait enfilé un tee-shirt à manches courtes sur un à manches longues dans un camaïeu de bleu profond assorti à son jean qui descendait sur ses hanches. J'inspirai longuement pour drainer l'excitation qui m'envahissait. Dieu que je le trouvais attirant. Arrivé près de notre table, il me regarda un instant, les yeux brillants avant de se baisser pour m'embrasser, la main sur ma nuque.

— En m'approchant, tu sais ce que je me disais ? me murmura-t-il à l'oreille. Que j'avais une chance folle de dîner avec toi…

La Clara d'il y a quelques mois aurait répondu :

— Franchement, il n'y a pas de quoi. Je suis très commune, tu sais. C'est moi qui suis flattée que quelqu'un d'aussi désirable, beau et intelligent perde son temps en ma compagnie.

Où était-elle passée cette célibataire qui ne cessait de se dénigrer ? D'où me venait cette confiance qui me fit répondre d'un sourire radieux plutôt que de me rabaisser ? Peut-être avais-je l'intuition que Tom et moi étions destinés à faire un bout de chemin ensemble ? Il s'assit en face de moi et aussitôt, le patron vint lui proposer un verre. J'aimais beaucoup Santiago pour sa joie de vivre et ses attentions. Tom commanda la même chose que moi. Santiago repartit vers le restaurant et, dans le dos de Tom, leva à mon intention un pouce approbateur. Je le remerciai d'un clin d'œil amusé. C'était la première fois que je venais dîner en compagnie d'un homme et il approuvait mon choix. Mieux, il m'encourageait.

— Tu viens souvent ici ? demanda Tom qui avait senti la complicité qui existait entre Santiago et moi.

— Oui. C'est son épouse, Dolorès, qui cuisine et ils sont très sympas tous les deux, répondis-je. Ils ont ouvert ce restaurant quelques mois avant que je ne m'installe dans la commune.

Tom tendit la main par-dessus la table pour que je lui donne la mienne. Et comme dans les meilleures comédies romantiques, nous restâmes ainsi, liés l'un à l'autre en nous regardant dans les yeux. Je savourai ce moment jusqu'à ce que Tom prononce :

— Comme ton fils n'est pas là, j'ai pensé que nous dormirions chez toi, Juliette…

— Ah, Juliette aussi a un fils ? minaudai-je pour différer ma réponse.

Tom entra dans le jeu et énuméra toutes les qualités de sa fiancée imaginaire. Je fis mine de l'écouter alors que mon esprit cherchait fébrilement une excuse pour ne pas le recevoir à la maison.

— D'ailleurs, je voulais te dire que je trouve que Juliette et toi avez beaucoup de points communs, conclut Tom.

— Je prends ça comme un compliment, répondis-je alors que je n'avais rien entendu du portrait qu'il venait de faire.

Puis je le félicitai sur la rapidité avec laquelle il s'était approprié Juliette, lui qui avait été tout d'abord réticent à s'inventer une petite amie. Il me confia qu'il avait tellement envie de parler de nous qu'il avait rebattu les oreilles d'un artisan avec sa nouvelle fiancée.

— Tu me considères comme ta fiancée ? m'exclamai-je.

Tom acquiesça. C'est ainsi qu'il pensait à moi, me confia-t-il. Quand il creusait un trou pour y planter un arbre, quand il terminait la patine d'une porte, quand il prenait sa douche ou préparait le dîner, il se demandait : *Que fait ma fiancée en ce moment ? Ma fiancée trouverait-elle que cette couleur est jolie ou ces légumes bien assaisonnés ?* Comme j'avais l'air incrédule, il ressentit le besoin d'ajouter :

— Je n'ai peut-être pas été suffisamment clair, alors je voudrais que tu comprennes et je n'ai pas honte de l'avouer : Clara Juliette ou Juliette Clara ou ma fiancée ou n'importe quel nom que tu voudrais porter, je suis très amoureux de toi !

Je lâchai le menu que Santiago m'avait mis dans les mains quelques minutes auparavant et les portai à mes joues. Elles étaient brûlantes. Je n'arrivais pas à me souvenir du jour où un homme m'avait regardée dans les yeux et m'avait livré ses sentiments profonds en me donnant l'impression que j'étais la plus belle chose de son existence. Et cela n'avait rien à voir ni avec mon trouble présent ni avec d'éventuelles défaillances cognitives. Je ne pouvais me souvenir d'un tel moment parce qu'il n'avait jamais existé.

Durant le dîner, Tom m'avait questionnée sur mes journées, avait demandé à voir une photo de Léonard qu'il trouva très beau. Il regrettait de ne pas avoir eu d'enfant mais ce temps était révolu, avait-il affirmé. Il avait espéré qu'un jour prochain, je le présenterais à Faustine et à Marge quand il avait compris qu'elles suivaient notre relation avec l'intérêt des amies complices et bienveillantes. Je le lui avais promis. À la fin du dîner, Dolorès était sortie de sa cuisine pour nous saluer, pimpante comme toujours, le cheveu lissé et brillant, la bouche peinte de rouge et le corps musclé d'une femme de soixante ans qui a travaillé dur. Son fort accent la rendait parfois difficile à comprendre mais Tom lui avait parlé en espagnol et l'avait conquise. Santiago avait insisté pour nous offrir un digestif et nous avions accepté. Une fois à nouveau seuls, je l'avais donné à Tom. Je n'étais pas certaine de supporter un alcool si fort après les deux verres de vin de Rosette que j'avais bus. Le corps léger, comme enveloppé d'un coton douillet, j'avais laissé le pied de Tom caresser ma cheville sous la table et sa main m'effleurer à la moindre occasion. Notre désir n'avait cessé de croître et mes résolutions de décliner. C'est ainsi que nous nous retrouvâmes dans mon salon. En chemin, alors que nous nous approchions de ma maison, main dans la main, je m'étais convaincue qu'il n'y avait aucun risque que, la nuit tombée, Tom jette un coup d'œil à mon jardin. Il n'en eut effectivement pas le temps. Sitôt la porte refermée sur nous, nous nous jetâmes l'un sur l'autre comme des affamés, arrachant nos vêtements sans que nos bouches se séparent, rampant presque jusqu'au canapé où nous basculâmes, lui sur le dos, moi assise sur lui. Je n'avais jamais été très douée pour écrire des scènes de sexe. Heureusement, le monde de la télévision pour lequel j'avais longtemps travaillé était plutôt pudique. Et même dans la vie réelle, je considérais que je n'avais été ni inventive ni complètement libérée avec mes partenaires. Mais avec Tom, tout était différent. Je le laissais scruter mon corps sans rentrer le ventre pour effacer mes petits bourrelets comme il s'abandonnait à mes doigts qui glissaient sur les siens. Vers une heure du matin, après avoir enfilé son tee-shirt à manches courtes et ma culotte, je préparai une tisane et sortis du réfrigérateur du fromage que je disposai sur la table basse du salon. Les coussins du canapé avaient glissé au sol et Tom les replaçait soigneusement pendant que je nous coupais des tranches de pain.

— Heureusement que mon fils ne m'a pas fait le même coup que la dernière fois quand il est rentré en avance sans me prévenir…, murmurai-je en remplissant nos tasses.

— Oui… Ça n'aurait pas été top pour une première rencontre, sourit Tom.

Je compris alors qu'il s'attendait à ce que je le présente à Léonard et que je ne l'avais pas encore envisagé.

— Ça n'a pas l'air de te convenir, dit-il dans un sourire timide.

— Je ne sais pas… Léonard ne m'a jamais vue en couple… Je suis certaine que dans l'idée il est très content pour moi mais je ne sais pas comment il réagira en nous voyant en vrai…

— Je sais me tenir, ne t'inquiète pas ! plaisanta-t-il en me faisant un clin d'œil.

Je lui tendis une tartine couverte de fromage et croquai dans la mienne en souriant. Curieusement, je ne ressentais aucune fatigue. Tom, qui n'avait enfilé que son jean, sortit son téléphone de sa poche et s'assura que Rose n'avait pas essayé de le joindre. Il la savait suffisamment folle et égocentrique pour, sous n'importe quel prétexte, tenter de saper sa soirée avec « Juliette », m'expliqua-t-il. Et la conversation courut à nouveau sur sa squatteuse britannique et sa longue convalescence. S'il avait bon espoir qu'elle puisse marcher sans aide d'ici à une quinzaine de jours, il ne savait toujours pas où elle pourrait s'installer après. Non seulement, il refusait de cohabiter avec elle indéfiniment mais il avait également besoin de récupérer sa chambre pour la louer à des vacanciers dès que ses travaux seraient terminés, c'est-à-dire dans un mois et demi.

— Et quand tu lui expliques, elle dit quoi ? demandai-je.

— Que c'est dans longtemps, soupira-t-il.

La situation me paraissait inextricable, pourtant, Tom semblait certain de trouver une solution.

— Ce qui m'inquiète, lui avouai-je, c'est que pour le moment, elle a réussi tout ce qu'elle a tenté, jusqu'à se casser la jambe.

— Parce qu'elle m'a pris au dépourvu. Un homme averti en vaut deux, c'est comme ça qu'on dit ?

Je confirmai d'un hochement de tête.

— Donc maintenant, je vais être deux à veiller à son départ.

— Trois. Tu peux compter sur moi ! annonçai-je avant de le prévenir que j'allais prendre une douche.

Je me penchai vers lui pour l'embrasser et disparus dans la salle de bains. Je laissai la porte entrouverte au cas où il aurait voulu me rejoindre. J'attendis un moment puis, après m'être savonnée et rincée, je sortis et m'enduisis le corps d'un lait parfumé au chèvrefeuille. Il était bientôt trois heures du matin et je me réjouissais de dormir pour la première fois dans ses bras.

Quelques minutes plus tard, je retournai dans le salon pour l'inviter à se coucher et ne le trouvai pas. J'allai dans ma chambre puis jetai un coup d'œil dans celle de Léonard en l'appelant à voix basse. En revenant dans le salon, je sentis un léger courant d'air caresser mes chevilles. J'avançai vivement vers la cuisine. La porte-fenêtre donnant sur le jardin était ouverte. Je sortis brusquement. Dans la nuit éclairée par une lune montante, j'aperçus la silhouette de Tom penchée sur les plants de cannabis. Dans sa main droite, une cigarette terminait de se consumer. Il m'avait entendue et se tourna vers moi. Les ombres sur son visage ne me permettaient pas de voir sa physionomie.

— Tu as la main verte, dis donc…, murmura-t-il.

Je me raidis.

— Moi ? fis-je mine de m'étonner.

Melun – Octobre – 19 h 00

Ni lui ni moi n'en pouvons plus. D'un commun accord, nous avons décidé de nous revoir le lendemain matin à huit heures. Il m'a réservé une chambre dans un petit hôtel à quelques rues de son bureau. Et comme je ne veux pas dîner, il propose de m'y emmener.

— Marcher nous fera du bien, décrète-t-il.

C'est la première phrase humaine qu'il prononce de la journée. J'acquiesce. Je me sens vidée.

— Pourquoi n'a-t-il pas eu l'air plus étonné que ça en découvrant les plants de cannabis ? me demande-t-il soudain.

Je soupire, je pensais que nous en avions terminé pour aujourd'hui. Je réponds pourtant :

— Vous vous souvenez... Le jour où il m'a fait sa confession ? Dans la dépendance ? L'histoire de Rose qui lui a payé ses formations, la mort de sa mère et tout ça ? Quand je suis partie, il a retrouvé des feuilles de cannabis accrochées à son pull et il s'est souvenu qu'il avait

aperçu quelque chose qui pendouillait de mon gilet… Ça a dû passer de l'un à l'autre quand on s'est enlacés… Alors, disons que ça ne l'a pas surpris quand il a vu ça dans le jardin… Et après, forcément, j'ai été obligée de lui expliquer…

Sainte-Caprine – Juillet

J'avais reporté l'explication au lendemain matin. Nous avions dormi trois heures et quand j'ouvris les yeux, tout me revint en mémoire. Tom était allongé sur le ventre, le menton posé sur ses bras repliés et me regardait.

— Bonjour, ma fiancée, murmura-t-il.

— Bonjour… Tu es réveillé depuis longtemps ?

Il me répondit d'un baiser sur le front et je me redressai pour venir me blottir contre lui. Il changea de position pour m'accueillir au creux de son épaule.

— Ce qu'il y a dans le jardin, c'est du grand n'importe quoi…, commençai-je.

Les phrases sortaient de ma bouche comme si durant les trois petites heures où j'avais sombré, mon esprit s'était ingénié à tout synthétiser. Tom souriait de temps en temps et sembla apprécier le passage de l'escabeau jeté dans une benne. Quand nous nous levâmes, mon corps était léger, délesté d'un poids. Au loin, sonnaient huit coups au clocher de l'église. Tom but le café que je lui avais préparé, debout dans le salon, en inspectant les boudins disposés sous les portes et les fenêtres, et aperçut les bâtons d'encens posés çà et là.

— Le vrai problème, c'est quand les plants vont sécher, dit-il enfin.

Je m'étais tellement focalisée sur la période de floraison que j'avais relégué à plus tard la suite des opérations.

— Pourquoi ?

— Parce que c'est à ce moment-là que ta maison va devenir irrespirable…

— Oui, mais au moins, ça sera en intérieur. Je pourrai mieux gérer, lui répondis-je. C'est long, le séchage ?

— Plusieurs semaines, sinon les têtes risquent de moisir et elles seront invendables.

Bien sûr, je savais qu'un homme de sa génération avait certainement déjà fumé des pétards mais la précision de ses remarques m'étonna.

— Tu en as déjà fait pousser ? Pour revendre ? lui demandai-je en terminant ma tasse de thé, une petite douleur derrière les yeux due au manque de sommeil.

— Juste pour ma consommation personnelle quand j'avais une vingtaine d'années. Mais j'ai connu plein de gens qui voyaient plus grand…

Je le rejoignis au centre de la pièce et entourai sa taille de mes bras.

— En vrai, tu penses que je suis cinglée ?

À part quelques petits sourires, il ne m'avait fait aucune remarque. Il éclata de rire et me caressa le visage du bout des doigts.

— Pas du tout. J'ai bien compris ton cheminement. Mais le plus compliqué est devant toi.

C'est donc ce matin-là que j'appris ce qui m'attendait et sentis monter une certaine panique. À l'en croire, en septembre ou octobre, j'allais passer des jours à préparer ma cargaison et cette occupation, non seulement demanderait un certain doigté, mais en plus serait très chronophage. Évidemment, à cette période, *ON* mènerait la belle vie à Bordeaux. Tom, qui me voyait me décomposer au fur et à mesure qu'il distillait ces informations, m'assura qu'il me donnerait un coup de main. Je me serrai plus fort contre lui, emplie de reconnaissance. C'était donc ça, l'amour ? Une personne qui promet à l'autre de l'aider à faire sécher du cannabis et à le conditionner ? À neuf heures, il m'annonça qu'il devait rentrer chez lui, sa squatteuse anglaise ne pouvant demeurer seule trop longtemps. J'acceptai à regret et le raccompagnai à la porte.

— On se voit plus tard ? proposa-t-il.

En me retrouvant seule, je savais que ce n'était pas une proposition faite à la va-vite, comme j'en avais déjà entendu dans ma vie. Une histoire forte était en train de se construire et durant la semaine qui suivit, profitant de l'absence de Léonard et de Léa, nous nous vîmes quotidiennement. Ce furent des jours de pur bonheur et de presque insouciance. Le lundi suivant, je rejoignis *ON* à Bergerac, devant le lycée, pour découvrir en direct les résultats du bac. Ils avaient pris le premier train de Bordeaux et attendaient tout excités l'ouverture des grilles. Autour d'eux, déjà plusieurs lycéens s'étaient regroupés. Ça parlait fort et gloussait nerveusement. Après avoir embrassé mon fils et sa chérie, salué quelques adolescents que j'avais déjà rencontrés, je me tins à l'écart pour ne pas les déranger dans ce moment que, de génération en génération, aucun lycéen de terminale n'a oublié. Alors que les résultats seraient diffusés sur Internet, ils avaient ressenti le besoin de se retrouver pour vivre ensemble cette étape initiatique qui marque virtuellement le passage à l'âge adulte. Ils me semblaient pourtant tellement jeunes et vulnérables. Mon cœur se serrait en pensant à ceux qui allaient voir leurs camarades exulter alors qu'eux-mêmes seraient recalés. Un mouvement de foule s'opéra, des cris s'élevèrent quand un surveillant sortit du bâtiment et accrocha des feuilles au panneau d'affichage. Puis il ouvrit les grilles et recula pour ne pas être bousculé par la meute impatiente qui se ruait déjà vers les résultats. Je me forçai à ne pas bouger et gardai les yeux braqués sur Léonard. Plutôt que de courir, mon fils fit partie de ceux qui adoptèrent une posture blasée et avançaient nonchalamment. À ses côtés, Léa se réfrénait. Enfin, elle le doubla et, jouant des coudes, colla le nez au tableau. Dans un mouvement qui me troubla, je la vis se baisser et consulter directement, non pas la liste des B pour y découvrir *Badot,* son nom de famille, mais celle des T comme *Tallane.* L'avenir de sa moitié la préoccupait davantage que le sien. À moins qu'elle souhaitât être celle qui lui annoncerait la bonne nouvelle. Mon cœur battait à tout rompre et je demeurai cramponnée au visage de Léa. Soudain, elle se redressa et fit une chose extraordinaire : elle leva les bras au ciel et pivotant sur elle-même dans le mince espace que lui laissaient ses camarades, elle me chercha du regard et me cria :

— Il l'a ! Mention assez bien !

Je joignis les mains en signe de prière pour montrer ma joie. Mais déjà, Léa, rejointe par Léonard, cherchait son propre nom sur une autre liste. C'est lui qui le trouva en premier et lui montra du doigt. Elle sauta dans ses bras. Mes yeux s'embuèrent de larmes.

— Ça, c'est fait…, murmurai-je pour moi-même.

Et le soulagement et la satisfaction furent aussitôt remplacés par une mélancolie qui aurait pu me faire tomber à genoux sur le trottoir. Léonard avait grandi. Il allait mener sa propre existence. Plus jamais je ne lui dirais de se mettre à ses devoirs. Plus jamais je ne me rendrais à une réunion parents/professeurs. Léonard avait grandi. Dix-huit années de ma vie venaient de disparaître sous mes yeux et elles me manquaient déjà.

Le soir, je les invitai à dîner à l'Inta Berna pour fêter leurs bons résultats. J'avais pensé que Nathalie et Aurélie auraient eu envie de se joindre à nous, mais elles étaient en vacances à Cap-Breton. J'étais donc la seule témoin de leur joie et je n'en perdis pas une miette. Santiago leur concocta des cocktails de fruits dans lesquels il ajouta – *parce que c'était un grand jour* – une larme d'alcool. Et nous trinquâmes ensemble. Le sentiment de plénitude était d'autant plus fort que tous leurs copains avaient également été reçus. Ils quittaient la vie de lycéens sans laisser personne derrière eux. Après avoir passé un long moment, comme de vieux combattants, à se remémorer les moments épiques de leur scolarité, Léonard et Léa se mirent à se projeter dans un futur proche qu'ils étaient impatients de connaître. Rien ne semblait aller assez vite pour eux. Leur téléphone portable était déjà rempli d'applications sur la vie bordelaise et les bons plans étudiants. Et je faillis tomber de ma chaise quand, au moment du dessert, Léonard m'annonça qu'ils partaient le lendemain à Bordeaux installer leur appartement.

— Demain ? Mais vous avez deux mois pour le faire ! m'exclamai-je. En plus, je croyais que l'appart était meublé.

Dans mes séances de calculs effrénés, j'avais prévu de ne verser le loyer au père de Léa qu'à partir du mois de septembre ainsi que l'assurance et toutes les dépenses qui en découleraient. Léa me rassura : jusqu'à septembre, son père et son oncle leur prêtaient le logement, le bail ne se signerait qu'à la rentrée.

— Mais comme ça, on va avoir le temps de prendre nos marques et on aura pas l'air de deux bizuts qui découvrent la ville et la fac en même temps ! ajouta Léonard.

Je n'aurais pu rêver d'une situation plus confortable pour *ON*. Le seul problème, qui, à l'évidence n'affectait que moi, est que, dès le lendemain, mon fils me quitterait. Je n'y étais pas préparée. Je tentai de dominer ma tristesse pour ne pas gâcher la soirée, et de ne pas lui en vouloir du peu de cas qu'il faisait de notre lien. Plus tard, il me rejoignit dans ma chambre. Émotionnellement fatiguée, j'étais allée me coucher vers vingt-deux heures, les laissant arroser les plants dans le jardin. Léonard s'assit au bord du lit.

— Tu viendras nous voir ? Y a deux chambres, on pourra te loger.

Incapable de parler à cause de la boule qui squattait ma gorge, je me contentai d'acquiescer.

— Et puis, tu sais… On reviendra te faire chier le week-end, poursuivit-il dans un sourire.

Là aussi, je répondis d'un hochement de tête. Pourtant, je voulais lui demander s'il se rendait compte de ce qu'il me laissait sur les bras mais, sachant que je ne pourrais aborder ce sujet sans adopter un ton culpabilisateur et victimaire, je me tus. Comme s'il lisait dans mes pensées, il m'expliqua que Léa et lui avaient prévu de revenir fin août pour couper les plantations et faire sécher les fleurs. Jusque-là, je devais juste les arroser tous les deux jours.

— T'as vu, le bac, je l'ai eu ! conclut-il avec un clin d'œil.

Pour lui, c'était la preuve que je pouvais lui accorder ma confiance, qu'il avait honoré sa part de contrat. À moi maintenant, comme tout parent aimant son enfant, de le laisser voler de ses propres ailes. Je l'attirai contre moi et il accepta ce câlin. La veille de son départ, il ne pouvait refuser.

— Je suis très fière de toi, murmurai-je.

Et je sentis les larmes affluer. Alors je fermai les yeux. L'odeur de son shampooing au miel emplissait la chambre. Je l'inspirai profondément.

Melun – Octobre – 19 h 30

Il ne faut pas que je pense à Léonard. Non, il ne faut pas que je pense à son odeur, à son sourire et à la peine qu'il va avoir. Il est tellement heureux à Bordeaux. Les cours à la fac lui plaisent. Sa vie avec Léa aussi. Ils se débrouillent bien tous les deux. La dernière fois que nous nous sommes parlé, il m'a dit qu'ils regardaient un tuto de cuisine pour apprendre à monter une mayonnaise. Je n'en ai jamais fait. Quand je le reverrai, j'en préparerai une mais il faut que je m'exerce avant. L'idée que je n'en aurai pas l'occasion avant longtemps me serre le plexus. Je tourne le dos au réceptionniste pour qu'il ne me voie pas pleurer. Quelques instants plus tard, j'entends toussoter derrière moi. Mon – comment dois-je appeler cet homme avec lequel j'ai passé la journée ? Mon conseiller ? Oui, c'est ça parce que, au bout du compte, il me dira si ma démarche a un sens – donc, mon « conseiller » pose une main sur mon épaule et je pivote vers lui. Il voit mes yeux embués de larmes, fait signe au réceptionniste qu'on revient et m'entraîne dans la rue.

— Vous êtes certaine que vous allez pouvoir dormir ? s'inquiète-t-il sur le trottoir.

Je hausse les épaules et essuie mes larmes d'un revers de main.

— Si j'étais sûre de ne plus me réveiller…

Sa tête dodeline et sa bouche grimace.

— Allez, venez avec moi, il faut qu'on en finisse. De toute façon, moi, je ne dors que trois heures par nuit…

Alors, je le suis, docile et reconnaissante.

— Ce n'est pas pour vous enfoncer, croyez-le bien, mais franchement, vous n'auriez pas pu essayer de trouver un travail – il mime des guillemets de ses grands doigts velus – normal ?

— J'ai essayé… Peut-être pas assez, mais j'ai essayé…

Sainte-Caprine – Août

Deux semaines après le départ de *ON*, j'avais reçu une réponse négative du deuxième éditeur. Cela me décida à prendre rendez-vous avec une conseillère de France Travail pour faire le tour des opportunités qui s'offraient à moi. Je me sentais capable d'explorer d'autres domaines que celui de l'écriture pour peu qu'on m'aide à découvrir des aptitudes ignorées jusqu'à présent. Ce ne fut pas le cas. Mon âge et mon expérience professionnelle me disqualifiaient d'un tas d'emplois dans lesquels, de toute façon, me précisa la conseillère pour me consoler, il n'y avait que très peu de postes disponibles. Et quand j'insistai pour suivre une formation, elle me renvoya vers le fonds de formation des secteurs de la culture. Je m'abstins de lui dire que la collection « Amour et frissons » n'avait rien eu de culturel et rentrai chez moi pour me renseigner. En deux clics, je trouvai le site qui convenait à ma situation d'auteure et compris que cette perspective m'était également bouchée. En effet, pour être financée, il fallait que je justifie de mes revenus et de mes cotisations Urssaf. Les magouilles de Rose continuaient donc de me pourrir l'existence. Heureusement, je parvenais à tenir à distance mes idées noires grâce à Tom. Je connaissais mal sa situation économique mais lui, ayant compris la mienne, insistait pour payer la note les rares fois où nous allions au restaurant, m'offrait le cinéma et ne venait jamais chez moi les mains vides. En tout point, il se comportait avec élégance. Au début du mois d'août, je fis un aller-retour à Bordeaux et visitai enfin le logement de *ON*, visiblement récuré pour l'occasion. Léonard m'entraîna dans chaque pièce à la façon d'un agent immobilier. Là, la suite parentale – *gloups* – avec sa salle de bains attenante et son dressing – une penderie installée dans un recoin ; là, la chambre d'amis où je pourrais dormir – mais une autre fois car le soir même *ON* sortait ; là, le salon/salle à manger garni d'un vieux canapé recouvert de velours fleuri sous lequel – et je n'en dis rien – je décelai la présence d'une chaussette orpheline, et enfin la cuisine dans laquelle trois personnes pouvaient manger entre le réfrigérateur et le compteur Linky – élément le plus moderne de l'appartement. Léa attira mon attention sur le bouquet de fleurs posé au milieu de la table et m'annonça que c'était Léonard qui le lui avait offert. Je félicitai mon fils pour cette attention même si depuis mon arrivée je bataillais avec un sentiment curieux : les deux tourtereaux avaient investi les lieux avec un classicisme rétrograde où la fantaisie n'avait pas sa place. Je les aidai à ranger les courses que j'avais faites pour eux, une déclinaison de pâtes et de riz agrémentée de quelques légumes de saison. De quoi tenir un siège, espérais-je en me souvenant de ce que cela m'avait coûté. Puis je leur montrai les photos des plantations. Léonard les agrandit de deux doigts sur l'écran de mon téléphone et les inspecta longuement. Léa et moi demeurâmes au garde-à-vous, dans l'attente de ses commentaires. Enfin, il leva la tête et annonça que tout allait bien. J'en ressentis une grande fierté. N'étais-je pas devenue la mère nourricière de ces plants que j'arrosais copieusement en calculant si les mètres cubes d'eau qui disparaissaient dans la terre seraient un jour compensés par les gains à venir ? Maintenant que Tom avait découvert mon activité illicite, il me secondait parfois lors des sessions d'arrosage. Nous parlions alors à voix basse de peur que Jeannot ne nous entende. Qu'il nous voie me paraissait impossible, non pas à cause de la disparition de son escabeau mais à cause de l'AVC qu'il avait fait durant sa convalescence et qui l'avait reconduit à l'hôpital pour deux semaines. Une hanche neuve mais des neurones figés faisaient de lui un fantôme qui se déplaçait avec difficulté, parlait peu et ne semblait reconnaître personne. À son retour, j'avais eu besoin que Paulette me raconte plusieurs fois que cet accident cérébral lui pendait au nez à cause de son cholestérol très élevé pour que ma culpabilité se stabilise à un niveau acceptable. Néanmoins, je battais ma coulpe en leur rendant visite régulièrement. Et alors que Paulette sautillait en me racontant avec gourmandise la vie de son mari diminué, ce dernier me donnait du « madame » comme si nous nous rencontrions pour la première fois. Plus il se ratatinait, plus elle s'épanouissait. Après quarante ans de mariage, elle avait enfin tout pouvoir sur lui. Cela faisait froid dans le dos. De son côté, l'état de Rose, aux dires de Tom, s'améliorait de jour en jour. Elle avait mis en vente avec succès une grande partie de son déménagement sur un site d'annonces local. Plusieurs fois par semaine débarquait à la ferme un acheteur qui repartait avec un vaisselier ou un fauteuil contre quelques billets. Rose se montrait une vendeuse habile et réussissait à refourguer ses affaires après leur avoir fabriqué un passé. Tom riait en imaginant la fierté des nouveaux propriétaires d'un sofa ou d'un bougeoir, persuadés de détenir une pièce ayant appartenu à Lord Westershield alors que, à l'évidence, Rose les avait achetés en solde à Maisons du monde. Moi, je n'arrivais pas encore à rire de ses arnaques. Mais savoir qu'elle se reconstituait un petit pécule me donnait l'espoir qu'elle allait finir par décamper.

Sainte-Caprine – Septembre

Léonard ne revint à la maison que vers le 15 septembre pour un rapide aller-retour d'une journée. La fac avait déjà commencé et il me parla longuement des premiers cours auxquels il avait assisté. L'un d'eux, le plus intéressant à ses yeux, l'obligeait à se lever tôt mais il m'assura qu'il n'envisageait pas de le sécher. Je le trouvai déjà changé. Il avait mûri et était apparemment épanoui. Lors de nos conversations téléphoniques, plus fréquentes que je ne l'avais craint, je l'avais prévenu de l'AVC de notre voisin. Plutôt que de s'en réjouir, il avait exprimé sa tristesse. Jeannot était plus bête que méchant et ne méritait pas de terminer sa vie comme un légume bouilli, avait-il soupiré. Dès son arrivée, il lui rendit visite et lui offrit une boîte de cannelés qu'il avait achetée à la gare de Bordeaux. Paulette était folle de joie et le prit dans ses bras. Jeannot, lui, serra sa main docilement. Aucune lueur de ses yeux n'indiquait qu'il savait qui il était. Mais Léonard fit comme s'il ne s'apercevait de rien et le félicita pour sa bonne mine, constituée en réalité d'une dizaine de vaisseaux sanguins éclatés. Cette démarche effectuée, nous rentrâmes à la maison et Léonard put enfin inspecter les plants de cannabis, réelle raison de sa venue.

— Il va falloir les couper dans quelques jours, annonça-t-il. Mais désolé, je ne pourrai pas revenir…

— À moi de le faire, alors ? demandai-je, stoïque.

Mon fils acquiesça en grimaçant. Peut-être par besoin de jouer les martyrs, je ne lui dis pas que Tom avait proposé de m'aider.

— Mais, t'inquiète, je vais tout te préparer, ça sera facile, me rassura-t-il.

Aussitôt dit, il alla dans son ancienne chambre – c'est ainsi qu'il l'appelait – et sortit de son sac à dos une pelote de grosse ficelle et la fit courir entre les poutres du plafond. C'est à cet écheveau que j'accrocherais les branches, tête en bas, pour les faire sécher. Il reviendrait dans quelques semaines vérifier que tout se passait dans les règles de l'art, m'expliqua-t-il. « L'atelier séchage » installé, nous déjeunâmes ensemble et il me donna plus de détails sur sa vie bordelaise. Il me parla de quelques élèves qui lui plaisaient et avec lesquels il espérait devenir copain, de Léa qui faisait du baby-sitting un soir par semaine et de l'évier qu'il avait réussi à déboucher tout seul. Il ne me posa qu'une question sur ma vie : *T'as pas un peu maigri ?*

Il y avait dans cette interrogation apparemment anodine son souci pour ma santé et mon moral, son inquiétude de n'être plus là pour me surveiller ainsi que le rappel qu'il me tenait toujours à l'œil. Alors, je répondis en riant que j'avais toujours ma petite bouée de future quinqua autour du ventre et me resservis une grosse cuillerée de hachis parmentier. Deux heures plus tard, je le raccompagnai à la gare.

— Fais surtout gaffe à l'humidité dans ma chambre. Faut pas que les fleurs moisissent ! fut la dernière recommandation qu'il m'adressa avant de monter dans le wagon.

Je regardai son TER s'éloigner avec une pointe de tristesse mais un petit sourire aux lèvres. Léonard ne doutait pas de ma capacité à gérer les plantations et, en plein marasme professionnel, cela câlinait ma faible estime de moi. Je rejoignis ma voiture en me félicitant de n'avoir pas déversé sur lui mes angoisses. D'ailleurs, je n'en parlais à personne. Marge, qui, en deux mots, les aurait comprises, s'était absentée pour trois mois. Quant à Faustine, je l'avais vue de façon épisodique. Fin août, elle avait fermé sa librairie pour s'offrir une semaine de vacances en famille sur le bassin d'Arcachon. À son retour, nous avions débriefé les derniers évènements. Pour moi, le départ de Léonard et mon histoire avec Tom. Pour elle, le comportement de son mari durant cette semaine : après avoir clamé qu'il était épuisé, il avait dormi sans arrêt, la laissant gérer seule leurs deux petites chipies excitées par l'air marin. Du coup, Faustine était encore plus fatiguée en rentrant et avait eu hâte de se remettre à travailler. Depuis, je la savais engluée dans la rentrée littéraire et les commandes de manuels scolaires. Elle m'imaginait enroulée H24 autour du corps de Tom. Nous nous donnions donc peu de nouvelles.

Jusqu'à présent, je n'avais pas mesuré combien l'illégalité marginalise. Mon compte bancaire fondait à vue d'œil. Un matin, prise de panique, je m'étais inscrite sur deux sites d'intérim après avoir bidouillé mon CV. Je m'y présentais comme rédactrice mais également comme hôtesse d'accueil et vendeuse, deux métiers qui m'étaient apparus « faisables » malgré mon inexpérience en ce domaine. Officiellement, j'avais tenu une boutique de décoration à Paris il y avait une dizaine d'années et accueilli les visiteurs dans de grands salons littéraires durant mes études. Je mesurais à quel point ces références étaient approximatives. D'un coup de Photoshop, Léonard m'aurait certainement concocté des certificats de travail plus vrais que nature, mais je n'osais ajouter au trafic de stupéfiants la falsification de documents administratifs. Sans surprise, les agences d'intérim ne me contactèrent jamais. Ce n'était d'ailleurs plus le moment. Secondée par Tom, je m'étais lancée dans la récolte du cannabis. Malgré mes gants et mes tee-shirts à manches longues, mes bras étaient éraflés et ma peau couverte de sève collante. Le sol de la maison était jonché de feuilles sèches, de la porte-fenêtre du jardin jusqu'à la chambre de Léonard. Il fut plus difficile que prévu d'accrocher tête en bas les branches aux cordes tendues par mon fils. Après plusieurs tentatives infructueuses, Tom et moi optâmes pour de grosses pinces qui servaient généralement à tenir des bâches. Il fut rapidement impossible de se déplacer dans la pièce sans buter sur une succession de rideaux végétaux qui griffaient le visage. Et ce que j'avais craint le jour où j'avais découvert que Léonard ne semait pas des framboisiers arriva : l'odeur entêtante du cannabis enflait dans chaque pièce. Comme je ne pouvais plus ouvrir les fenêtres de peur qu'elle ne parfume la rue, je vivais confinée, avec une nausée permanente. Tom apporta deux ventilateurs qu'il brancha dans la chambre de Léonard pour éviter que les fleurs ne pourrissent.

Quelques jours plus tard, Tom, qui avait commencé les enduits de sa cuisine et passait me voir en coup de vent, me trouva en pleurs, assise par terre dans mon salon, le visage blême. Je venais de vomir le peu d'aliments que j'avais réussi à avaler. Je me sentais faible et dépassée, prise dans une spirale qui m'entraînait vers le bas. Il me releva et me garda contre lui. *C'est bientôt terminé,* me murmura-t-il dans l'oreille. Mais je secouai la tête en signe de dénégation.

— Tu ne comprends pas... Je ne peux plus continuer ainsi... Je sens l'herbe, c'est incrusté dans ma peau... Je n'ose plus sortir, même pour faire des courses... L'odeur me suit partout... Je n'arrive plus à réfléchir... Je dors mal... La nourriture me dégoûte...

Tom m'écoutait, le visage grave. Soudain, il me prit la main et me conduisit dans la salle de bains.

— Prends une douche, lave-toi les cheveux et enfile des vêtements propres.

J'avais tant besoin d'être prise en charge que j'obéis sans poser de questions. Une heure plus tard, après m'avoir demandé de préparer une tenue de rechange et mes affaires de toilette, Tom me fit monter dans sa voiture. J'avais été trop lasse pour fermer la porte d'entrée et lui avais confié la clé. Je m'aperçus rapidement qu'il ne m'emmenait pas chez lui mais ne fis aucun commentaire. Si la douche m'avait redonné un peu d'énergie, j'avais le cœur lourd d'avoir craqué devant lui. La voiture emprunta une route que je n'avais jamais prise et qui s'enfonçait dans les bois avant de ressortir sur un plateau qui dominait la Dordogne. Au loin, j'aperçus un village sur un piton et la tour d'un château. L'air était incroyablement limpide et presque chaud pour un début d'automne. Alors que je pensais que nous allions atteindre le village par une route qui s'élevait en lacets, Tom bifurqua à droite dans un virage en épingle à cheveux. Au bout de quelques minutes, nous avions atteint les berges de la rivière et il se gara devant un petit hôtel qu'un guide touristique aurait qualifié d'« établissement les pieds dans l'eau ».

— Attends-moi là, princesse, je reviens tout de suite.

Il descendit du véhicule. Je le regardai à travers le pare-brise s'avancer vers l'hôtel. J'aimais toujours autant son allure, sa façon de se déplacer à la fois déterminée et aérienne. Et plus que tout, à ce moment-là, c'est sa capacité à comprendre mon désarroi qui m'étreignit. Tom revint quelques instants plus tard, le sourire aux lèvres. Il m'ouvrit la portière, attrapa le petit sac qui contenait mes affaires et me tenant par la main me guida jusqu'à la réception.

— Mais, tu vas rester avec moi ? m'inquiétai-je soudain.

Tom éclata de rire et m'embrassa sur la tempe.

— Évidemment ! Tu es folle ou quoi ? me dit-il.

Puis, murmurant à mon oreille, il ajouta :

— Tu me prêteras ta brosse à dents ?

J'acquiesçai en souriant. Et ce sourire ne s'effaça pas de mon visage jusqu'au coucher. La chambre était petite et confortable comme un nid douillet, elle sentait le propre et donnait sur la Dordogne et les falaises qui s'érigeaient sur l'autre berge. Nous fîmes l'amour lentement dès la porte refermée sur nous, Tom me gardant lovée dans ses bras jusqu'au bout. Avant le dîner, il m'entraîna au bord de la rivière que nous longeâmes sur plusieurs kilomètres. Nous parlions peu mais restions collés l'un à l'autre, épaule contre épaule, main dans la main. J'aspirais profondément l'air qui commençait à fraîchir avec le sentiment de me nettoyer de l'intérieur. Le soir, le patron de l'hôtel apporta dans notre chambre un assortiment de charcuterie et de fromages, et une bouteille de cidre. Là, je compris, aux vœux de bonheur qu'il prononça, qu'il nous croyait en voyage de noces. Dès qu'il quitta la pièce, je regardai Tom avec les yeux écarquillés.

— Tu lui as dit qu'on venait de se marier ?

— Rien de tel pour être certain qu'il nous donne la meilleure chambre, sourit-il.

Nous avalâmes tout ce qui se trouvait sur le plateau sans en laisser une miette et je bus trois verres de cidre même si, dès le premier, ma tête avait commencé à tourner. Repue, je m'allongeai sur le lit et Tom enleva mes chaussures.

— Arrête, lui dis-je, j'ai l'impression d'être Rose…

Pourtant, je me laissai faire. J'étais épuisée mais enfin détendue, le ventre plein. Une fois nue, je me glissai sous les draps. Tom éteignit la lumière et se coucha à côté de moi.

— Tu ne te déshabilles pas ? murmurai-je.

Il m'assura à voix basse qu'il allait le faire. Quand je me réveillai au bout de huit heures, il n'était plus là…

Melun – Octobre – 20 h 15

Il pleut des seaux et nous nous sommes réfugiés dans une brasserie proche de la gare où il m'a incitée à commander à manger. Lui s'attaque à un bœuf bourguignon tandis que je remue du bout de la fourchette de la salade flapie. J'ai cru qu'un peu de verdure me redonnerait de l'énergie. Raté, elle me file la nausée.

— Et après ? m'encourage-t-il.

— Vous n'avez pas encore compris ?

Je laisse échapper un petit rire ironique. Il hoche la tête négativement. Avec le recul, je vois très bien comment les éléments se sont imbriqués. D'un ton pédagogue, je lui demande de faire un effort :

— Je me réveille, Tom n'est plus là. Et vous n'avez aucune idée de ce qui se passe ? Alors que la fin, vous la connaissez !

Il hoche à nouveau la tête.

— Non, je suis désolé mais je ne vois pas…

Je repose ma fourchette. Ce n'est peut-être pas si facile à deviner. D'ailleurs, moi, il m'a fallu du temps…

Sainte-Caprine – Septembre

Après avoir vérifié qu'il n'était pas dans la salle de bains, je descendis à l'accueil. Peut-être y prenait-il son petit déjeuner. Mais je ne pouvais oublier que le drap à mes côtés n'avait pas été rabattu. Tom ne s'était pas couché. Le patron m'assura qu'il n'avait pas vu « mon mari » et j'eus honte de ce qu'il devait penser de ce voyage de noces. Je tentai d'adopter une attitude nonchalante alors qu'au fond de moi, je paniquais. Je me rendis sur le parking. Sa voiture n'y était pas. Je remontai vivement dans la chambre récupérer mon portable et l'appelai. En vain. Je recommençai plusieurs fois avant de trouver son téléphone coincé entre deux coussins du petit canapé sur lequel nous avions dîné la veille. Cette découverte me rassura. Quel homme abandonne une femme en oubliant son portable ? Pour me calmer, je m'assis sur le lit et énumérai les évènements de la veille à partir du moment où Tom m'avait demandé de me laver. Je cherchais à me connecter à son attitude, à ses gestes, à ses mots, espérant me souvenir d'une information qui expliquerait son absence. Malgré mes efforts, rien ne me revint en mémoire. Je regardai l'heure sur mon smartphone. Il était maintenant sept heures du matin et je ne savais toujours pas depuis quand il avait disparu ni pour quelle raison. Soudain, je me redressai et attrapai son téléphone. Rose ! Pourquoi n'y avais-je pas pensé plus tôt ? Elle avait dû l'appeler en urgence pour un problème dont elle avait le secret et il avait accouru en me laissant reprendre des forces. Malheureusement, je ne parvins pas à déverrouiller l'écran. Je me sentis aussi lésée que si j'avais suivi un inconnu. Mon cerveau en surchauffe commença à adhérer à cette vérité : Tom était un inconnu. C'est à ce moment-là que la porte s'ouvrit et qu'il apparut sur le seuil, un plateau de petit déjeuner dans les mains. Il ne sembla pas surpris en me voyant habillée, le patron l'avait certainement prévenu que je le cherchais. En revanche, ma colère le heurta de plein fouet.

— Quand je t'ai demandé si tu allais rester, tu m'as répondu que j'étais folle ! lui criai-je au visage.

Il se dépêcha de poser le plateau sur la table basse et me prit les mains, peut-être de peur que je ne le frappe.

— Mais je pensais m'absenter une ou deux heures… Tu dormais si bien…, plaida-t-il.

D'un geste brusque, je récupérai mes mains et m'éloignai vers la fenêtre. Mon cœur battait contre ma poitrine et faisait vibrer ma gorge.

— T'absenter pour quoi faire ?

Tom soupira. Que mes questions qui me semblaient légitimes le lassent décupla ma colère.

— Tu me déposes ici, tu me fais boire et tu me couches ! Tu m'as pris pour Rose ou quoi ?

En un éclair – les révélations arrivent souvent ainsi, vives et lumineuses comme la foudre – la vérité se fit jour : Tom avait une double vie. Il n'avait pas prévu de passer cette nuit-là avec moi, il me l'avait dit. Malheureusement, mon état l'avait inquiété, il avait voulu être une belle personne mais il était attendu ailleurs, alors, il m'avait abandonnée à mon sommeil. Ses travaux, Rose, tout ça était des mensonges. D'ailleurs, je remarquai enfin qu'il avait pris une douche et s'était changé. Ce détail termina de me convaincre qu'il avait passé la nuit dans les bras d'une autre.

— Ramène-moi chez moi, ordonnai-je, abrupte.

Tom tenta de s'expliquer mais je ne lui en laissai pas l'occasion. Je ne voulais rien savoir, je voulais rentrer et cacher ma fureur sous ma couette. Tom récupéra son téléphone et me suivit jusqu'à la voiture dans laquelle je m'assis, visage ostensiblement tourné vers la vitre. Avant de démarrer, il essaya à nouveau de me parler mais je lui opposai un silence glacé et il renonça. Je savais que ce jour viendrait parce qu'il ne pouvait en être autrement. Les couples se forment souvent par intérêt, qu'il soit pécuniaire ou intellectuel. Il n'y avait aucun intérêt à être mon compagnon. Je n'avais rien à apporter, j'étais un boulet, une femme sur le déclin et sans avenir. La seule chose qui me consola fut que je ne l'avais présenté ni à Léonard ni à mes amies. Et, à la recherche d'une branche à laquelle me raccrocher dans cet abîme sentimental, je me félicitai d'avoir été si prévoyante. Plus les kilomètres me rapprochaient de la rupture définitive, plus je me persuadais que je n'étais pas faite pour connaître l'amour vrai et durable, et que j'en ferais mon affaire. Lorsque Tom se gara devant chez moi, je descendis sans le regarder ni lui dire au revoir. Il y a des moments qu'il vaut mieux ne pas imprimer dans sa rétine. Je l'entendis ouvrir sa portière et marcher derrière moi. Mon corps se raidit à l'idée qu'il cherchât à m'embrasser ou à s'expliquer et je me dépêchai de fouiller dans mon sac pour sortir ma clé.

— C'est moi qui l'ai, dit-il en me la tendant.

Je m'en voulus d'avoir oublié que la veille il avait fermé ma porte. Je l'attrapai sans un remerciement et la glissai dans la serrure. Quelques secondes plus tard, je me trouvais dans mon salon avec le sentiment que quelque chose clochait. Tom, à qui je n'avais pas eu le courage de refermer la porte au nez, se tenait en retrait, me laissant le temps de scanner chaque millimètre de la pièce. La première chose qui me déstabilisa fut le bouquet de fleurs fraîches posé sur la table basse. La seconde fut l'odeur ou plutôt l'absence d'odeur. Je me mis à renifler suspicieusement jusqu'à la chambre de Léonard et quand j'y pénétrai, je faillis défaillir.

Le ridicule ne tue pas mais ridiculise. Et ce ne fut pas si aisé de retrouver la face après mon comportement de la matinée. Heureusement, Tom n'avait pas compris que je le soupçonnais d'avoir une maîtresse. Selon lui, sa disparition avait suffi à ma fureur. Comme il me l'expliqua longuement, en me regardant dormir, il avait décidé de me faire une surprise. Il avait ma clé, il s'en servirait, persuadé de n'avoir besoin que de deux ou trois heures pour mener à bien son entreprise.

— Ce qui m'a mis dedans, c'est ces foutus sacs-poubelle ! Quand je suis arrivé chez toi, j'ai trouvé un rouleau de cinquante litres dans la cuisine mais ce n'était pas suffisant. Alors, j'ai dû aller chez moi récupérer ceux dont je me sers pour les gravats.

— Mais il était quelle heure ? demandai-je, accrochée à ses lèvres.

— J'ai quitté l'hôtel vers minuit… je ne sais pas… minuit quarante.

Son but étant de me débarrasser du fardeau illicite et trop odorant, il avait décroché les plants qui devaient de toute façon terminer de sécher dans des grands sacs laissés ouverts. Après avoir nettoyé la chambre de Léonard des ficelles tendues entre les poutres et de toutes les feuilles tombées au sol, il s'était attaqué au salon.

— Mais les sacs, ils sont où ? m'inquiétai-je pour la forme.

Je me doutais bien qu'il les avait emportés chez lui. Il me le confirma.

— À quel moment tu as fait le bouquet ?

Tom sourit. Une heure que nous étions allongés enlacés sur le canapé, et, tandis que ses paupières se fermaient par intermittence, je le bombardais de questions auxquelles il répondait avec précision.

— Quand tout a été propre et que j'ai chargé les sacs dans ma voiture, je me suis dit que c'était ce qui manquait… J'ai tout déposé dans une grange, j'ai cueilli les fleurs à côté du potager, je me suis cassé la gueule parce qu'il faisait noir, du coup, j'ai pris une douche et je suis revenu les mettre dans un vase… que j'ai cherché un bon moment… et je suis venu te rejoin…

Et il s'endormit. Je restai blottie contre lui à savourer ma chance. Peu à peu, un petit ronflement pareil à un moteur de ventilateur chatouilla mon oreille. Je serais bien allée faire pipi mais je n'osais bouger. Il méritait de se reposer et moi de me foutre des baffes pour m'être braquée si radicalement sans lui laisser une chance de se justifier. Je fermai les yeux à mon tour et m'imaginai m'installer chez Tom. Je n'y avais jamais pensé jusqu'à présent et l'idée me parut apaisante. Ne plus vivre seule, être épaulée, avoir des projets en commun… Je m'imaginais dans sa cuisine qui serait bientôt restaurée, me vis en train de nous préparer le petit déjeuner, d'y déposer des légumes du jardin, d'accueillir des vacanciers. Un nouveau pan de ma vie s'ouvrait à moi, une vie où je ne serais plus seule à gérer des problèmes, où je ne courrais plus après les éditeurs. Seulement Tom et moi.

Je ne prévins pas Léonard du déménagement de sa cargaison. Il m'avait dit que ses études lui prenaient beaucoup de temps, qu'il travaillait régulièrement à la bibliothèque et que, par souci d'économie, il préférait ne pas faire des allers-retours en Dordogne. Je l'assurai juste que tout se passait bien, que je gérais et il me crut. Un soir, j'abordai avec Tom le problème de la présence de Rose. Il m'avoua qu'il n'avait aucune piste pour s'en débarrasser ; en revanche, il m'expliqua qu'elle allait nous être utile.

— À part m'empêcher de mettre les pieds chez toi, je ne vois vraiment pas en quoi elle peut nous aider ! m'insurgeai-je.

Peut-être parce que le cannabis séchait dans une de ses dépendances, Tom était beaucoup plus sur le coup que moi. C'est ce que je découvris quand il m'expliqua qu'il faudrait bientôt « trimer » les têtes. Je le regardai sans comprendre. À l'en croire, c'était maintenant que tout commençait.

— Il faudra tailler chaque tête pour enlever les feuilles. Un peu comme une manucure. C'est hyper-long et ennuyeux mais on ne peut pas y échapper. C'est là qu'on va attirer les meilleurs acheteurs et en tirer le meilleur prix, me certifia-t-il.

Et comme on ne pouvait pas compter sur Léonard et Léa, il avait prévu de demander à Rose de le faire avec nous. J'eus du mal à accepter mais Tom insista : nous n'avions pas le choix. Plus vite l'herbe serait prête, plus vite nous pourrions la vendre et plus vite je toucherais mon argent.

— Combien tu crois que je peux gagner ? demandai-je.

— Dans les vingt mille euros, j'imagine.

— Mais, Rose, il faudra bien que je la paie ! Et franchement, j'avoue qu'après ce qu'elle m'a fait, cette idée me crispe un peu…

Tom se mit à rire.

— Elle me squatte depuis des mois et t'a causé beaucoup d'ennuis. Elle nous doit bien ça et elle le fera gratuitement, je te le garantis.

Melun – Octobre – 21 heures

Je me rends compte que c'est ce jour-là que Tom s'est mis à utiliser nous à chaque fois qu'il était question du cannabis. Ce que nous devrions faire. Ce qui nous attendait. À aucun moment, je n'ai pensé qu'il s'appropriait le projet de Léonard devenu mien. Il avait une façon si tendre de dire nous. Tout aurait pu être différent si je n'avais pas été dans une situation économique si précaire. C'est cela qui m'a aveuglée. J'avais besoin de répit et seul l'argent de la vente saurait me le donner. Bien sûr, il y a un tas de gens bien plus pauvres qui ne deviennent pas tous des dealeurs. Et il existait sûrement d'autres solutions, on ne va pas se priver de me le dire. J'ai agi comme une petite-bourgeoise qui a peur du déclassement. Ces gens-là, qu'ils aillent se faire foutre parce que, question emmerdes, je n'ai de leçon à recevoir de personne. Ce que je ne comprends toujours pas, c'est pourquoi Tom ne m'a pas prévenue de la suite.

— Je veux être honnête avec vous, dit soudain l'homme en me sortant de mes réflexions. Vous ne devriez pas raconter votre version des faits à quelqu'un d'autre que moi…

— Attendez la suite… Vous croyez à l'amour ?

Il vide d'un trait sa tasse de café. Aucune chance qu'il dorme même trois heures après ça.

— Oui… enfin, ça dépend… Si ça pousse à se conduire comme vous l'avez fait, j'y mets un gros bémol, me dit-il dans un sourire étonnamment doux.

Sainte-Caprine – Septembre

Le dernier mardi de septembre, Léonard m'envoya un SMS pour prendre des nouvelles du séchage. Il envisageait de passer le samedi à la maison avec Léa afin qu'on *cale la suite.* J'hésitai longuement avant de lui répondre. Je ne lui avais toujours pas dit que la cargaison avait déménagé, cela aurait donné lieu à des reproches. Une fois encore, penserait-il, j'avais trop parlé et mis un étranger dans la confidence. Néanmoins, j'avais envie qu'il sache que je prenais les choses en main et qu'il pouvait se concentrer sur ses études. Au fond de moi, j'avais l'intuition que Tom, contrairement à mon fils et à moi, saurait trouver la personne qui achèterait toute la production. Non seulement cela me permettrait de toucher une grosse somme d'un coup, mais cela m'éviterait surtout de risquer des ennuis à chaque vente. Je n'avais ni envie que Léonard se mette à dealer dans sa fac, ni suffisamment d'égoïsme pour vendre moi-même de la drogue à de jeunes paumés. Je choisis donc de mentir à mon fils en lui disant que je n'étais pas disponible le samedi en question et lui annonçai que je viendrais le voir la veille à Bordeaux. Et c'est ce que je fis, avec une tête de cannabis enfermée dans un pot de confiture vide, pot que je dissimulai dans le cache de la roue de secours de la Fiat. Plus que jamais, je conduisis en respectant les limitations de vitesse, à l'affût du moindre radar ou appel de phare qui me signalerait la présence des gendarmes sur le bord de la route. Même si cette maigre cargaison ne risquait pas de m'envoyer en prison, mon esprit s'emballait. Je n'étais plus Clara Tallane mais la conductrice d'un *go fast* convoyant des tonnes de stupéfiants. Et c'est portée par l'adrénaline que je me garai enfin devant l'immeuble bordelais de *ON* deux heures plus tard.

ON n'avait pas pris autant de soin à me recevoir que la première fois et je pus enfin voir à quoi ressemblait sa vie d'étudiant. La vaisselle s'entassait dans l'évier, du linge débordait de la machine à laver et sur la table du fameux salon/salle à manger, livres de cours et tasses sales cohabitaient. Léonard me reçut en caleçon et tee-shirt. Il sortait de la douche après une journée passée dans des amphis surchauffés. Léa, m'expliqua-t-il, était allée boire un verre avec ses nouvelles copines. Il se mit à débarrasser rapidement la table en avouant qu'ils avaient du mal à trouver le temps de faire le ménage. Je lui proposai mon aide qu'il accepta avec soulagement. En fait, le problème, poursuivit-il en s'attaquant à la vaisselle pour me donner une tasse propre, ce n'était pas tant le temps que ça demandait que le fait qu'il était le seul à ranger.

— Elle est bordélique, maman, tu peux pas savoir comment ! lâcha-t-il.

J'éclatai de rire et inspirai malgré moi l'odeur fétide de la poubelle que j'étais en train de fermer.

— Pourquoi tu ris ? s'étonna Léonard.

— Mon chéri, Léa a habité pendant des mois à la maison. Alors, oui, je peux savoir à quel point elle est bordélique. Je m'étonne que tu ne t'en sois pas aperçu avant, c'est tout.

— Tu veux un thé ? me demanda-t-il d'un air renfrogné. Le truc, c'est qu'on s'était dit que ça serait cool d'avoir un appart propre. À la maison, c'était propre, non ?

— Oui… Je pose le sac-poubelle dans l'entrée, on le descendra quand je partirai.

Léonard acquiesça et, pendant que l'eau chauffait dans la bouilloire, il exprima son désarroi. Léa et lui s'aimaient toujours mais il trouvait difficile de vivre en couple. Il avait l'impression de faire plein de compromis alors qu'elle n'en acceptait aucun.

— Quoi comme compromis ? demandai-je, soudain inquiète du mal-être de mon fils.

Léonard m'entraîna dans le salon et y posa ma tasse de thé fumante et une canette de soda pour lui. Nous nous assîmes autour de la table.

— Ben… je sais pas… Par exemple, le mardi soir, on a le temps de faire les courses pour la semaine après les cours, on sort vers quinze heures… Y a deux semaines, sans me prévenir, elle s'est inscrite à un cours de zumba et du coup, les courses, c'est moi qui les fais. Pareil pour le ménage. On s'était dit qu'on se gardait le dimanche matin pour tout cleaner. Et dimanche dernier, elle est partie avec une copine passer la journée à Arcachon. Et j'ai nettoyé tout seul.

— Mais toi, t'as pas de copains ?

— Si, mais je les vois à des moments où y a rien de prévu avec Léa.

Je hochai la tête, cherchant quel conseil lui donner dans un domaine où j'étais loin d'être experte.

— L'important, c'est de ne pas emmagasiner de la rancœur pour des sujets finalement assez bêtes. Parle-lui-en calmement et peut-être que vous pourriez instaurer une nouvelle organisation qui vous conviendrait à tous les deux. Un tableau avec les corvées à accomplir comme font certains colocs. C'est une bonne idée, non ?

Léonard acquiesça à nouveau. À l'évidence, cette conversation et mon aide lui faisaient du bien. Je saisis mon sac dans lequel j'avais rangé, en descendant de voiture, le pot de confiture, et le sortis.

— Regarde ce que maman Escobar a apporté ! dis-je pour l'amuser.

Il ouvrit le pot et fit glisser la tête en forme de larme poilue dans le creux de sa main. Aussitôt, un parfum piquant s'éleva dans la pièce. Léonard la porta à ses narines puis l'inspecta soigneusement.

— Elle a l'air chouette ! Y en a beaucoup ?

— Pas mal pour des débutants, répondis-je avec une certaine fierté.

En quelques mois, j'étais passée de farouche opposante à amatrice éclairée.

— Tu en as apporté d'autres ?

Je hochai la tête négativement. Léonard grimaça. Il aurait pu commencer à en vendre. Il avait plein de potes qui fumaient des pétards. Le moment était venu de lui annoncer que ce n'est pas ainsi que ça se passerait.

— On n'a pas pris autant de risques, Jeannot et tout ça, pour vendre dans cet état à des étudiants. Vingt balles par-ci, trente balles par-là, on n'en verra jamais le bout. En plus, je refuse de dealer à des jeunes. Alors, d'abord, je vais « trimer » les têtes pour obtenir un produit nickel et viser une vente en gros, expliquai-je avec autorité.

Léonard me regarda avec de grands yeux ahuris.

— Mais d'où tu sais tout ça, toi ? demanda-t-il enfin.

— Internet, mon chéri. J'ai visionné des tonnes de tutos.

— OK…, dit-il, visiblement soufflé.

— Maintenant que tu as vu que tout roulait, tu te consacres à tes études et à ta relation avec Léa, et tu me laisses m'occuper du reste. Je te dirai quand j'aurai vendu.

Peu habitué à me voir si sûre de moi, mon fils accepta sans discuter. Peut-être que je venais de lui enlever une belle épine du pied.

Marge, rentrée de son tour d'Europe, me téléphona pour qu'on se voie. En entendant sa voix, je pris conscience qu'elle m'avait manqué. Je lui proposai de passer à la maison. Elle arriva pour le déjeuner, après m'avoir fait jurer de ne rien préparer, elle apportait ce qu'il fallait. Elle posa sur la table un plat de cannellonis encore brûlant.

— J'ai pris au moins trois kilos pendant mon séjour à Rome mais je n'arrive pas à décrocher des pâtes. Alors, j'ai cuisiné ce matin en me jurant que ce serait les dernières que je mangerais. À partir de demain, je me mets à la diète ! annonça-t-elle avant de m'embrasser.

Je ne savais pas où avaient pu se loger ces trois kilos. Son physique était toujours aussi époustouflant.

— Mais c'est vraiment avec toi que je voulais partager cette merveille hautement calorique ! poursuivit-elle.

— Je suis flattée ! Et hypercontente : mon frigo est vide. Depuis que Léonard est à Bordeaux… expliquai-je avec un petit haussement d'épaules qui voulait dire que je m'étais affranchie de la corvée des courses.

Je me dépêchai de mettre le couvert avant que le plat ne refroidisse et nous nous assîmes autour de la table basse. Sitôt installée sur le canapé, Marge me servit copieusement. Je l'interrogeai sur son périple – elle avait exposé dans quatre capitales européennes – et elle me fit un résumé de ce qui avait été une tournée couronnée de succès.

— À Londres, ça a hyper bien marché mais j'ai détesté le galeriste… Un type prétentieux qui avait tout vu et qui balançait citation sur citation. Genre : *Comme disait Untel… Bla bla bla…* J'avais tout le temps envie de lui demander si son cerveau était un recueil de citations ou s'il avait sa vie propre. Heureusement, il avait un carnet d'adresses long comme le bras et mon travail a beaucoup plu. Après, j'ai exposé à Prague. Très jolie ville bien sûr mais il faut aimer les pommes de terre bouillies. Au bout de dix jours, j'en pouvais plus, même si j'ai rencontré plein de gens très cool. Bruxelles, c'était génial. La fille qui m'exposait m'a commandé une autre exposition pour l'année prochaine. Mais le plus délirant, c'était Rome ! J'ai fait la fête, picolé et mangé ! Et même refusé une demande en mariage !

— De qui ?

Marge ne répondit pas immédiatement. Elle plissa la bouche puis inspira, donnant l'impression que ce refus n'avait pas été si aisé à formuler. Il s'appelait Amato et tenait un grand restaurant derrière le Colisée. Ils avaient flirté.

— Crois-moi, il était drôle et beau. Mais je n'ai pas pu aller plus loin, grimaça-t-elle. Et j'ai fui.

Ses yeux se mirent à briller et la peau de son menton se crispa par intermittence. Je me dépêchai de la rejoindre sur le canapé et l'enlaçai. Au moment où mes bras entourèrent ses épaules, une déferlante de souffrance trop longtemps contenue s'échappa de son cœur. Je la berçai contre moi avec des petits mots apaisants jusqu'à ce qu'elle se calme. Enfin, sa respiration se fit à nouveau fluide et régulière. Elle attrapa une feuille de Sopalin et se moucha dedans.

— Excuse-moi, murmura-t-elle. Je ne tournerai jamais la page… Il me manque trop…

Je savais qu'elle ne parlait pas d'Amato mais de son mari défunt. Elle se redressa et tapa du plat des mains sur ses cuisses pour chasser la tristesse.

— À ton tour ! Quoi de neuf ?

Depuis le coup de téléphone de Marge deux heures avant, je n'avais pas pris le temps de faire le tri de ce que je pourrais ou non lui confier. Je décidai de faire l'impasse sur le cannabis et lui donnai des nouvelles de Léonard, de mes recherches, pour l'instant infructueuses, de nouveaux éditeurs, et m'attardai sur ma relation avec Tom.

— J'ai de la chance. C'est vraiment un mec très bien, dis-je pour clore le sujet.

Marge, qui n'avait pas oublié qu'avant son départ mon salon ressemblait à une jardinerie, me demanda où j'en étais des plantations de mon fils. Avec un soupir de soulagement, je répondis qu'elle avait vu juste :

— Tout a cramé cet été. Tu peux pas savoir comment j'étais contente !

Marge rit et avoua qu'elle aussi était soulagée pour moi.

— Je ne voulais pas t'inquiéter à l'époque mais franchement, je me faisais du souci pour toi. Tu aurais vraiment pu t'attirer plein d'ennuis !

Je lui souris le plus naturellement possible. Méritais-je autant de sollicitude ? Bien sûr que non.

Nous nous quittâmes vers quinze heures avec le projet d'organiser un dîner en compagnie de Tom. Il était temps qu'elle rencontre l'homme de ma vie. Je promis de la rappeler très vite. Pourtant, une petite voix intérieure me murmurait que je ne le ferais pas.

Ce fut au tour de Faustine de téléphoner quelques jours plus tard. Je vis son nom s'afficher sur l'écran de mon portable mais ne pus lui répondre. Mes yeux se posèrent sur la tête de cannabis que j'étais en train de « manucurer » à l'aide d'un petit sécateur, les mains recouvertes de fins gants en vinyle. Une fois la forme parfaite atteinte, je la posai dans un bac et en saisis une nouvelle dans le sac-poubelle ouvert sur la table. En face de moi, Rose. Nous avions commencé à « trimer » la veille dans la cuisine de Tom. Après les premiers tâtonnements, nous avions trouvé notre rythme de croisière. Selon mes calculs – ce travail minutieux et monotone était propice aux mathématiques –, il nous faudrait encore deux journées de huit heures pour venir à bout de la récolte. Et déjà, l'odeur entêtante imprégnait chaque millimètre de ma peau, de la racine des cheveux à mes orteils, et mon sweat-shirt luisait de résine collante. Tom terminait de monter un mur en pierre sèche le long de son potager et nous rejoignait pour nous offrir à boire ou préparer le déjeuner, et s'assurer que nous ne nous étripions pas. Revoir Rose avait été une épreuve. Et ma rancœur à son égard s'était réactivée quand j'appris qu'elle avait accepté la demande de Tom « avec plaisir ». Pas un instant, je ne crus qu'elle agissait par culpabilité. « Trimer » était une des nombreuses activités proposées par ce club de vacances périgourdin où elle squattait. La semaine précédente, elle avait planté des salades et repeint une sellette qui trônait maintenant près de la cheminée. Ses volumineux bagages devaient d'ailleurs contenir une tenue pour chaque moment, à croire que le stage « manucure de cannabis » était déjà prévu. Elle portait une ample surchemise rose pâle très élégante et « trimait » sans gants avec vélocité, actionnant son sécateur comme des ciseaux à ongles. Je jetai un regard vers son bac. Il se remplissait plus vite que le mien.

— Tu sais que Tom a une copine ?

Je relevai brusquement la tête. Nous n'avions pas échangé un mot la veille, moi un simple hochement de tête, elle, un sourire surfait. Et aujourd'hui, il en était de même. Nous ne parlions qu'à Tom et seul Tom nous parlait. Cela me convenait parfaitement et me permettait de laisser mon esprit vagabonder. Rose me regardait, attendant ma réaction. Je choisis de ne pas répondre. Elle poursuivit :

— Aucune idée de qui c'est. Il veut rien me dire. Mais je crois pas que c'est sérieux entre toutes les deux.

— Vraiment ? Et pourquoi ? ne puis-je m'empêcher de demander.

— Parce que je le connais très bien. Et il n'a pas du tout l'air *enamored*, lâcha-t-elle avec un sourire satisfait que j'eus envie de lui faire ravaler au fond de la gorge.

Je me contentai de hausser les épaules et cherchai à retourner dans ma bulle. Mais cette garce de Rose, intentionnellement ou non, avait réussi à me déstabiliser. Savait-elle d'où venait cette herbe et à qui elle appartenait ? Certainement, sinon ma présence l'aurait étonnée. Mais quelles raisons avait avancées Tom pour expliquer qu'il cherchait à m'aider ? Nous étions censés peu nous connaître. Au bout de quelques minutes, je me convainquis que Rose avait compris que j'étais cette « copine ». Et l'esprit vengeur, je lâchai :

— L'amour, c'est quoi ? Du moment qu'il baise bien… Et il baise bien.

Je me surpris moi-même en entendant ces mots sortir de ma bouche. Ils ne reflétaient ni ma pensée ni ma façon de parler mais ils firent mouche. Rose posa le sécateur sur la table et me lança un regard suspicieux.

— C'est toi ? dit-elle d'un ton incrédule.

Mon cerveau cogita à toute vitesse. Le fait qu'elle venait de reposer son outil indiquait qu'elle pouvait à tout instant démissionner, me laissant terminer seule. Je décidai de jouer dans mon intérêt. Ce n'était pas si fréquent. Alors, j'éclatai de rire et l'assurai que c'était une blague : je n'avais aucune relation sexuelle avec Tom. Elle lâcha un soupir de soulagement et reprit son sécateur.

— Tu n'es pas du tout dans son genre ! Il t'appelle « la petite intello » ! se rengorgea-t-elle.

La petite intello ? Bien entendu, devant Rose, il ne pouvait dire que j'étais une bombe ou sa fiancée, elle lui aurait arraché les yeux. Mais il aurait pu trouver mieux que « la petite intello ». Je jetai dans mon bac la tête que j'avais terminé de « trimer », murmurai que j'allais me dégourdir les jambes et quittai la cuisine sans enlever mes gants. Je m'avançai vers le jardin potager. Les pieds de tomates achevaient de faner, affalés contre leur tuteur au milieu d'un tas de fumier sur lequel couraient des butternuts. Je les enjambai pour rejoindre plus rapidement Tom, penché sur le mur de pierre. Malgré la fraîcheur de cette fin de matinée, il travaillait torse nu. Au moment où il ajustait une pierre, il m'entendit approcher et se retourna.

— Tout va bien ? me demanda-t-il, un peu inquiet.

— Oui, oui, pas de souci. La petite intello a juste besoin de prendre l'air, répondis-je d'un air angélique.

— Pourquoi « la petite intello » ? s'étonna-t-il.

— Ben… je ne sais pas… Il paraît que tu m'appelles comme ça…

Tom se baissa pour ramasser une nouvelle pierre sur le tas formé à ses pieds.

— J'ai dû utiliser cette expression une fois quand elle m'a demandé ce que je pensais de toi… Te prends pas la tête…

— Je me prends pas la tête mais elle me gonfle. Elle dit que tu as quelqu'un mais que tu n'es pas amoureux. Tu n'es pas amoureux ?

Il sourit.

— Je me demande vraiment pour quelles raisons j'aurais transformé ma baraque en hangar à weed et enfermé dans la même pièce deux personnes qui peuvent y mettre le feu à tout moment si je n'étais pas fou amoureux de l'une d'elles…

— Bonne réponse. Il est très beau, ton mur.

Je tournai les talons et regagnai la maison, le pas et le cœur légers.

Melun – Octobre – 21 heures

Je lui répète pour la troisième fois, les yeux fermés :

« Je me demande vraiment pour quelles raisons j'aurais transformé ma baraque en hangar à weed et enfermé dans la même pièce deux personnes qui peuvent y mettre le feu à tout moment si je n'étais pas fou amoureux de l'une d'elles... »

Il fait tourner sa tasse vide sans me regarder. Je commence à comprendre comment il fonctionne. Il cherche quels éléments joueront en faveur de son affaire et ceux qu'il faudrait taire. Je poursuis :

— C'est cette phrase qui m'a fait tenir. C'est à cause de – ou grâce à – cette phrase que je suis là. Après avoir été abandonnée par le père de Léonard, je n'ai jamais plus fait confiance à quelqu'un. Même avec Tom, alors qu'il me donnait des preuves de son attachement, je me suis montrée méfiante et suspicieuse. Mais cette phrase, il l'a prononcée et je m'y accroche de toutes mes forces. C'est la clé de cette histoire. Vous êtes preneur ?

Il lève la tête vers moi et me fixe. Je ne détourne pas le regard. Je connais ce genre de moments suspendus où la suite d'une existence se joue. Il faut les affronter.

— Si vous me laissez y apporter quelques modifications, peut-être, répond-il enfin.

Je lui souris.

— Finalement, je vais prendre un dessert.

Et sans attendre son aval, je hèle le serveur.

Sainte-Caprine – Septembre

Le surlendemain à quinze heures, les sacs-poubelle étaient vides et les sept bacs débordaient de têtes de cannabis sculptées à la perfection. Je n'en croyais pas mes yeux et demeurais assise, quasiment en état d'hypnose. Le bruit du sécateur plongé dans le pot d'alcool à quatre-vingt-dix me sortit de ma stupeur. Face à moi, Rose se leva bruyamment.

— Maintenant, toi et moi, on est quittes ! Plus besoin que tu me fais encore la gueule ! décréta-t-elle.

Et, majestueuse, elle se dirigea vers sa chambre. Je levai les yeux au ciel. C'était tout Rose, ça. Elle avait attendu la dernière minute pour me faire savoir qu'elle avait tout compris de la situation et qu'elle avait passé trois jours à payer sa dette envers moi. Et avec quel brio ! Ses bacs s'étaient remplis plus vite que les miens et elle n'en tirerait ni remerciement ni argent. Je me mis à rassembler les bris de tiges et de feuilles sèches jonchant le sol et les versai dans un sac-poubelle. J'avais l'impression de subir un décalage horaire après avoir été enfermée dans une boutique d'épices. J'avais la furieuse envie de retirer mes gants poisseux, ce que je fis pour balayer. Les bacs attiraient mon regard. Pour avoir pesé le contenu du premier, je savais qu'ils devaient contenir presque six kilos. Je n'arrivais pas encore à croire que la vente me permettrait de payer l'Urssaf et de mettre Léonard à l'abri quelque temps. Je sortis dans le jardin et hélai Tom qui terminait son mur.

— C'est fini ! On a fini ! criai-je.

Il jeta à terre la pierre qu'il avait en main et se dépêcha de me rejoindre.

— Vous avez tout fait ? Déjà ? s'étonna-t-il.

J'acquiesçai et l'entraînai à ma suite. Il mit un pied dans la cuisine et embrassa d'un coup d'œil les bacs regorgeant de pépites d'or.

— Waouh ! Incroyable ! Je n'ai jamais vu autant de beuh de si près ! s'exclama-t-il. Bravo, vous avez assuré !

Je me jetai à son cou. Ma nuque était raide et mes épaules engourdies d'être restée si longtemps dans la même position.

— Plus jamais ça…, murmurai-je à son oreille.

Il me posa un rapide baiser dans la nuque et se dégagea pour plonger ses mains dans les têtes de cannabis qui glissèrent entre ses doigts avant de retomber sur le tas. Je le regardai faire, en souriant de cette joie un peu enfantine à toucher des objets interdits.

— On les met sous vide ? demandai-je enfin.

Je n'avais qu'une envie pourtant : rentrer chez moi et me doucher pour l'éternité. Mais la semaine précédente, Tom avait acheté une machine pour emballer la production. Il fallait nous y mettre. Nous étions convenus de faire des paquets d'un kilo.

— Tu as pu joindre la personne à laquelle tu pensais ? m'inquiétai-je. Je te donnerai une commission, tu sais !

Tom, concentré sur la balance, répondit qu'il n'avait pas encore retrouvé ses coordonnées. Quant à la commission, bien sûr, il n'en était pas question. Pendant qu'il pesait, je m'attelai au ménage de la pièce. Rose ne réapparut pas. Ni le bruit de l'aspirateur, ni celui des chaises que je déplaçai, pas plus que la curiosité de savoir combien de kilos nous avions obtenus ne la firent sortir de sa chambre. Une heure plus tard, les débris de cannabis étaient au fond du jardin mélangés au compost et six petits sacs hermétiquement fermés alignés sur la table débarrassée. Il ne me restait qu'à mettre le feu à mon sweat-shirt qui, comme on disait en Dordogne, *péguait*. Tom alla cacher notre trésor quelque part dans une de ses dépendances pendant que j'écrivais un SMS à Léonard.

6. Tout va très bien. 6.

J'espérais qu'il comprendrait et agrémentai le message de différentes émoticônes joyeuses avant de l'envoyer. Tom revint me rejoindre dans la cuisine, traînant derrière lui une longue toile d'araignée maronnasse que je lui enlevai délicatement de l'épaule.

— Je vais rentrer. J'ai besoin de me laver et de me reposer. Je te remercie d'avoir accepté qu'on fasse tout ça chez toi, c'est vraiment adorable, lui dis-je.

Tom sembla surpris que je parte aussi vite.

— Tu ne veux pas qu'on dîne ensemble pour fêter ça ? proposa-t-il.

Je refusai d'un mouvement de tête et l'enlaçai.

— On se voit demain ? lui dis-je à voix basse.

— Demain ? Ah non, merde, je dois faire un saut en Seine-et-Marne, répondit-il.

— Tu ramènes Rose ?

Tom me caressa la tête en étouffant un rire.

— Malheureusement, non. J'ai promis à Hélène de l'aider à déménager. Elle quitte son mari…

— Ah…, grimaçai-je.

Cela aurait été un bon cycle : le cannabis prêt à vendre et le plancher enfin débarrassé de Rose. Mais je ne pouvais pas tout avoir à la fois, cela n'avait jamais été mon karma. Tom promit de me donner des nouvelles rapidement. Le bruit de l'ouverture de la porte de la chambre de Rose nous empêcha de nous embrasser. Un petit geste de la main et je quittai la maison.

Melun – Octobre – 21 h 20

Je replonge ma petite cuillère dans la coupe de profiteroles. Le chocolat fondu s'est mélangé à la crème anglaise comme de la lave sur du sable. J'avale une bouchée puis reprends :

— Je n'ai d'abord pas voulu croire qu'une si belle histoire pouvait se terminer ainsi. Un échange pauvre… moi qui lâche un simple Ah… Mais on ne peut pas vivre en soignant ses paroles comme si elles pouvaient être les dernières. Combien de personnes se sont effondrées d'une crise cardiaque après avoir dit Passe-moi le sel ou Les impôts ont encore augmenté ?

Il ne répond pas alors, je conclus :

— Moi, je refuse d'enterrer notre histoire avec un Ah.

— Six paquets d'un kilo, c'est bien ce que vous avez dit ? me demande-t-il, les sourcils froncés.

— Peut-être…, je balbutie.

— Pourtant, on n'en a retrouvé que cinq… Vous êtes certaine que vous ne vous trompez pas ? insiste-t-il.

— Me tromper ? Je ne sais plus…

— Le SMS que vous avez envoyé à votre fils, vous l'avez toujours ?

Dans ma tête défilent nos échanges. Léonard m'avait aussitôt répondu :

??? Génial !!!!! T'as trouvé qui ça intéresse ?

J'avais enchaîné par un simple pouce levé. Je ne souhaitais pas qu'il se mêle de la suite. Il m'avait envoyé un cœur en retour, la plus belle des récompenses pour moi. Deux jours après, nous nous étions parlé au téléphone. Léa et lui s'étaient organisés pour mieux gérer les corvées. J'étais la plus formidable des mères, mes conseils l'avaient beaucoup aidé, m'avait-il confié.

— Bien sûr que non. Je les ai effacés. C'était convenu avec mon fils. Nous ne devions garder dans nos téléphones rien de compromettant.

Il hoche la tête, l'air préoccupé.

— Écoutez… Si on vous pose la question, dites cinq. Il sera toujours temps de rectifier plus tard, me conseille-t-il.

— OK. Je dirai ce que vous voulez… Dans l'état où je suis, j'avoue que je ne me souviens pas…

Sous la table, je serre les poings. Il faut que je fasse attention. Cinq, cinq, cinq, je me répète mentalement. La douane a trouvé cinq kilos de cannabis parce qu'il n'y en avait que cinq, comme les doigts de la main. Je crois que c'est enfin ancré dans mon cerveau. J'enchaîne pour masquer mon trouble.

— En tout cas, chez lui, il n'y avait plus rien. Dieu sait que j'ai cherché. Et pas que le cannabis… Rien que d'y penser, j'en ai des crampes à l'estomac.

Sainte-Caprine – Septembre

Le lendemain matin, je pris à nouveau une douche. Bien que je me sois récurée la veille au gant de crin et lavé les cheveux, je sentais toujours des effluves de cannabis s'élever de ma peau à chacun de mes mouvements. Après m'être aspergée de parfum – ce qui n'était pas mon habitude –, je sortis voir Faustine. En chemin, j'écoutai le message qu'elle m'avait laissé quand je « trimais ». Quelques mots amicaux déposés sur ma boîte vocale pour prendre des nouvelles.

En entrant dans la librairie qui venait à peine d'ouvrir, je déclarai :

— J'ai bien eu ton message et je viens te répondre en personne !

Faustine éclata de rire.

— Tu fais bien, je commençais à m'inquiéter !

Je contournai la caisse pour l'embrasser et m'excusai d'avoir si peu donné signe de vie.

— Tu t'es remise à travailler ? me demanda-t-elle.

Bien sûr, ç'aurait été l'explication la plus rassurante et compréhensible. J'avais du temps et un ordinateur, il était donc normal que j'écrive puisque c'était mon métier. Mais écrire autre chose que les romans de Rose demandait une force, un appétit ou même une souffrance que je n'avais pas. Et ça, c'était difficile à expliquer.

— J'essaie, mentis-je. Et je vois beaucoup Tom.

Faustine soupira d'aise. Me savoir amoureuse la ravissait. Nous eûmes à peine le temps d'échanger quelques mots qu'une cliente arriva et que le téléphone de la librairie sonna. Faustine murmura que depuis la rentrée, c'était *un peu la course.*

— On déjeune ensemble rapidement ? lui répondis-je.

Elle acquiesça et décrocha le téléphone. Je partis sans avoir regardé les livres de la rentrée littéraire. J'aurais été tentée d'en acheter et n'avais pour le moment pas les moyens. Je trouvai Paulette devant sa porte. Elle profitait de la venue de l'aide-ménagère pour aller faire quelques courses. Jeannot se remettait doucement de son AVC mais son taux de cholestérol demeurait problématique.

— Il paie les abus de toute une vie ! Elle le sait qu'il buvait comme un trou ? me questionna-t-elle avec une gourmandise un peu perverse.

Je hochai la tête négativement. J'avais appris à mes dépens que c'était un voyeur, un maître chanteur mais pas qu'il était alcoolique. Avec le temps, ma culpabilité à son égard avait disparu et ne me restait de ce pauvre bonhomme que le souvenir désagréable de son chantage.

— Elle s'en rappelle quand j'ai eu la côte fêlée ? poursuivit ma voisine.

— Non, ça ne me dit rien..., avouai-je.

Paulette soupira. Elle aurait voulu que je sois dépositaire de ses malheurs comme si c'étaient les miens.

— Non, je suis désolée, je n'étais pas au courant, insistai-je.

— Elle habitait peut-être pas encore là, admit Paulette, avant de m'expliquer que c'était son mari qui, après un apéro bien arrosé, l'avait poussée.

— Et hop ! Une côte fêlée !

Puis, baissant la voix, elle me mit en garde contre les hommes qui buvaient :

— Il en sort jamais rien de bon !

Je fis mine de regarder une montre que je ne portais pas.

— Faut que j'y aille ! Et bonjour à Jeannot quand même !

Et, la plantant sur place, je me dirigeai vers ma porte. Pourquoi ne ressentais-je aucune empathie pour cette voisine qui venait de me confier que son mari avait été violent avec elle au point de la blesser ? Mon indifférence me mit mal à l'aise jusqu'à ce que je comprenne que c'était le sadisme de Paulette, toujours incapable de s'adresser à moi autrement qu'en employant la troisième personne du singulier, qui rendait son récit inaudible. En effet, depuis le premier accident de Jeannot, elle jouissait de ses malheurs et de le voir diminué. Il était devenu sa chose, dont elle pouvait parler sur le trottoir à la première venue en des termes dégradants. Peut-être l'avait-il frappée, sûrement avait-il au fond de lui l'essence du salaud mais aujourd'hui, il était la proie des frustrations de son épouse. Le bourreau s'était métamorphosé malgré lui en victime. Paulette était donc vengée.

Vers midi, Tom et moi échangeâmes des SMS. Lui pour me dire qu'il était sur la route, moi pour lui assurer qu'il me manquait. J'avais hâte que le déménagement de sa sœur soit terminé et qu'il s'occupe de vendre l'herbe, d'autant plus hâte que je venais de consulter mes comptes bancaires et que les prélèvements de l'Urssaf et du loyer de Léonard les vidaient inexorablement. Mais je savais que le fruit de cette vente ne résoudrait pas mes problèmes financiers à long terme. Je devais me bouger pour retrouver une activité rémunérée et légale. Je ne demandais pas grand-chose mais n'était-ce pas ce que la majorité des gens espéraient, pouvoir vivre décemment ? Je grignotai en consultant les offres d'emploi régionales. Le soir, j'envoyai un SMS à Tom pour savoir s'il avait fait bonne route. Il demeura sans réponse. Je me rassurai : il avait beaucoup baroudé et était bon conducteur. J'imaginais que de retour dans son ancienne région, il avait revu des copains ou qu'il dînait en famille avec sa sœur et ses neveux. Le lendemain matin, je regardai mon portable dès mon réveil. Il était cinq heures et aucun SMS n'était arrivé pendant mon sommeil. J'en fus contrariée mais je refusai de m'inquiéter, regrettant de ne pas lui avoir demandé quand il pensait revenir. Habituée à écrire la vie de personnages, je ne pus m'empêcher d'établir l'emploi du temps qui me semblait le plus plausible. Hier journée de route, aujourd'hui déménagement, demain peut-être encore quelques allers-retours pour Hélène. Tom rentrerait vraisemblablement demain soir ou après-demain. Mais d'ici là, j'en étais certaine, il me donnerait des nouvelles. Afin de tromper mon attente, je fis la seule chose que je savais faire : je me mis à écrire une histoire pour la jeunesse. Cela faisait longtemps que je n'avais pas renoué avec ce style, mais l'envie de légèreté me poussa à reprendre un vieux manuscrit inachevé, commencé quand Léonard était enfant, et que j'avais appelé : *Maman a un amoureux*. En relisant la trentaine de pages écrites alors, je ressentis à quel point j'étais à l'époque en quête d'amour. Sidonie vient de découvrir que sa maman a un amoureux et raconte avec la lucidité féroce de son âge – dix ans – combien cette dernière lui semble immature et idiote. Je changeai d'abord quelques phrases puis poursuivis le récit là où je l'avais arrêté, sûrement pour commencer un nouveau scénario. Le soir arriva sans message de Tom. Tout l'après-midi, j'avais lutté contre l'inquiétude. Non pas que nous ayons déjà établi une sorte de rituel avec des SMS envoyés régulièrement mais il n'avait encore jamais laissé un des miens sans réponse. Je lui téléphonai donc vers vingt heures et tombai directement sur sa boîte vocale. Je ne laissai pas de message. Après une nuit sans sommeil, je réitérai mon appel sans plus de succès. Vers neuf heures du matin, je décidai de faire ce que je m'étais juré de ne pas faire : aller demander à Rose des nouvelles de Tom.

J'arrivai devant la ferme un peu avant midi. Je ne voulais pas surprendre Rose au réveil dans un de ses peignoirs transparents. Ne pas voir la voiture de Tom me serra brièvement le cœur même si je m'y attendais. Mais c'est la première fois que je venais chez lui en son absence. Je toquai à la porte avant de l'ouvrir. Elle résista. J'actionnai plusieurs fois la poignée. En vain. Je soupirai. Rose avait sûrement fermé à clé avant d'aller se coucher et n'avait pas encore mis un pied dehors. Je frappai contre le carreau un peu plus fort et tendis l'oreille. Aucun bruit ne me parvint de l'intérieur. Je longeai la maison jusqu'à la fenêtre de sa chambre en la maudissant.

Ses volets étaient clos et je les frappai fortement du plat de la main.

— Rose ! C'est moi ! Clara !

Si elle dormait, ce que je suspectais, ce vacarme la réveillerait. Pourtant, il resta sans effet. Je fis alors le tour de la maison, m'avançai vers le potager, puis me souvins que le jour de mon réveil à l'hôtel, quand j'avais découvert qu'il avait nettoyé ma maison grâce à ma clé, Tom avait évoqué le fait qu'il laissait toujours un double de la sienne dans un trou du mur près de sa porte d'entrée. Je m'y précipitai et commençai à scruter chaque pierre à la recherche d'une petite cavité. Mon souvenir devait être tronqué : c'est sur le linteau de la porte que je trouvai une clé plate et poussiéreuse. Je la saisis et l'enfonçai dans la serrure. Je n'aimais pas entrer chez des gens en leur absence. Cela avait quelque chose d'impudique. La porte s'ouvrit aussitôt.

— Rose ! Tu es là ? criai-je en pénétrant dans la cuisine.

Je fis quelques pas dans la pièce, étonnée par le désordre inhabituel. Tom était parti depuis deux jours et déjà Rose maltraitait sa maison. J'étais convaincue maintenant que j'allais buter sur son corps aviné et une sourde colère monta en moi. La petite voix intérieure que je connaissais bien me conseilla de faire demi-tour. Je ne gagnerais que des ennuis à rester ici. Si Rose était en plein coma éthylique, tant pis pour elle ! Elle survivrait, les garces survivent à tout. Mais j'étais plus curieuse que cette voix et le besoin de savoir si Tom allait bien m'incita à avancer dans la pièce. Les chaises étaient repoussées dans un coin, comme si on avait cherché, sans ménagement, à faire de la place. Les deux tiroirs de la grande table béaient. Les coussins du canapé que Tom avait récupéré dans un vide-maison traînaient aux quatre coins du salon. L'un avait roulé presque dans l'âtre de la cheminée et était recouvert de cendres. Je me tournai vers le coin cuisine. Je ne l'avais pas remarqué en entrant mais les placards eux aussi étaient ouverts et gisait au sol la vaisselle fracassée. Tom avait été cambriolé ! Je me rendis rapidement vers la chambre de Rose. Ce n'est pas complètement saoule que je risquais de la trouver mais saucissonnée ou morte. J'ouvris la porte lentement, de peur de marcher dans une mare de sang, en cherchant à me souvenir du numéro de la police – je n'ai jamais su s'il fallait faire le 15, le 17 ou le 19. Ni corps ni sang, mais le lit avait été retourné et les bagages fouillés. Je courus jusqu'à celle de Tom. Même constat : la maison avait été complètement mise à sac. Je téléphonai à Tom pour le prévenir et lui laissai un message lui intimant de me rappeler en urgence. Je ne savais que faire. Je retournai dans la cuisine et me demandai ce qu'on avait volé. Son enceinte avait roulé sous un meuble, la petite coupelle où il mettait ses pièces jaunes était toujours pleine. Dans la chambre de Rose, j'avais aperçu ses colliers en strass. Tout cela n'avait pas beaucoup de valeur mais, quitte à cambrioler, pourquoi ne pas prendre cela également ? D'ailleurs, qu'est-ce qui avait de la valeur dans cette ferme ? Soudain, je compris : le cannabis ! MON cannabis ! Je traversai la pièce et courus jusqu'aux dépendances. Je n'avais malheureusement aucune idée de l'endroit où Tom avait caché les sacs. Le seul indice dont je disposais, c'est qu'il devait y avoir des toiles d'araignées. Il y en avait dans chaque bâtiment, même dans celui qui nous avait servi de nid et que nous n'utilisions plus depuis que Tom venait chez moi. Je cherchai partout, poussant des outils que des mains malveillantes avaient jetés au sol, escaladant des pots ébréchés, jusque dans le moteur du tracteur délabré et même sous la remorque. Ma rage ne faisait qu'augmenter avec la certitude que c'était mon bien qu'on était venu dérober. L'outillage flambant neuf de Tom, sa perceuse, son taille-haie, les batteries et leur chargeur, sa tronçonneuse, rien de ce qu'il avait investi pour ses travaux n'avait été emporté. Seulement fracassé sur le sol en béton des différents corps de ferme. J'étais écœurée et furieuse. Le cannabis avait disparu. Où qu'il l'ait caché, des salauds l'avaient trouvé. Je tentai une fois encore de lui téléphoner. Puis j'essayai de joindre Rose. Je ne comprenais pas où elle pouvait être. Boîte vocale. Boîte vocale. Je hurlai dans l'une d'elles qu'il fallait qu'on me rappelle. Je ne savais plus si c'était celle de Tom ou celle de Rose à force de les appeler tour à tour. Couverte de poussière et les mains meurtries, je retournai dans la maison. Si le cambriolage ne faisait aucun doute, l'absence d'effraction et la disparition de Rose me mettaient mal à l'aise. Qui mieux qu'elle savait ce que cachait Tom ? Qui mieux qu'elle aurait pu ouvrir à des voleurs ? Qui mieux qu'elle, enfin, était au courant du déplacement de son hôte ? Parce que – et chaque pas qui me rapprochait de la maison m'en convainquait, j'étais assurée que Tom n'avait pas raconté mon petit trafic à une tierce personne. Rose n'était pas dans la maison parce qu'elle devait être avec son ou ses complices en train d'écouler la marchandise. Elle reviendrait donc bientôt, toutes ses affaires étant encore là. Comment comptait-elle s'en sortir cette fois-ci ? J'allai dans sa chambre vérifier qu'elle n'avait rien emporté. J'entrai dans sa salle de bains et découvris qu'il n'y avait ni brosse à dents ni trousse de toilette. C'était à ne plus rien comprendre. Elle aurait laissé ses bijoux et pris son maquillage ? En fouillant dans le tas de vêtements jetés au sol, je tombai sur un carnet d'adresses à la couverture fuchsia. Je l'ouvris à la lettre H et trouvai le numéro de la seule personne qui pouvait m'aider à y voir plus clair : Hélène. Elle décrocha à la première sonnerie. Me présentant d'un *C'est moi, Clara* affolé, je lâchai tout de suite que j'étais chez Tom et qu'une chose terrible était arrivée. Je m'attendis à ce qu'elle passe le téléphone à son frère mais, au lieu de ça, elle me répondit d'une voix éteinte :

— Je sais, je suis au courant…

— Comment ça, tu es au courant ? demandai-je, le sang figé dans mes veines.

Elle ne répondit pas.

— Comment ça, tu es au courant ? répétai-je en criant.

— Leur avocat m'a appelée…, m'informa-t-elle enfin.

Cette femme était folle. Elle ne comprenait rien de ce que je lui disais et me parlait de choses dont je me foutais.

— Il ne s'agit pas de ton divorce, bordel ! Mais de Tom ! Il est où, d'abord ? m'énervai-je.

— En prison.

De stupeur, je lâchai le portable et m'affaissai sur le lit de Rose.

Melun – Octobre – 22 h 15

La vie ne manque pas d'ironie. Tout ce que j'ai appris de la situation, je le tiens de la bouche d'une personne qui a concouru à ma descente aux enfers et pour qui j'avais le plus grand mépris. Mais, dans les jours qui ont suivi cette visite à la ferme, j'ai passé des heures au téléphone avec Hélène, même quand elle n'avait rien à m'apprendre de nouveau, tant j'avais besoin de comprendre. De mon point de vue, la façon dont a agi Tom était inexplicable. Sauf à décréter que c'était un salaud et même si la balance penchait en ce sens, je n'arrivais pas à le croire. Pourtant, il m'a menti. Il n'y avait aucun déménagement de prévu, Hélène et son mari ne se séparaient pas. Mais c'est bien en Seine-et-Marne qu'il s'était rendu. Avec Rose. C'est là qu'ils ont été arrêtés et que le cannabis a été découvert durant un contrôle de la douane volante. Depuis, m'a expliqué Hélène, ni Tom ni Rose n'ont parlé. Ils ne cherchent pas à se défendre.

— Ç'a été dur d'apprendre qu'il a fait prévenir sa sœur plutôt que moi… Il me connaît suffisamment pour savoir que sa disparition allait me rendre folle…

Nous avons quitté la brasserie et marchons lentement vers mon hôtel. Nos pas résonnent sur les pavés mouillés dans cette rue déserte. On se dirait dans un décor de film reconstitué en studio. Parfois, son visage est éclairé par un lampadaire. Le reste du temps, j'ai l'impression de parler à un fantôme nimbé d'humidité.

— Il a voulu vous protéger, dit-il.

— C'est ce que pense Hélène... Mais ce n'est qu'une supposition puisqu'ils ne se sont pas encore vus.

— Oui, je sais, elle n'a pas encore droit au parloir... murmure-t-il. À votre avis, pourquoi Mme Black ne parle-t-elle pas ? me demande-t-il soudain.

Cette question, évidemment, n'a cessé de tourner dans ma tête.

— Parce que c'est une dure à cuire et qu'elle ne dira pas un mot qui peut enfoncer Tom. Pour la galerie, elle raconte qu'elle adorerait lui sauter dessus mais si elle ne l'a jamais fait, c'est qu'elle voit en lui le fils qu'elle n'a jamais eu..., je lâche.

— Vous n'avez pas pensé qu'ils avaient essayé de vous doubler ? enchaîne-t-il.

Cherche-t-il à me pousser dans mes retranchements ? Bien entendu que ç'a été ma première idée. Quelle autre raison y avait-il pour que Tom parte en Seine-et-Marne sous un prétexte avec les sacs ? La seule chose que je savais, même s'il ne s'était jamais étendu sur le sujet, c'est que la personne à qui il pensait pour m'acheter le lot était une ancienne connaissance. Dans mon esprit s'était alors inscrit : ancienne connaissance, ancienne vie = Seine-et-Marne. Pourtant, quand il m'a dit qu'il allait s'occuper du déménagement d'Hélène, je n'ai pas eu la présence d'esprit de lui demander s'il profiterait de ce retour aux sources pour contacter ce type. À ce moment, j'étais groggy par les trois jours de « trimage » et un peu déstabilisée d'apprendre qu'il prenait la route le lendemain. Mais j'avais surtout envie de me laver. Parfois, ça se joue à pas grand-chose…

— Je crois que Tom a préparé ce voyage en cachette pour ne pas m'inquiéter et me faire une surprise. Je suis certaine qu'il se réjouissait à l'idée de débarquer chez moi quelques jours plus tard et de me poser un tas de billets sur la table. Il savait que j'étais aux abois… je le suis toujours d'ailleurs.

Sainte-Caprine – Octobre

Tom avait disparu. Tom était en prison. Et il ne me restait que sa voix sur sa messagerie. Je téléphonais à Hélène plusieurs fois par jour, cherchant n'importe quel prétexte pour justifier un nouvel appel.

— Tu sais s'ils ont trouvé quelque chose pendant la perquisition ? m'inquiétai-je.

Je pensais à la machine sous vide, à la petite balance de cuisine, aux débris de cannabis mélangés au compost, à tout ce qui pouvait incriminer Tom davantage et faire croire qu'il était un dealeur professionnel. Mais visiblement, il avait été prévoyant et, malgré la visite de fond en comble de la propriété, rien de compromettant n'avait été découvert. Dans la soirée, après une journée à me triturer les mains en pleurant, je lui téléphonai à nouveau.

— Tu ne crois pas que je devrais retourner chez lui et fermer l'eau et le compteur ? proposai-je.

Hélène convint que c'était une bonne idée. Je promis d'y aller le lendemain matin. Je n'attendis pas que le jour se lève. J'arrivai à la ferme dans la clarté hésitante de l'aube. Je ne connaissais Tom que depuis quelques mois mais déjà les saisons avaient traversé notre histoire. La première fois que j'avais arrêté ma voiture sur le parking, c'était par une soirée de printemps. J'y retournais par ce matin d'automne, vide de lui, mais incapable d'accepter que nous soyons ainsi séparés. Je demeurai longtemps dans la cuisine sans allumer la lumière, cherchant à respirer l'air que lui-même avait respiré puis je me réfugiai dans sa chambre et m'allongeai sur le lit. Nous n'y avions fait l'amour qu'une fois et je pensai : *Nous y avons fait l'amour une fois.* Dans le silence insupportable de cette maison désertée, je me mis à hurler ma douleur. Quand mes poumons commencèrent à brûler, je me tus et restai allongée sur le dos, les bras en croix. L'idée de ne plus bouger jusqu'au retour de Tom me traversa l'esprit et m'apaisa. Six mois, un an, deux ans, immobile… Mais soudain, une autre pensée s'imposa à moi : j'étais la seule personne qui pouvait le sauver ! Je saisis mon portable posé à terre et téléphonai à Hélène.

— Donne-moi les coordonnées de son avocat ! lui dis-je.

Melun – Octobre – 22 h 40

Nous nous sommes abrités sous l'auvent de l'hôtel. Je frissonne et lui se frotte les mains pour se réchauffer.

— Alors dites-moi, maître, comment ça va se passer maintenant ?

Il inspire en tordant la bouche.

— Vous allez vous reposer et on se revoit demain matin à huit heures à mon cabinet. Si vous n'avez pas changé d'avis, je téléphonerai à la juge et lui demanderai de vous recevoir.

— Je risque quoi ?

— Difficile à dire. J'espère du sursis. Vous n'avez pas de casier. Mais avant que vous ne preniez votre décision, je préférerais en parler à Tom.

— Si je me dénonce, sa peine sera allégée ? Celle de Rose aussi ?

— Probablement. Mais…

Je l'interromps.

— Ne lui en parlez pas. Pas maintenant. Je sais qu'il refusera.

Maître Chauvel hoche la tête puis il me serre la main en m'encourageant à dormir. Je lui promets d'essayer. Au moment où nous allons nous quitter, je lui demande pourquoi il m'a consacré tant de temps. Il hésite avant de répondre :

— Je viens de monter mon propre cabinet et je n'ai pas encore beaucoup de clients... Et puis, je vous avoue que ce genre d'histoires ne courent pas les rues... Je vous dis à demain.

Il s'éloigne dans la nuit. Je le regarde un moment et me résous à entrer dans l'hôtel. Je salue d'un signe de tête le réceptionniste en lui montrant que j'ai la clé de la chambre.

— Deuxième étage ! me rappelle-t-il en me montrant l'escalier.

— Merci...

Je gravis les marches lentement. Une nouvelle page de ma vie est en train de s'écrire. Peut-être pas la plus belle mais certainement la plus romanesque. Un jour, Léonard la racontera à ses enfants s'il décide d'en avoir. La chambre 202 se trouve sur la gauche. J'ouvre la porte et aussitôt une faible lumière éclaire une moquette rayée de vert et de jaune. Je m'avance et dépose mon sac sur le lit. Il me reste quelques heures de liberté. J'attrape le bloc-notes que j'ai rangé dans mon sac et un stylo et je m'installe à la console qui fait office de bureau.

Léonard, mon fils que j'aime,

Quand tu liras cette lettre, je n'aurai peut-être pas la possibilité de répondre à ton appel et tu ne dois pas t'en inquiéter. Sache que je vais bien malgré les apparences et que c'est en toute conscience que je vais me livrer à la justice. Je n'ai jamais eu l'occasion ni peut-être le courage (je le regrette aujourd'hui) de te présenter Tom, celui que tu appelais mon crush. Malheureusement, il a été arrêté en transportant le cannabis pour le vendre et est aujourd'hui en prison le temps de l'enquête. Son amie Rose, mon ancienne éditrice, a été arrêtée aussi. Tu trouveras dans la clé USB qui est dans l'enveloppe le récit complet des évènements. Certains t'ont échappé et ils te permettront de comprendre comment et pourquoi j'en suis arrivée à prendre cette décision. Je te joins également la carte SIM de mon téléphone. J'en ai une vierge. Cache-les bien, chez la mère de Léa, par exemple. Il n'y a aucune raison qu'elle soit importunée par une enquête.

Ne sois surtout pas triste, mon chéri. Tom, je te le jure, vaut la peine que je me dénonce et je suis certaine que lui et moi nous retrouverons après cette épreuve. Tu auras le soulagement alors d'avoir une mère qui vieillit auprès d'un homme qui l'aime et qu'elle aime. Je ne serai plus ton boulet ;)

Comme je ne sais pas combien de temps je vais rester indisponible, j'ai caché un paquet à ton intention dans un endroit que tu as déjà visité : chez notre cher voisin. Dans la petite trappe derrière sa cuvette de toilettes. Je te sais assez malin pour le récupérer lors d'une visite de courtoisie. Mais attention, tu ne t'en sers qu'en cas d'urgence. Je suis certaine que tu peux tenir l'année avec l'argent que j'ai versé sur ton compte. À partir de maintenant, je ne te citerai jamais. Tu n'as jamais été au courant de mes agissements et tu n'y as aucunement participé. C'est clair ? Autre chose : détruis cette lettre !!!!

Je compte sur toi pour profiter de ta vie. C'est une période dont tu te souviendras longtemps, alors croque-la à pleines dents. Et surtout, ne t'inquiète pas pour moi. Je prends cette expérience comme un stage d'immersion pour de futurs projets. Une sorte de résidence d'auteur qui me permettra d'écrire un polar original ou une grande histoire d'amour. Va savoir ;)

Prends soin de toi, mon Léonard, et de Léa. Moi, je m'occuperai bien de moi, sois-en assuré.

Ta maman qui t'aime.

Je ne relus pas la lettre, elle mûrissait en moi depuis plusieurs jours. Je la glissai dans une enveloppe, y ajoutai la clé USB et la carte SIM, et la refermai soigneusement. J'y avais déjà inscrit l'adresse de Léonard. Puis je quittai la chambre après d'avoir vérifié qu'il y avait bien une baignoire dans la salle de bains. Le réceptionniste regardait un film derrière le comptoir et ne me vit pas sortir de l'établissement. Je marchai jusqu'à la boîte aux lettres, posai un baiser sur l'enveloppe et la fis glisser dans la fente. Quelques minutes plus tard, j'étais de retour dans la chambre et me fis couler un bain. Au moment de me déshabiller, j'appelai l'avocat. Il me répondit immédiatement comme s'il attendait mon appel.

— Excusez-moi... J'ai une question à vous poser... Tom, c'est quoi son véritable prénom ?

— Tom, me répondit-il.

— Merci. À demain, huit heures. Je serai prête pour aller chez la juge. Bonne nuit.

Je raccrochai et me glissai dans l'eau chaude de la baignoire. Je fermai les yeux en murmurant : Tom, Tom, Tom.

Lou Peyral – Un an plus tard

Agathe est décédée il y a un an aujourd'hui, d'une crise cardiaque, en faisant l'amour. Elle n'avait pas encore soixante-dix ans. C'était ma plus vieille amie. Cela faisait quinze jours qu'elle avait été incinérée quand son notaire m'a appris sa mort. J'ai reçu cet appel comme un coup de poing dans le plexus. KO, anéantie, incapable de répondre ni même d'y croire. Agathe partie ? C'était impossible. Pour moi, elle était immortelle. Toujours pleine de projets, dévorant les hommes un à un, c'est elle qui les enterrait, normalement. Je me suis sentie abandonnée par celle qui avait été ma mère de substitution. Les jours passant, la culpabilité a remplacé la stupéfaction. Le peu de temps que je lui avais consacré, les coups de téléphone que j'avais remis à plus tard. Je n'avais même pas pris la peine de lui annoncer que Léonard avait eu son bac et que j'avais rencontré Tom. Je le regrettais énormément. Elle aurait adoré me savoir amoureuse. Pour le baccalauréat, je l'entendais me dire que le contraire aurait été consternant. Agathe ne parlait jamais de sa mort. Pourtant, j'ai découvert qu'elle l'avait anticipée des années auparavant et qu'elle avait fait de Léonard et de moi ses héritiers. La maison de Sainte-Caprine qu'elle me prêtait, son studio à Paris, les cent mille euros de son assurance vie, les trente mille de ses comptes, ses meubles, ses bijoux, tout ce que ses riches amants lui avaient offert au fil des décennies, elle me l'a légué. Plus une assurance vie pour Léonard, le seul enfant qu'elle ait côtoyé et aimé. De l'au-delà, elle veillait sur moi et me venait à nouveau en aide au moment où j'en avais vraiment besoin. J'aurais aimé lui raconter ce que j'avais vécu ces derniers mois, dans quel tourbillon j'avais été emportée. Elle aurait ri, je le sais. Mais peut-être qu'elle aurait été inquiète de savoir ce qu'il s'était passé le lendemain de ma journée chez maître Chauvel…

À neuf heures, j'avais rencontré la juge d'instruction qui avait décidé de la détention provisoire de Tom et de Rose. Nous avions à peu près le même âge et ses rondeurs m'avaient rassurée. Elle ne pouvait que me comprendre. Je lui ai alors avoué être la propriétaire des cinq kilos de cannabis et l'ai suppliée de libérer Tom et Rose qui avaient agi uniquement pour me rendre service. Elle m'a regardée sans ciller, visiblement habituée à ce genre de confession. Comment pouvait-on avoir un visage aussi avenant et une attitude à ce point réfrigérante ? Espérant la faire vaciller, j'avais ajouté que Tom et moi étions très amoureux et que cette épreuve risquait de nous séparer à tout jamais. Elle était restée de marbre, la collection « Amour et frissons » n'était pas sa tasse de thé. L'avocat a volé à mon secours et a plaidé ma cause, évoquant ma précarité financière, mon ingénuité et mon passé irréprochable de mère célibataire. À la place de la juge, j'aurais essuyé une larme mais elle est demeurée stoïque et a ordonné ma garde à vue. Ce fut glaçant à entendre. Maître Chauvel m'avait prévenue que ce serait un mauvais moment à passer mais on n'est jamais préparé. L'atmosphère fétide du commissariat ruisselait autant sur les murs de la cellule où j'attendais entre deux interrogatoires que sur les visages des policiers. Partout, une odeur d'urine, de graillon et de café réchauffé. Durant ces quarante-huit heures, je n'ai vu aucune voiture démarrer sur les chapeaux de roues, gyrophare sur le toit, aucun policier entrer dans une pièce en disant : « *Patron, j'ai trouvé notre témoin !* » Les bureaux étaient encombrés de meubles d'un autre âge, les photocopieuses installées dans les couloirs faute de place, les corbeilles pleines comme si le ménage n'était que rarement fait. Quant aux enquêteurs, peu nombreux, ils ne ressemblaient pas à des cow-boys mais à des types lassés par un train-train où misère et violence ordinaire se côtoyaient avec une certaine banalité. Même les interrogatoires devinrent ennuyeux, je relatais la même histoire sans varier d'un iota. Les téléfilms sont écrits par des scénaristes qui n'ont jamais été en garde à vue. Peut-être pourrais-je faire mieux ? Alors, j'observais, engrangeais des détails, imaginais une histoire qui ressemblerait à la mienne mais d'où l'héroïne sortirait blanchie. Je n'ai été ni rudoyée ni menacée. Quémander d'aller aux toilettes, être privée de douche et de brosse à dents, n'avoir ni stylo, ni papier, ni livre, et être interrogée à n'importe quelle heure du jour ou de la nuit était une maltraitance suffisante. Je me sentais sale, seule et perdue. Heureusement, deux jours plus tard, je suis passée en comparution immédiate sans escale par la case prison.

La juge ayant décidé de faire d'une pierre trois coups, Tom, Rose et moi fûmes jugés en même temps. Maître Chauvel ne nous avait pas prévenus. La surprise que Tom éprouverait en me découvrant, palpable par tous les protagonistes du tribunal, jouerait, pensait-il, en notre faveur. Une histoire d'amour sur fond de précarité. C'est ainsi qu'il a plaidé notre affaire, espérant que le tribunal serait plus sensible que la juge d'instruction. Rose avait maigri en détention et cela lui allait plutôt bien. Comme je fus interrogée en premier et que j'affirmai que j'avais supplié mes amis de m'aider à revendre le cannabis, ils épousèrent ma version. Je connaissais assez Tom pour comprendre qu'il m'incriminait à contrecœur. Quant à Rose, elle joua un rôle qui lui allait à merveille : celui de l'Anglaise qui n'entend rien aux lois françaises. Le procureur décida de ne pas faire dans la dentelle. À ses yeux, nous étions tous les trois coupables. Et le juge suivit son réquisitoire. Nous fûmes condamnés conjointement à dix-huit mois de détention, dont douze avec sursis, et trois cents euros de frais de justice. La sentence était assortie d'une amende de six mille euros pour moi et de trois mille pour Rose et Tom. Je sentis mes jambes se dérober. Six mois enfermée, loin de mon fils, de Tom… Maître Chauvel, craignant que je ne m'évanouisse, me rattrapa par le coude et me murmura que le juge n'ayant pas ordonné de mandat de dépôt, nous n'irions pas en prison, une peine alternative à la détention serait organisée plus tard. Nous étions libres de rentrer chez nous. Tom et moi, nous nous sommes enlacés longuement en silence. Le temps des questions et des explications viendrait, nous avions toute la vie pour cela, j'en étais convaincue. Nous ne savions pas encore ce qui nous attendait. La justice avance à son rythme. Le juge d'application des peines ne nous convoquerait pas avant un ou deux mois, prophétisa notre avocat qui demanda à me parler en privé.

— Si Tom est toujours celui que vous avez connu, je vous conseille de vous installer ensemble avant de voir le juge d'application des peines, sinon, vous risquez d'être encore séparés...

Maître Chauvel était certain que nous serions assignés à résidence, bracelet à la cheville, ce qui avait fait piailler Rose. Tom lui avait promis de coller des strass sur le sien mais pour l'heure, elle réclamait un whisky et un brushing. Toute ma haine à son égard s'était depuis des semaines envolée – je l'avais même embrassée – mais pas au point de cohabiter avec elle.

— Aller vivre dans sa maison ? Mais il y a déjà Rose ! Je ne vais pas la supporter longtemps. Vous voulez me défendre pour homicide, cette fois ? demandai-je à l'avocat.

— Prêtez-lui votre logement, murmura-t-il dans un clin d'œil.

Ce type était surprenant. Je lui serrai la main en le remerciant. Les heures passées avec lui resteraient à vie dans ma mémoire. Maintenant que j'avais retrouvé Tom, l'urgence était de parler à mon fils. Je l'imaginais, le portable en main, au comble de l'angoisse. Contre toute attente, il me répondit en bâillant, crevé par une journée de cours. Il ne s'était même pas rendu compte que nous ne nous étions pas téléphoné depuis plusieurs jours.

— Tu as reçu mon courrier ? demandai-je, étonnée.

— Quel courrier ?

C'est à cette occasion que j'appris que *ON*, à l'heure des réseaux sociaux, n'ouvrait jamais sa boîte aux lettres…

— Il faut que tu viennes me voir. C'est important. Récupère ce que je t'ai envoyé et rapporte-le-moi sans l'ouvrir.

Mon ton autoritaire fut contre-productif et le poussa à aller chercher l'enveloppe immédiatement, le portable toujours à l'oreille. J'entendis dans le combiné des bruits de papier qu'on déchire puis un silence.

— C'est quoi, ce bordel ? murmura-t-il enfin.

— Je t'ai demandé de ne pas l'ouvrir ! m'impatientai-je. Je t'expliquerai de vive voix.

Quand j'arrivai enfin chez moi après plusieurs heures de route, mon fils m'attendait à la maison, à la fois soulagé et furieux. Il me scanna de la tête aux pieds et s'assura que je n'avais subi aucune violence policière. Une fois rassuré, il revint sur ma confession, qu'il avait lue et relue pour tromper son inquiétude. Bien entendu, il me fit la morale et critiqua chacun de mes choix. Quant à Tom, il en prit pour son grade.

— Non, il n'a pas voulu vendre le cannabis et garder l'argent pour lui ! Il le faisait pour nous ! lui jurai-je.

De cela, j'étais maintenant certaine : pendant que Rose était allée chez le coiffeur – rien de plus urgent à ses yeux alors que nous mourions d'envie de prendre une douche avant de rentrer en Dordogne –, Tom et moi avions passé un long moment à marcher main dans la main et il m'avait enfin fourni les éléments manquants du puzzle. Il voulait me décharger du fardeau de la vente, ne pas m'inquiéter, et revenir les poches pleines de cash. Pensant qu'une voiture avec un couple serait moins contrôlée que s'il conduisait seul, il avait accepté que Rose l'accompagne quand elle le lui avait demandé. Il se sentait terriblement coupable. Ce que j'avais enduré était de sa faute, son coup avait raté et j'étais encore plus pauvre qu'avant. Il avait raison sur tous les points, pourtant, je ne cessais de l'embrasser.

— Je veux le rencontrer ! décréta Léonard.

— Oui, bien sûr, mon chéri. C'est important que tu saches avec qui je vais vivre.

Et je lui annonçai que j'allais m'installer chez Tom et prêter notre maison à Rose. Les épaules de mon fils s'affaissèrent brusquement. Le cours de ma vie lui paraissait aussi incongru que si nous évoluions dans deux mondes parallèles.

— Je capte plus rien, murmura-t-il. Depuis que je suis parti à Bordeaux, j'ai l'impression que tout se barre en couille ici.

Intérieurement, je me réjouis qu'il ne dise plus *sur* Bordeaux. Mais ce n'était pas le moment de parler syntaxe, alors je lui rappelai le bracelet qui limiterait bientôt mes déplacements.

— Je ne veux plus être séparée de Tom. Mais ne t'inquiète pas, Léa et toi, vous aurez une chambre si vous voulez venir me voir.

Léonard ne répondit pas. Ce trop-plein d'informations avait vaincu sa colère et ses angoisses. Il était vidé. Je téléphonai à Tom et lui demandai de venir nous rejoindre. Il accepta aussitôt. Il comprenait l'importance de faire connaissance avec mon fils. De plus, ajouta-t-il, il n'arrivait pas à ranger sa ferme, dévastée par la perquisition. Prendre l'air lui ferait du bien.

— Je viendrai t'aider demain, murmurai-je avant de raccrocher.

Tom et Léonard ne mirent pas longtemps à s'apprivoiser, même si au bout de quelques minutes, mon fils regarda mon « fiancé » droit dans les yeux et lui dit :

— Un pas de travers avec ma mère et je vous casse les genoux !

Tom fit mine de le prendre au sérieux. Moi, je réfrénai un sourire. Je savais d'où venait ce genre de menaces : de mon habitude de clamer que je pourrais dézinguer les articulations d'un potentiel agresseur à l'aide d'une batte.

— J'en prends bonne note, répondit Tom stoïquement.

Léonard se sentit respecté. Mais cela ne lui suffit pas. Il exigea que Rose ne puisse pas entrer dans SA chambre. La pièce, qu'il nommait « mon ancienne chambre » depuis son départ, avait subitement repris de la valeur à ses yeux. Je l'assurai qu'elle n'y mettrait jamais les pieds. Tom proposa d'y installer un cadenas, ce qu'il fit la semaine suivante. Une fois à nouveau seul avec moi, Léonard m'avoua qu'il avait trouvé mon *keum* sympa et *beau gosse.* Ce qu'il digérait difficilement, c'est que ses plantations – même si j'avais fait une grande part du travail, il se considérait toujours comme propriétaire du cannabis – aient été confisquées par les douanes.

— Parce qu'on croit que les mecs, ils détruisent ce qu'ils saisissent mais je suis certain qu'ils ont fumé mon herbe et même l'ont revendue, ces bâtards ! grommela-t-il.

Mais après ce que j'avais vécu et ce qui m'attendait, il s'en tint là. À mon grand soulagement, il ne demanda pas à récupérer le kilo de cannabis caché chez les voisins. Il avait sûrement anticipé mon refus : la drogue ne ferait plus jamais partie de notre vie.

Le lendemain matin, après avoir raccompagné Léonard au train et promis de le tenir au courant de la suite des évènements – *Tu vas plus en zonzon sans me prévenir !* me fit-il jurer –, je passai voir Paulette et Jeannot et fis un petit tour derrière la cuvette de leurs toilettes. Mon voisin déclinait à vue d'œil. Et, dans un mouvement inversement proportionnel, son épouse rajeunissait. C'était cruel. Le ventre rebondi par le paquet caché sous mon pull, je restai quelques minutes à l'écouter bavasser sur l'état de son mari puis la quittai pour retrouver Tom.

Quelques semaines auparavant, j'étais allée voir Léonard à Bordeaux, tremblant de me faire arrêter par la police pour une malheureuse tête de cannabis planquée dans mon coffre. Là, j'en avais un kilo coincé dans la ceinture de mon pantalon et je ne ressentais aucune inquiétude. Si deux jours de garde à vue m'avaient rendue plus forte, je comprenais mieux que la prison endurcisse les détenus. Mon cœur bondit à la vue de la voiture de Tom garée devant la ferme. Je descendis de mon véhicule, comme sortant d'un cauchemar, et il m'accueillit sur le pas de la porte en me serrant dans ses bras jusqu'à ce que mon corps décolle du sol. Le paquet tomba à nos pieds.

— Je n'en reviens toujours pas que tu l'aies trouvé, siffla-t-il avec admiration.

Durant la pause brushing de Rose, j'avais fini par lui demander pourquoi il n'était pas parti avec toute la cargaison.

— Tu aurais pu en avoir besoin plus tard… Comme une poire pour la soif, m'avait-il répondu.

Tom était convaincu de l'avoir bien caché. D'ailleurs, les policiers qui avaient fouillé sa propriété de fond en comble étaient repartis bredouilles. Alors que moi, qui croyais qu'il avait été cambriolé ou que Rose était partie avec le cannabis, je m'étais figée devant trois cailloux empilés au pied du dernier arbre que je l'avais vu planter. Leur présence n'avait aucun sens. Pour monter son mur en pierre sèche, Tom récupérait toutes celles qu'il trouvait dans son jardin. Je les avais déplacés et j'avais creusé la terre. Le paquet, enveloppé dans une vieille serpillière, attendait à trente centimètres de profondeur. Cette découverte n'avait fait qu'accentuer mon incompréhension.

Je ramassai le paquet et demandai à Tom de le brûler dans la cheminée. Rose nous avait rejoints et nous étions restés un moment à contempler les flammèches odorantes.

Fin de l'histoire *herbe et emmerdes*, murmurai-je.

Le juge d'application des peines me convoqua quarante-cinq jours plus tard. Tom et Rose auraient rendez-vous une semaine après moi. Jusqu'à présent, nous avions été libres d'aller et venir à notre guise. J'avais revu Faustine et Marge et leur avais tout raconté en m'excusant pour mes mensonges par omission. Elles m'avaient écoutée, incrédules, puis toutes les deux m'avaient poussée à écrire cette histoire *tellement incroyable.* Faustine était certaine que cela ferait un roman génial. Je n'en étais pas si sûre et, de toute façon, j'avais encore besoin de temps pour gérer ma vie avant d'être privée de mes mouvements. Le plus urgent était de convaincre Rose de s'installer dans ma maison. Elle avait compris depuis longtemps que Tom et moi avions une relation, mais cela ne la dérangeait pas de *tenir le chandelle,* nous assurait-elle. Perfide, elle avait ajouté qu'elle trouvait que *Juliette Déry* ressemblait trop à l'ex-compagne de Tom pour être réelle. Il était vraiment urgent qu'elle débarrasse le plancher, ce serait elle ou moi. Cette fois, je ne transigeai pas. La proximité de ma maison avec le bar de la place dénoua la situation. Comprenant qu'elle n'aurait qu'une vingtaine de pas à faire pour picoler, Rose finit par accepter de déménager. Je pouvais enfin me projeter dans ce *confinement,* non pas sanitaire mais pénal, qui me permettrait de demeurer collée à l'homme de ma vie.

Le juge d'application des peines avait une cinquantaine d'années et les joues rebondies d'un hamster. Par chance, il était féru de littérature et montra beaucoup d'intérêt pour mon métier, d'autant plus que le port d'un bracelet ne m'empêcherait pas de le pratiquer. Je lui confiai que cette terrible et regrettable expérience – je me montrais contrite – était une source de documentation pour un futur roman.

— Ah, ah, ah, gloussa-t-il. Si vous parlez de moi dans un prochain livre, par pitié, mentionnez que je suis sympathique. On n'est pas toujours très bien vus.

Je le lui promis. Quelques jours plus tard, deux employés du centre de détention vinrent à la ferme installer le boîtier auquel mon bracelet, qu'ils me fixèrent à la cheville droite, était connecté. Puis ils m'indiquèrent le périmètre dans lequel je pourrais me déplacer. Si je dépassais la boîte aux lettres en dehors des créneaux horaires et des jours autorisés, une alarme se déclencherait à la prison et ils me téléphoneraient pour savoir ce que je fabriquais. Sans réponse de ma part, ils préviendraient les gendarmes. Au premier manquement à mon contrôle judiciaire, mon sursis se transformerait en prison ferme. Toutes ces informations me passionnaient. Je vivais avec Tom et n'avais nulle intention de m'enfuir. Celle qui voyait cette installation d'un mauvais œil était ma conseillère pénitentiaire d'insertion et de probation, Mme Zouina, que je devais rencontrer une fois par mois. Derrière ses larges lunettes et ses épais cheveux peroxydés, se cachait une féministe convaincue. Me savoir installée chez mon petit ami – c'est ainsi qu'elle nommait Tom – ne la rassurait pas.

— Vous êtes consciente qu'aujourd'hui, c'est le grand amour mais qu'un jour ou l'autre, ça peut dégénérer et que vous vous retrouverez sans logement ?

Je rétorquai que je conservais ma maison de Sainte-Caprine même si, au fond de moi, j'imaginais mal comment je pourrais alors mettre Rose à la porte. Elle hocha la tête, toujours sceptique, puis me parla de l'amende que j'avais à payer.

— Il faudrait que vous trouviez un vrai métier.

Contrairement au juge d'application des peines, elle ne lisait pas. Mais elle voulait me protéger. Des pseudo-histoires d'amour qui se terminaient dans le sang, elle en voyait toutes les semaines. Les femmes sous emprise, les petites amies sans revenus étaient son lot quotidien.

— Mais, si je travaille en dehors de chez moi, je n'aurais plus le temps d'écrire, avais-je argué.

Elle soupira, actionna sa calculette et mit en place un échelonnement de dix euros par mois. À l'évidence, je l'avais convaincue.

— Le jour où vous aurez terminé de payer les six mille euros, je serai à la retraite, rit-elle.

J'appréciais son énergie et son humanité. En d'autres circonstances, j'aurais aimé faire plus ample connaissance avec elle. Malheureusement, il ne fallut pas attendre si longtemps. Je reçus le terrible appel du notaire m'apprenant la disparition d'Agathe…

Avec l'argent qu'elle m'a légué, j'ai payé nos trois amendes. Mme Zouina n'a plus eu besoin d'insister pour que je trouve un *vrai* métier. J'avais dorénavant le statut de rentière. Tom et moi avons vécu six mois avec un bracelet à la cheville. Lorsque nous faisions l'amour, occupation qui se répétait plusieurs fois par jour, ils cognaient l'un contre l'autre et nous éclations de rire. Nous avons respecté nos horaires scrupuleusement et n'avons jamais dépassé le périmètre autorisé. Tom et Rose se donnaient rendez-vous sur le parking du supermarché une fois par semaine. Par chance, ils avaient le même créneau de sortie pour faire les courses ou consulter un médecin. Moi, je recevais mes amies à la maison. Maintenant qu'elles connaissaient mon histoire, elles me surnommaient « Griselda » du nom de Griselda Blanco, une des rares femmes à avoir percé dans le milieu très macho du trafic de stupéfiants. Léonard et Léa sont venus trois fois et ont dormi dans la chambre où avait séjourné Rose. Mon fils a beaucoup pleuré en apprenant la mort d'Agathe. Lui aussi s'est reproché de ne pas avoir pris plus souvent de ses nouvelles. Il la considérait comme sa grand-mère. Quant à l'argent qu'elle lui avait laissé, il décida de ne pas y toucher, conscient qu'il le claquerait en un rien de temps.

Ma meilleure amie est partie pour toujours. Elle ne m'aura jamais vue amoureuse. Quand je me réveille le matin et que Tom est à mes côtés, mes larmes refluent. Elles resurgiront, je le sais, au détour d'un souvenir. Grâce à Agathe, je n'ai plus à me soucier de mon avenir financier. Dès que Tom et moi avons pu à nouveau nous déplacer librement, nous sommes allés à Paris vider son studio pour le mettre en vente. À peine la porte franchie, son parfum poudré m'a accueillie. J'ai cru que je ne pourrais pas ouvrir ses tiroirs, sa penderie, fouiller dans ses placards. Mais l'envie de montrer à Tom qui elle était m'a permis de plonger les mains dans la boîte où elle gardait des photos de Léonard et de moi, des lettres et même de vieux fax délavés que je lui envoyais avant l'avènement du portable. Je l'ai emportée, tout comme sa collection de flacons, ses écharpes qui avaient conservé son odeur, un lourd médaillon qu'elle portait souvent et un cupidon en argent doté d'un membre en érection créé par un de ses amis sculpteur. La porte refermée derrière nous, j'ai su que je ne reviendrais pas à Paris. Paris, c'était Agathe, et Agathe n'était plus. Tom me promit de se charger du déménagement et tint parole.

Aujourd'hui, Tom m'a annoncé que mon bureau, aménagé dans son ancienne « garçonnière », était prêt. Je pouvais y installer mes affaires. Il avait terminé d'y poser un parquet, les fenêtres avaient été changées, l'électricité refaite. Un vieil établi de menuisier, poncé, maintenant aussi doux que la peau d'un bébé, trônait le long du mur, n'attendant que mon ordinateur. Les locataires saisonniers n'auraient pas le droit de s'en approcher. C'était la première fois que j'avais une pièce si belle pour travailler. J'ai posé le cupidon sur une étagère, une photo de Léonard et une d'Agathe dans une encoignure. Et me suis assise sur le fauteuil que je trimballe avec moi depuis des années. Je me sens à l'abri. Je suis heureuse. Il est temps de commencer un nouveau livre…

Remerciements

Je remercie Thierry Billard pour sa confiance qui m'est précieuse, ainsi que Pascal pour son soutien.

Ce livre existe grâce au travail de toute une équipe.

Communication : Caroline Babulle, Solveig de Plunkett, Victoire Brulon, Inès Paulin, Adélaïde Yvert.

Coordination administrative : Martine Rivierre.

Studio : Pascaline Bressan, Barbara Cassouto-Lhenry, Joël Renaudat.

Fabrication : Muriel Le Ménez, Céline Ducournau, Bernadette Cristini, Sophia Paroussoglou, Isabelle Goulhot.

Commercial, relation libraires et marketing : Catherine Lauprêtre, Naïma Ruan,

Cessions de droits : Elisabeth Stempak, Benita Edzard, Lucile Besse, Sonia Guerreiro, Costanza Corri.

Services auteurs : Viviane Ouadenni, Jean-François Rechtman, Catherine Reimbold, Anita Sevenant.

Ainsi qu'à toutes les équipes d'Interforum et d'Editis qui participent à la création, la diffusion et la distribution de ce livre.

Canoros Vehit Canentes

Imprimé en France par
CPI Bussière
en février 2025

Composition réalisée par Rosa Beaumont

#lisez! engagé
www.lisez.com
Pour plus d'information :
Imprimé sur du papier issu de forêts gérées durablement.

N° d'édition : 68100/01 – N° d'impression : 2082950